KB234589

책 읽는 청춘에게

책 읽는 청춘에게

초판 1쇄 인쇄 2010년 5월 20일
초판 2쇄 발행 2010년 7월 20일

지은이 | 우석훈 외 20인의 멘토와 20대 청춘이 함께 만들다
펴낸이 | 金滇珉
펴낸곳 | 북로그컴퍼니
편집부 | 김옥자 · 조기준
마케팅 | 천정한 · 이재경
경영기획 | 김형곤
주소 | 서울시 마포구 합정동 413-19 4층
전화 | 02-738-0214
팩스 | 02-738-1030
등록 | 제300-2009-30호
이메일 | blc2009@naver.com

ISBN 978-89-94197-10-4 03800

우석훈 · 노희경 · 서진규 · 홍세화 · 김혜남 등이
20대에게 던지는 신랄한 조언

책 읽는 청춘에게

21권의 책에서 청춘의 답을 찾다

21인의 멘토와 20대 청춘이 함께 만들다

북로그컴퍼니

우리도 해냈어,
그러니까 너희들도 할 수 있어!

어느덧 봄이다. 출판에 대해 아무것도 모르던 우리가 '20대를 위한 콘텐츠'를 직접 만들어보자는 생각으로 8개월 동안 애정과 열정을 쏟은 결과물이 곧 나온다 생각하니 가슴이 뭉클하다. 우리는 2009년 여름 'FUN20 아카데미'에 참여한 뒤 '책꽂이(책에 꽂힌 이십대의 줄임말)' 모임을 만들었다. 그리고 고민만 많을 뿐 돌파구를 찾지 못하는 20대 청춘들에게 책 읽기를 제안하기 위해 《책 읽는 청춘에게》를 기획하게 되었다. 20대가 가장 존경하고 만나고 싶어하는 인생의 멘토에게 삶의 조언을 듣고 그들이 추천하는 책을 함께 읽어보고 싶었던 것이다.

기획이 이루어지자 매주 모여 머리를 맞대고 인터뷰할 멘토를 선정했다. 그리고는 무작정 인터넷을 뒤지고, 출판사에 전화를 하고, 교수실에 찾아가 연락처를 알아냈다. 섭외를 진행하면서 우리는 많은 '희망'을 발견했다. 많은 분들이 20대들의 문제에 관심을 가지고 있다는 걸 알게 된 것이다. 사정이 허락하지 않아 인터뷰에 응하지 못하는 분들도 힘내라고, 잘 지켜보겠다고 아낌없는 응원을 보내주었다.

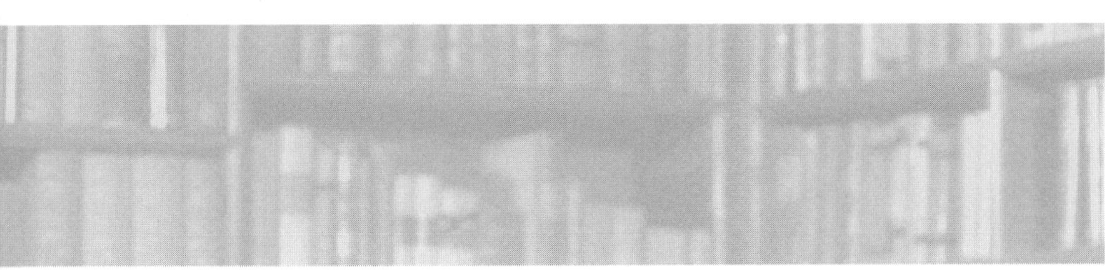

드디어 인터뷰! 소중한 시간을 기꺼이 내준 21인의 멘토를 직접 만난다는 설렘과 긴장으로 심장이 터질 듯했다. 하지만 그 경험은 무어라 표현할 수 없을 만큼 감동적인 '인생 수업'이었다. 우리는 그분들과의 대화를 글로 옮기기 위해 최대한 노력했다. 하지만 아직 미숙한 점이 많아 그분들의 뜻을 제대로 표현하지 못한 것 같아 아쉬운 마음이 크다. 그래도 이 과정 하나하나는 우리에게 커다란 축복이었고, 많은 발전을 가져다주었다고 자부한다.

이 책을 시작으로 책을 좋아하고 출판에 관심이 있는 청춘들을 위한 프로젝트는 멈추지 않고 계속될 것이다. 그래서 우리는 이 책의 인세 수익 모두를, 그리고 기꺼이 출간을 허락하고 기획과 진행에 많은 도움을 준 출판사 역시 수익의 일부를 '대학생들의 출판 문화를 위한 기금 마련'에 기부하기로 했다.

우리는 엄청난 인맥을 갖고 있는 것도 아니고, 글을 잘 쓰는 것도 아닌 평범한 대학생이다. 그러나 '할 수 있다'는 의지만은 평범하지 않았다. 우리가 책을 쓴다는 걸 알게 된 주위 친구들은 '대단하다. 그런 걸 어떻게 하지?'라는 반응을 보였

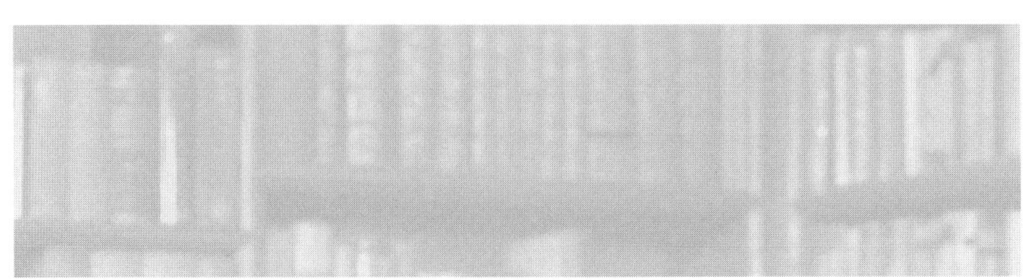

다. 우리 20대는 예정된 길에서 조금만 벗어나도 불안해한다. 우리 역시 이 프로젝트를 진행하면서 많이 불안해했다. 출판이 될지 안 될지도 모르는 일에 시간을 쏟는 것은 아닐까, 이 시간에 영어 공부를 더 해야 하는 것 아닐까, 하는 불안감. 하지만 우리는 지금 아주 행복하다. '하고 싶다'라는 생각을 실천에 옮겼다는 것, 그리고 모든 걸 우리 손으로 해냈다는 것이 주는 만족감 때문이다.

우리는 이 책을 통해 20대 청춘들에게 이렇게 말하고 싶었던 거다.

"우리도 하잖아. 그러니까 너희도 할 수 있어!"

2010년 봄

책꽂이_ 김수정 박종현 선우의성 양지은 윤은지 이소연 정선미

도전할 용기를 주는 책 #1

경제학자 **우석훈**
《파운데이션》_아이작 아시모프

《나는 희망의 증거가 되고 싶다》 저자 **서진규**
《노인과 바다》_어니스트 헤밍웨이

이화여대 석좌교수 **박경서**
《지구촌 시대의 평화와 인권》_박경서

칠전팔기,
나의 취업 도전기

_정선미(서강대 졸업)

텔레비전에서 병아리가 태어나는 모습을 본 적이 있다. 알을 깨고 갓 태어난 병아리는 평소 보던 보송보송 노란 털을 가진 병아리가 아니었다. 알을 깨고 나오려고 온몸의 털은 흠뻑 젖어 있었고 알 속에서 구부러져 있던 몸은 미처 펴지 못해 금방 쓰러질 듯 아슬아슬했다.

현재 내 모습도 갓 태어난 병아리와 같다. 세상에 첫 발을 내딛고자 치열하게 싸웠기 때문에 누구보다 지쳐 있다. 하지만 병아리와 나는 세상을 향해 당당히 외칠 수 있다.

"드디어 해냈다!"

이렇게 지칠 만큼 취업은 무서운 단어였다. 취업의 '취'자만 봐도 멀미가 났다. 요즘은 중고등학생도 취업을 걱정한다. 1학년 때부터 도서관에서 고시 공부에 열심인 대학 신입생을 보면서 '고시보다는 너희가 진짜 하고 싶은 일을 하렴. 너희는 아직 어리잖아.'라고 충고를 해주고 싶지만 현실은 그렇게 녹록지 않으니 섣불리 입이 떨어지지 않는 것이 사실이다.

취업, 정말 쉽지 않았다. 솔직히 처음 취업 시장에 뛰어들었을 때 '내 스펙 정도면 어디서든 불러주겠지.'라고 낙관했었다. 괜찮은 학교, 꽤 높은 토익 성적, 각종 대외 활동과 연합 동아리 활동으로 무장한 나에게 청년백수는 남의 일인 줄 알았다. 하지만 현실은 냉혹했다. 서류에서 우수수 떨어졌다. 간신히 서류 전형을 통과하면 시험에서 떨어지고, 시험에서 살아남아도 면접에서 떨어졌다. 하늘 높이 치솟았던 자신감은 불합격 소식이 들려올 때마다 땅을 뚫고 지하로 내려가기 시작했다.

생각지도 않았던 기업에 원서를 내고 그곳에서조차 거절당했을 때는 세상을 원망했다. 내 자신이 가장 비참하게 느껴졌던 때는 신체검사까지 끝난 기업에서 크리스마스이브에 발송한 불합격 문자를 받았을 때였다. '뛰어난 인재라면서 왜 뽑질 않는 거야?!'

취업 준비생들이 겪는 첫 번째 난관은 '자소설' 쓰기이다. 자기소개서, 줄여서 자소서이지만 우리는 자소설이라 부른다. 자신을 기업이 원하는 인재로 포장하려면 소설을 써야 하기 때문이다. '미리 준비했다면 쉽지 않겠느냐?'라고 누군가 말한다면 '요즘 같은 취업난에는 어림도 없는 소리'라고 답하겠다.

내가 원하는 기업이 이번에 채용 공고를 내서 나를 뽑아준다는 보장은 어디에도 없다. 그렇기에 내가 크게 원하지 않았던 기업들 중 괜찮은 기업들에도 '보험'을 들어두어야 한다. 취업은 복불복이라고 하지 않던가. 내가 진짜 원하는 곳은 나를 뽑지 않고 내가 별로 원치 않았던 곳은 나를 뽑는 경우가 부지기수이다. 그러니 매번 '또 다른 나'를 재탄생시켜야 한다. 인생의 역경도 여러 번 겪어야 하고 리더십도 있어야 하며 실패를 딛고 성공도 해야 하고 사람들의 신뢰도 받아야 한다. 또 다른 나를 재탄생시키는 과정은 정말 쉽지 않다.

두 번째 난관은 '입사 시험'이다. 고3보다 더 열심히 공부해야 한다. 국어, 수학, 영어, 한문, 상식, 시사, 논술, 아이큐 테스트까지 모든 것이 총망라되어 출제된다. 시험지를 받아보면 평소 내가 얼마나 부족한 인간이었는지를 한순간에 깨달을 수 있다. 시험을 끝내고 나면 '중학생도 풀 수 있는 수학 문제를 왜 못 풀었을까?', '뉴스에 매일 나오던 시사 단어인데 왜 기억이 안 났을까?', '도대체 왜 나는 다면체 조립을 못하는 거야?', '평소 책도 좀 읽고 신문도 더 열심히 볼걸.' '사자성어는 왜 이리 어려운 거야.'라고 땅을 치며 후회하는 경우가 다반사이다. 이 단계에서도 무수히 많은 사람들이 떨어진다.

세 번째 난관은 '면접'이다. 면접 단계까지만 와도 '승리자'로 불린다. 면접장에서는 자소설로 멋지게 포장했던 내 모습이 낱낱이 파헤쳐진다. 내가 과연 어떤 사람이며 어떻게 살아왔는지에 대해 여러 명의 면접관이 단체로 공격하기도 하고 다른 구직자들 사이에 세워 비교하기도 한다. 가끔은 이상한 질문을 던져 순발력을 심사한다. 실제로 나는 모 회사의 면접에서 '밥 잘하냐?'라는 질문을 받고 당황했던 기억이 있다. 물론 나는 '네, 밥 잘합니다.'라고 활짝 웃으며 대답했지만 결국에는 떨어졌다.

요즘은 네 번째 난관이 늘어가는 추세이다. 바로 '인턴'이다. 나는 인턴제를 통해 취업에 성공했다. 하지만 이 인턴제라는 것이 면접까지 통과하느라 고된 시간을 보냈는데 몇 달간 또 다른 시험을 치르게 하는 것이니 많은 이들이 지친다. 또한 인턴들 사이에는 보이지 않는 치열한 경쟁이 있기 때문에 아침부터 저녁까지 모든 순간순간이 평가로 이어진다는 생각에 누구도 몸과 마음이 편하지 않다. 동료와 협력하다가도 순간순간 경쟁자라는 인식이 들어 불편하다. 나 역시 마찬가지였다. 인턴이 끝나고 최종 결과가 발표되면 그동안 함께 일하면서 정들었던 동료들 사이에 합격자 혹은 탈락자라는 선이 그어졌다. 슬프다.

이런 난관들을 거쳐 드디어 세상으로 나가게 되었다. 세상에 한 발을 내딛기 위해 얼마나 많은 노력과 시간과 눈물이 필요했던가? 이런 과정을 겪는 사람이 어디 나쁜이겠는가? 나만의 드라마라고 하기에는 아픈 청춘을 겪고 있는 사람들이 너무나도 많다. 그러나 아픈 만큼 더 성숙해지고 더 단단해진다는 말은 식상하지만 사실이다.

어찌 보면 이번 출판 프로젝트가 내게는 새로운 도전이었다. 명사들을 인터뷰하면서 현실과는 다른 말씀에 괴리감도 느꼈지만 사실 그분들의 말이 사실이다. 제발 바뀌었으면 좋겠다. 내가 결국 성취했다고 해서 내 뒤를 이을 후배들을 내팽개칠 수는 없기 때문이다. 껍질을 깨고 세상 바깥으로 나온 병아리처럼, 아니 나처럼, 단단하게 둘러싸인 현실의 벽을 뚫고 나올 무엇인가를 기다려본다. 우석훈의 재미, 서진규의 자존감, 박경서의 국제감각이 기틀을 마련해줄 것을 믿으면서….

INTERVIEWER 정선미
하루라도 책을 읽지 않으면 정말 입안에 가시가 돋는 것 같은 25세 독서 마니아. 낡은 책에서 풍겨 나오는 냄새가 좋아 어두운 방구석에서 스탠드 켜놓고 마음껏 책 읽을 때가 가장 행복하다. 서강대 신문방송학과와 경영학과를 졸업하고 현재 〈조선경제i〉의 기자가 되었다. 사회에 첫발을 내딛은 만큼 배울 것도 많고 할 것도 많아 하루가 48시간이었으면 좋겠다고 기도한다. 취업은 해방이 아니라 또 다른 시작이라 말하고 싶다.

삶은 재미있어야 한다

연세대 경제학과를 졸업하고 프랑스 파리 10대학에서 생태경제학을 전공했다. 대한민국 20대의 95%가 비정규직이 될 거라는 비관적 진단을 내놓은 《88만원 세대》로 주목을 받았다. 그 외 《괴물의 탄생》 《촌놈들의 제국주의》 《조직의 재발견》 등을 써서 사회를 올바르게 진단하는 데 앞장서고 있다.

《88만원 세대》의 저자 우석훈! 그를 만나러 가는 내 마음은 편치 않았다. 우석훈은 대한민국 20대에게 '88만원 세대'라는 공포의 낙인을 찍은 장본인이다. 물론 88만 원이 의미하는 청년 실업과 비정규직 문제를 그의 탓으로 돌리는 것은 아니다. 그는 힘들어하는 20대를 돕기 위해 책을 썼는데 그 책이 베스트셀러가 됐을 뿐이다.

그렇다고 해서 그가 20대에게 붙여준 '88만원 세대'라는 단어의 무게가 줄어드는 것은 아니다. 누구에게는 액세서리 하나의 값일 수도 있지만 다른 누구에게는 한 달 생활비일 수 있는 88만 원! 객관적으로 생각해보면 88만 원으로 서울에서 살아가기란 불가능하다. 천정부지로 치솟는 집값과 생활비는 둘째 치더라도 등록금까지 내기에 88만 원은 턱없이 부족하다.

그의 책이 인기를 거듭할수록 '88만원 세대'라는 단어는 신문과 방송, 강의

등을 통해 쉴 새 없이 들려왔고 취업을 준비하던 나는 불편한 마음으로 그 단어를 접해야 했다. '너는 88만 원밖에 받을 수 없어.', '너는 88만 원 가치밖에 되지 않아.'라는 사형 선고처럼 이 단어가 머릿속에 맴돌았기 때문이다.

나는 우석훈을 만나 묻고 싶은 것들이 너무 많았다. 그는 과연 얼마짜리 20대를 보냈는지, 왜 《88만원 세대》라는 자극적인 제목의 책을 써서 20대를 더 힘들게 하는지, 내가 어떤 일을 해야 그 굴레에서 벗어날 수 있는지를 꼼꼼하게 캐묻고 싶었다.

성공보다는 재미있는 일을 찾아라

상상 속 우석훈과 실제 우석훈은 많이 달랐다. 그를 만나기 전까지 내 가슴 속에 가득 차 있던 호기심과 질투심은 실제 그를 본 순간 스르르 자취를 감추어버렸다. 분명 내가 조사한 그는 아는 것 많고 당당하고 자신감 넘치는 지식인이었다. 하지만 내 앞의 우석훈은 편안한 니트 차림의 교수님, 좀 더 솔직히 말하면 친한 삼촌 같았다.

"우리에겐 스펙 쌓지 말라면서 교수님은 왜 이렇게 대단한 스펙을 쌓으셨어요?" 나의 까칠한 질문에도 그는 해맑게 웃으며 "저는 마이너 중의 마이너예요."라고 자신을 소개했다.

그는 남들이 옳다는 길 대신 가지 말라는 길만 걸어온 청개구리였다. 하지만 주위의 강렬한 반대에 꺾이지 않고 소신대로 했기 때문에 지금도 후회하지 않는 두 가지 일이 있다. 하나는 경제학을 공부하기 위해 미국이 아닌 프랑스 유학을 선택한 일이고, 또 하나는 안정된 월급과 정년이 보장된 에너지관리공단의 부장 자리를 박차고 나온 일이다.

우석훈은 '인생 최고의 선택' 중 하나가 프랑스 유학이라고 콕 집어 말했다. 우선 프랑스의 대학은 학비가 매우 저렴해서 당시 등록금이 겨우 6만 원이었으며, 박사 논문 심사비용을 합해 10만 원만 내면 학업을 지속할 수 있었다. 그리고 그가 다녔던 파리 제10대학의 바로 옆 건물은 68혁명(1968년 5월 프랑스에서 학생과 근로자들이 연합하여 벌인 대규모 사회변혁운동)이 시작된 곳이었다. 저렴한 학비와 사회변혁운동이 시작된 곳이라는 점에 그는 매료되었던 것이다. 게다가 저렴한 영화비 덕에 영화도 실컷 볼 수 있었다고 한다.

에너지관리공단을 그만두겠다고 했을 때도 주위의 반대가 심했다. 하지만 그는 미련 없이 직장을 나와, 책 쓰는 일에 몰두했다. 그 결과가 바로 《88만원 세대》이다.

남들이 권하는 일이 아니라 자신이 원하는 일을 개척해온 그는 지금의 20대를 얼마나 연약하게 볼까? 하지만 그에 앞서 성공회대, 연세대 등에서 강의를 하며 20대와 소통하고자 책까지 쓴 그도 오늘날 20대와 터놓고 대화하기가 너무 어렵다고 했다. 그들과 이야기하다보면 연예인과 취업 얘기가 절반이라고 한다. 연예계 가십거리나 말하면서 깔깔 웃는 것이 정작 그들의 문제를 해결해주지 않는데도 말이다. 가십만을 공유하는 20대는 속내를 감추는 데에만 너무 익숙하다며 우석훈은 젊은이들의 미래를 걱정했다.

내게도 깊은 이야기를 나눌 친구 하나 없는 것 같다는 생각이 들었다. 학교 친구들과 이야기 좀 한다고 하면 취업으로 시작해 한숨으로 서로를 위로하는 것이 고작이었다.

'승자 독식'만 교육받아온 20대는 늘 성공에만 목말라 있다. 그러다보니 서로 단합하기보다는 친구에게조차 진실을 터놓지 못한다. 친구는 더 이상 마음을 터놓는 동료가 아니라 싸워서 이겨야 할 경쟁자일 뿐이다.

우석훈은 이 사회가 심어놓은 성공 이데올로기를 통렬히 비판했다. "성공이라는 말을 머릿속에서 지워버리세요. 코코 샤넬이 성공을 기대하며 자신의 숍을 차렸을까요? 이순신 장군이 성공할 것을 알았기 때문에 나라를 지켰을까요?" 그는 정말 재미있는 일을 찾으라고 조언했다. 스펙이나 성공에 집착하다보면 하고 싶지 않은 일을 하며 인생을 낭비하게 된다는 것이다.

'88만원 세대' 낙인은 20대가 찍은 것

"왜 88만원 세대가 생겼습니까?" 그에게 가장 하고 싶은 질문이었다. 왜 20대에게 88만원 세대, 이태백, 청년 실업이라는 꼬리표가 붙어버린 것일까? 왜 일자리는 늘 부족하고 그나마 있는 일자리도 비정규직인지 그에게 따지듯 물었다. 하지만 그는 "원인은 복합적이지만 결국 20대 때문이다."라는 결론을 내놓았다. 20대가 피해자이면서 동시에 가해자라고도 했다.

우석훈은 대졸 취업자들의 초임 삭감 사건을 예로 들었다. 월급이 줄었는데도 20대 중 누구 하나 이에 반대한 사람이 없었다는 것이다. 피해자인 졸업 예정자들과 취업 선배인 노동조합이 협력해서 초임 삭감을 저지시켜야 했는데도 불구하고 어떠한 행동도 이루어지지 않았다고 한다.

"결국 임금 삭감을 지시한 사람들은 20대가 결속력을 지니지 못했다고 결론 내렸을 거예요. '88만원 세대'에서 벗어나 자신의 이익을 지키려면 직접 움직여야 합니다."

하지만 20대가 하나로 뭉치기에는 한계가 있다. 20대 운동은 여성 운동이나 장애인 운동과는 다르게 시간이 지나면 세대가 바뀌기 때문이다. 그렇기 때문에 이미 취업 대란을 경험하여 아마미아 카린이라는 독특한 영웅을 배출해낸 일본을 주목할 필요가 있다. 그녀는 펑크록 그룹 싱어에서 르포 작가로 변신한 인물로 현재 일본의 20대 운동을 이끌고 있다. "과연 우리나라에서 그런 인물이 배출될 수 있을까요?"라는 질문에 우석훈은 '기획력'이라는 해법을 내놓았다. 20대가 뭉치기 위해서는 그들을 뭉치게 할 참모, 즉 기획력을 가진 사람들이 필요하다는 것이다. 그리고 그 기획력은 폭넓은 독서에서 나온다는 클래식한 조언을 던졌다.

그는 하루에 두 권 정도를 읽을 만큼 독서광이라고 한다. 옛 회사 선배와의 독서 대결에서 이기기 위해 하루에 두 권씩 읽던 것이 습관으로 자리잡은 것이다.

"세상이 어떻게 움직이는지를 알기 위해, 그리고 행동할 순간을 깨닫기 위해 책을 읽어야 합니다. 근본적이면서 깊이 있는 지식을 채우고 싶다면 인터넷보다 책이 더 유용하지요. 멍하니 죽이는 시간을 줄이고 책을 읽으세요. 변화는 한 사람이 만드는 것이 아니라 기획력을 가진 한 사람 한 사람이 모여야 가능하기 때문입니다."

행복을 찾아 떠나도록 돕는 책
《파운데이션》

우석훈은 SF 문학의 거장인 아이작 아시모프의 《파운데이션》(전 10권)을 추천했다. 아시모프는 가난한 러시아 이민자로 미국 브루클린의 빈민가에서 자랐다. 그는 천재 작가도 아니었다. 하지만 《아이, 로봇》《바이센테니얼 맨》《파운데이션》을 비롯해 1년에 9권 이상, 50년 동안 460여 권의 책을 썼다. 그가 다작을 했다고 해서 작품의 질이 떨어질 것이라고 생각한다면 오산이다. 재미도 있거니와 구성 또한 치밀하기 때문이다.

아시모프는 20대를 위한 롤 모델로도 손색이 없다는 것이 우석훈의 평가다.

"아시모프는 프랭크 허버트 같은 부자도, 움베르토 에코 같은 천재도 아니었어요. 아시모프와 함께 SF 문학계의 양대 산맥으로 불리는 프랭크 허버트는 자기 집에 도서관을 갖추고 있을 만큼 어마어마한 부자였습니다. 온갖 자료를 다 갖춰놓고 여유롭게 글을 쓸 수 있는 환경이었지요. 그리고 움베르토 에코는 타고난 천재성으로 다양한 분야의 전문서와 소설 등 수십 권의 책을 펴냈고요. 부나 천재성은 내가 원한다고 가질 수 있는 건 아니에요. 하지만 아시모프처럼 평생 다양한 분야를 공부하면서 재미있는 글을 쓸 수는 있지 않겠어요?"

《파운데이션》은 아시모프가 평생을 바쳐 쓴 책이다. 22세인 1951년부터 쓰기 시작하여 생을 마감하기 직전인 1992년(63세)에 완성했다. 로마제국의 흥망사에서 영감을 얻었다는 이 책은 방대한 은하 제국을 배경으로 하는 SF 역사소설이다. 거대한 은하 제국의 몰락과 그 후 과도기적 상황에서 활약을 펼치는 영웅담을 담고 있다.

이 책에서 가장 먼저 등장하는 영웅은 심리역사학자인 해리 셀던이다. '인간의 집단적 행동을 바탕으로 수학적 관점에서 인류의 미래를 예측하는 학문'인 심리역사학을 전공한 셀던은 타성과 전제정치, 물질의 불평등을 들어 은하 제국의 멸망을 예언한다. 그리고 그 예언을 막기 위해 파운데이션이라는 특수한 미래 사회를 계획한다.

우석훈은 《파운데이션》을 통해 커다란 관점을 정립하여 세계를 바라보고 자신의 미래를 예측하라고 했다. 미래를 예측해본 것과 전혀 해보지 않은 것과는 차이가 매우 크다. 자신이 우주의 한 부분에 불과하다는 것을 깨닫고 지금의 고민거리를 내려놓으면 모든 것이 쉽게 느껴질 것이다. 자기 자신보다는 사회의 관점에서, 더 나아가 세계의 관점에서 자신을 돌아보고 미래를 예측하라는 그의 말을 들으며 내 앞에 놓인 사소한 것들에만 급급했던 나 자신을 반성해볼 수 있었다.

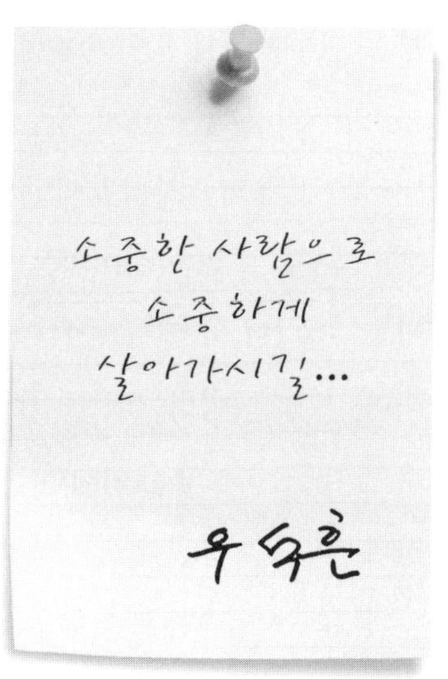

보이는 게 전부가 아니다

해리 셸던은 은하 제국의 붕괴 이후를 대비해 두 개의 파운데이션 세계를 만든다. 제1파운데이션은 원자력과 같은 과학 기술들을 보존하는 창고로, 은하대백과사전을 펴낸다. 제2파운데이션은 인간의 교감과 수학적 미래 예측 등을 후손에게 전달하고자 한다. 나는 두 개의 파운데이션 세계가 물질문명을 중시하는 서양과 정신적 가치를 우선시하는 동양을 그려낸 것은 아닐까, 하는 의문을 품었었다.

파운데이션의 세계에 타인의 감정을 자유자재로 조종하는 돌연변이 인간인 '뮬'이 태어나고 그로 인해 셸던이 예상했던 미래 시나리오는 어긋난다.

보통 생물학에서 돌연변이는 진화의 시작이어서 긍정적인 의미로 여겨진다. 하지만 《파운데이션》 속 뮬은 파멸의 단초이다. 기존의 모든 시스템을 없애 버리는 절대 파괴자이기 때문이다.

우석훈은 우리가 살아가는 현실 세계에도 뮬과 같은 존재가 있는데 그것이 바로 '미디어'라고 꼬집었다. 미디어는 뮬처럼 사람의 생각을 조종하기 때문이다. 우리는 미디어에 둘러싸여 있으며 미디어가 주는 정보들을 절대 진실로 받아들인다. 그는 이러한 현상을 "미디어가 인간의 영혼 자체를 원천 조작한다."라고 표현했다.

미디어에 비치는 아름다운 모습이 아니라 그 속에 감추어진 진실을 보기란 쉽지 않다. 반면 보이는 대로 믿고 따르는 것은 쉽고 편안하다.

20대는 미디어에게 강탈당하고 있는 영혼의 지배를 거부할 수 있어야 한다. 사회의 어두운 곳에서 고통받는 사람들을 외면하지 않고 도움의 손길을 건네는 것이야말로 20대가 해야 할 일이다. 우리는 88만원 세대라 불리는 사회 약자인 동시에 건강하고 강인한 체력과 정신을 갖춘 열정적인 세대이기 때문이다. 전지전능하게만 보였던 뮬의 지배도 결국 몰락하듯이, 이미지와 미디어에 저항하고 좋은 사회를 만들기 위해 노력하는 행동은 분명 빛날 것이다.

우석훈은 현대가 이미지 중심의 세계라는 지적도 빠뜨리지 않았다. 사회가 너무 보이는 것에만 집착한다는 것이다. 옳고 그름이 아닌 겉모습만으로 현상을 구분하고 사람을 판단하는 경우가 자주 있다. 중범죄를 저질러도 외모가 뛰어나면 용서가 되는 세상. 추한 것이 진실일 수 있다는 그의 말은 아름다움을 숭배하며 어두운 진실을 외면하는 우리에게 던지는 따끔한 충고였다.

행복 찾아 떠나는 여행은 끝나지 않는다

《파운데이션》에서 제1파운데이션, 제2파운데이션을 넘어 대안으로 등장하는 사회는 '가이아'이다. 가이아는 모든 생명체가 연결된 초유기적 생태계로, 사람과 생물이 서로의 생각을 공유할 수 있다. 우석훈에게 가이아에 대해 어떻게 생각하는지 물었다.

"영혼이 연결되어 서로에 대해서 너무나도 잘 안다는 사실은 무섭습니다. 네트워크를 넘어 의지까지 결합한다는 것은 너와 나의 구분이 없어진다는 뜻이지요. 너는 곧 나이고 우린 하나다. 이것은 개성이 없어진다는 뜻인데 그런 세상에서 왜 살아야 합니까?"

아시모프는 인도 철학을 결합하여 뉴에이지적 세계인 가이아를 만들었다. 처음에는 서로를 진정으로 공감할 수 있다는 측면에서 가이아를 이상세계로 생각했었는데 그의 설명을 듣고 나니 지나친 감정의 공유, 즉 '하나'라는 개념은 두려운 것이었다. 나만의 성취, 나만의 즐거움, 나만의 생각 등을 상대와 공유해야 한다니 얼마나 소름 끼치는가? 그래서 우주의 운명을 선택해야 하는 책 속 인물인 골란 트래비스는 제1파운데이션도, 제2파운데이션도, 가이아도 아닌 세계를 찾아 여행을 떠난다.

우석훈은 트래비스처럼 매일 여행을 떠난다고 했다.

"지금도 끝없이 여행을 하고 있는 중입니다. 안식을 찾는 여행은 끝날 수가 없거든요. 왜냐하면 이상은 머리에만 존재하기 때문이죠."

안식을 찾는 여행을 계속한다는 그를 보면서 역시 용기가 대단하다는 생각이 들었다. 현실에 안주하지 않고 더 좋은 것을 찾아 떠나는 여행은 분명 힘들다. 여행은 새로운 것, 더 나은 것을 발견하는 시도이다. 나 역시 트래비스처럼, 우석훈처럼, 내가 진정으로 원하는 행복을 찾아 여행을 떠나는 마음으로 살아야겠다. 좀 더 나은 내 자신, 좀 더 나은 사회를 꿈꾸며….

즐겁지 않은 것은 하지도 마라

우석훈은 인터뷰 내내 재미를 강조했다. 즐겁지 않은 것은 하지도 말라고 거듭 조언했다. 자신만의 재미를 찾아내는 사람이 세상으로부터 인정을 받는다. 아이작 아시모프가 위대한 SF 작품들을 쓴 것도 스스로 즐겁게 일을 했기 때문이다. 그가 아시모프의 책을 추천한 이유도 재미있기 때문이라고 했다. 우석훈은 《파운데이션》을 읽으면서 재미와 아시모프의 방대한 지식, 생각 그리고 교훈까지 함께 얻었다고 한다.

사실 우석훈은 아시모프와 유사한 점이 많다. 재미있는 삶을 살면서 사회의 인정도 얻었다는 점에서 그렇다. 그가 만약 돈이나 성공만을 좇아서 살았다면 지금의 위치에 오를 수 있었을까? 만약 올랐다고 하더라도 행복하지 않았을 것이다. 하지만 우석훈은 재미를 선택했기 때문에 지금 너무나 행복하게 살고 있으며 사회의 인정도 받고 있다.

재미있는 삶을 살기 위해서는 자신이 진정 소중한 존재라는 사실부터 깨달아야 하며 결국에는 자신을 소중히 다룰 줄 알아야 한다. 말로만 자신을 소중하다고 말하는 오늘날의 20대. 토익, 학점, 학벌에 과도한 에너지를 쓰면서 진정 자신에게 소중한 것이 무엇인지 잊어버리는 20대. 그는 그런 20대에게 뼈아픈 충고를 했다.

"만약 사회가 요구하는 대로 좋은 학교, 좋은 학점, 좋은 토익 성적을 받아서 대기업에 들어가면 어떻게 되는지 아나요? 기껏 40대 초중반, 부장에서 끝나요. 그 자리에 오르기까지 회사가 지시하는 일만 죽어라 해서 부장이 되었는데 언제 명퇴 당할지 몰라 아등바등 살아야 하는 이 더러운 현실. 진짜 그런 삶을 원하나요? 만약 그렇지 않다면 진짜 원하는 삶을 살도록 하세요."

'내' 인생에서 '내'가 원하는 사람들과 '내' 목소리를 낼 수 있어야 진짜 20대 같다고 말하는 우석훈.

"여러분은 40대가 아니잖아요. 20대는 도전하고 실패하고 다시 일어서느라 바빠야 하는 시기랍니다"

도전하기 때문에 행복한 삶이 불안에 떨며 사는 삶보다 훨씬 나을 것이다. 결국 《88만원 세대》는 피해자이면서 동시에 가해자인 20대에게 삶의 견고한 깨달음을 주는 바이블 같은 책이었다. 그리고 그 바이블의 저자는 색다른 재미와 냉철한 현실인식을 요구하는 SF 문학의 바이블을 내밀며 20대의 어깨를 툭툭 두드려주었다. 진짜 재미난 게 뭔지를 찾아서 도전해봐요, 라고.

파운데이션 아이작 아시모프

아이작 아시모프가 로마제국 흥망사에서 영감을 얻어 썼다고 하는 SF 소설의 걸작. 인간이라는 존재의 미래와 흥망을 그려냈으며 파운데이션의 역사를 통해 인간의 역사를 우회적으로 비판하고 미래에 대한 경고 메시지를 남겨 출간 당시 커다란 반향을 불러 일으켰다.

희망 바이러스를
세상에 뿌려라

희망연구소 소장. 한국에서 힘든 20대 초반을 보냈으나 미국으로 건너가 결혼한 후 미 육군에 자원입대했다. 퀸스 칼리지를 시작으로 입학 15년 만에 메릴랜드 대학 경영학과를 졸업했으며 43세에 하버드대학원 입학, 16년 만에 박사 학위를 취득하여 화제가 된 바 있다. 대표작으로 《나는 희망의 증거가 되고 싶다》 《서진규의 희망》 《희망은 또 다른 희망을 낳는다》 등이 있다.

열네살 여름, 어느 허름한 도서관에서 서진규를 처음 만났다. 물론 책을 통해서였다. 당시 중학생이었던 나는 새 책임에도 유난히 손때가 묻어 반짝이던 그녀의 책 《나는 희망의 증거가 되고 싶다》를 발견하고는 냉큼 집어 들었다. '얼마나 재미있으면 새 책이 이렇게 반들반들해졌을까?'라는 호기심으로 읽게 된 그녀의 인생 스토리는 드라마보다 더 드라마틱했고, 웬만한 고전 전기보다 훨씬 많은 교훈을 담고 있었다.

엿장수의 딸로 태어나 지독한 가난을 겪은 서진규는 고등학교를 마치자마자 가발 공장에 취직했다. 스물세 살에 미국에 건너가 식모와 웨이트리스의 삶을 살아야 했지만 그녀는 결코 낙담하지 않았다. 결국 미군에 자원입대하여 장교로서의 삶을 개척해 나갔으며 끝내 하버드대에 합격하는 영광을 누리게 된 서진규.

어떠한 장벽과 고난도 당당하게 헤쳐 나간 그녀의 이야기를 읽으면서 당시 중학생이었던 나는 정신이 번쩍 들었다. 그리고 인간관계에 문제가 생길 때마다 '그녀는 더 힘든 인간관계도 참고 견뎠어.'라며 마음을 다잡았고, 공부가 너무 하기 싫어 책과 볼펜을 집어 던지고 싶어도 '그녀처럼 치열하게 공부해서 하버드대에 반드시 가야지.'라고 스스로를 다그치곤 했다.

자존감을 가슴에 품고 살다

서진규의 20대는 너무나도 초라했다. 고등학교 때는 미래를 생각하며 꿈이라도 꾸었지만 졸업 후 사회에 내던져지면서 그녀는 꿈조차 꿀 수 없는 사회 하층민으로 전락했다. 식당 종업원, 가발 공장 직원으로 멸시와 차별을 받으며 살아갈 수밖에 없었다.

서진규는 자신의 젊음이 불쌍했고 초라하게만 느껴졌다. 하지만 좌절하지는 않았다. 오히려 자존감을 품고 살아가리라 다짐했다. 지금 이렇게 산다고 해서 영원히 이렇게 살지는 않을 것이라는 오기가 생겼던 것이다. 돈, 권력, 성적 차별을 이겨내리라는 오기를 품으며 살아왔던 그녀의 에너지는 무엇보다 강력했다.

결국 자존감으로 버티고, 그 힘으로 세상의 중심에 서고자 했던 서진규는 대한민국 수많은 젊은이들에게 희망의 롤 모델이 되었다. 그리고 그녀는 많은 것을 이루어냈다. 미군 소령 제대, 하버드대 석사 및 박사 학위 취득, 희망 전도사 활동 등으로 살아온 것이다.

그렇다면 그녀는 어떻게 이 많은 꿈들을 이루어냈을까? 특히 박사 학위를 따기 위해 16년 동안 하버드대에 다녔던 이유는 무엇이었을까? 이 질문에 서진규는 재미있는 에피소드를 들려주었다.

초등학교 시절 서진규가 선생님에게 물었다.

"선생님, 성공이 뭐예요?"

"학자나 박사가 되는 거란다."

선생님의 이 대답은 어린 서진규의 뇌리에 강하게 박혔다. 그녀에게 성공은 곧 박사가 되는 것이었다. 그래서 박사학위를 따기 위해 30년 세월을 투자했고, 최근에 그 꿈을 이루었다.

서진규는 2010년 제천 한방바이오엑스포 1호 홍보대사로 위촉되어 고향을 찾았다. '꿈은 이루어진다.'라는 말이 현실이 되어버린 것이다. 엄동설한 개울가에서 빨래하며 두 손을 호호 불던 한 아이는 '먼 훗날 박사가 되어 날 무시하던 사람들에게 인정받아야지.'라고 다짐했던 꿈을 50년 만에 이루어냈다.

대한민국 20대여, 강해져라

서진규는 대한민국 20대가 지나치게 나약하다며 안타까워했다. 그녀는 이러한 사회적 문제를 부모 때문이라고 했다. 비정상적인 자식 사랑이 자녀의 미래를 망쳐버렸다는 것이다.

하지만 더 가슴 아픈 사실은 자식들이 부모를 존경하지 않는다는 사실이다. 단지 돈 벌어다주는 기계, 잔소리하는 사람 정도로만 생각한다. 이 또한 부모가 자식을 올바르게 키우지 못했기 때문이다.

"같이 있기 어려운 사람에게 상담을 받으면 가치가 있다고 생각해도 늘 가까이에 있는 사람에게 상담을 받으려는 사람은 별로 없지요. 오히려 그들을 무시하기 일쑤입니다. 특히 나만 쳐다보는 부모라면 얼마나 부담스럽겠어요? 가장 가까이서 그들의 이야기를 들어줘야 하는 사람이 부모인데 그러지 못하니 문제인 거죠. 자녀는 결국 정서적으로 불안해지고 제대로 성숙하지 못한 인간으로 성장할 뿐입니다."

자녀와 대화하고 싶다면 눈높이를 맞춰야 한다고 서진규는 강조했다.

"책 좀 읽으라고 잔소리하기 전에 부모부터 책 읽는 모습을 보여줘야 합니다. 아이는 부모의 거울이잖아요. 그대로 배우는 거죠. 부모도 알아야 합니다. 아이가 어릴 적부터 생각해온 진짜 롤 모델은 바로 부모라는 것을 말이죠. 그러니 부모도 준비되어 있어야 합니다."

덧붙여 그녀는 미국 학생들의 이야기를 꺼냈다. 미국에서 오랫동안 살아온 그녀이기에 한국과 미국 20대의 차이를 누구보다 객관적으로 파악할 수 있지 않았을까? 20대부터 독립해 스스로 학비를 충당하고 미래를 설계하는 미국의 20대! 대학도 부모가 보내주는 것이라 철석같이 믿고 아무 계획도 없이 학교를 다니는 한국의 20대! 이 둘을 비교하는 그녀를 보면서 "독립하고 싶어도 그러지 못하는 20대도 있습니다."라고 변명하고 싶었지만 그만두었다. 솔직하게 이는 소수일 뿐이니까.

화제는 20대의 독서 문화로 자연스레 이어졌다. 대학생이라면 누구나 학점, 토익 등의 스펙을 쌓느라 책 읽을 시간이 없다고 변명을 늘어놓을 것이다. 나 역시 독서가 쉽지 않다. 정말 바쁘기 때문이다. 하지만 그녀는 이렇게 말한다.

"책에 대한 자세부터 바꾸세요. 즐겁게 읽을 수 있는 책부터 시작하면 됩니다. 읽지도 않는 어려운 책을 왜 굳이 고집하나요? 만화책이라고 부끄러워하지 마세요. 수많은 위인들이 만화책에서 많은 가르침을 얻었다고 얘기하거든요."

책을 읽을 때는 지식을 쌓는 것도 중요하지만 자신의 인생에 가르침이 되어줄 롤 모델을 찾는 것 역시 중요하다는 말도 덧붙였다. "사실 주위에서 롤모델을 찾기란 쉽지 않잖아요. 하지만 책에는 나의 롤 모델이 너무나도 많이 있습니다."라며 독서의 중요성을 재차 강조하는 그녀!

사실 존경하는 인물이 누구냐는 질문을 받으면 나는 선뜻 대답하지 못한다. 내가 책을 많이 읽지 않았다는 문제도 있겠지만 롤 모델을 구체적으로 두고서 그에 맞는 미래를 계획하지 못했던 탓도 있을 것이다. 앞으로 나의 미래, 내가 제대로 그려 나가야겠다고 다짐했다.

꿈을 향해 달리는 당신을 위한 책
《노인과 바다》

서진규가 20대에게 추천한 책은 어니스트 헤밍웨이의 단편소설 《노인과 바다》다. 헤밍웨이는 페루의 작은 어촌에 사는 산티아고 노인의 이야기를 담은 이 책으로 노벨문학상과 퓰리처상을 수상했다. 오랫동안 고기를 잡지 못해 '살라오(최악의 불운)'라 멸시 받던 산티아고가 고군분투 끝에 커다란 청새치를 잡지만 상어 떼에 빼앗긴 채 뼈만 갖고 돌아온다는 내용이다.

나는 이 책을 읽으며 노인의 삶과 서진규의 삶이 비슷하다고 생각했다. 서진규도 산티아고 노인과 자신이 닮았다는 생각이 들어서 이 책을 추천했다

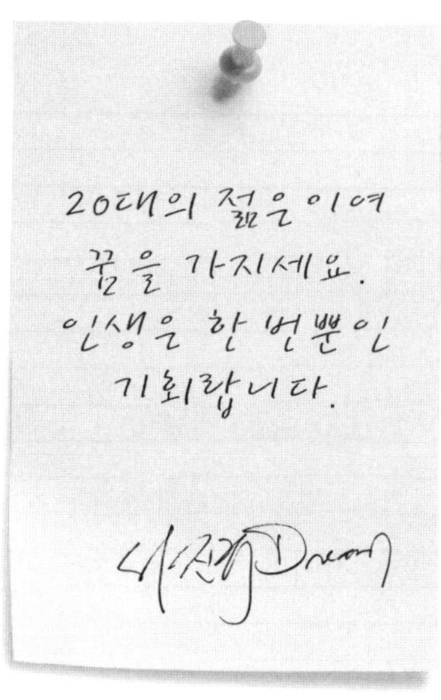

고 한다. 다만 그녀는 인생의 모습보다도 역경을 극복하는 노인의 자세가 자신과 닮았다고 했다.

노인은 넓은 바다 한가운데에서 자신과 끝없이 이야기하며 지쳐가는 스스로를 달랬다. 그녀 또한 힘들 때마다 자신과 대화하며 스스로에게 용기를 주었다. 항상 기운이 넘쳐 보이는 그녀이지만 포기하고 싶었던 적이 왜 없었을까? 그럴 때마다 그녀는 스스로를 다독이며 '너는 이런 일도 견뎌냈잖아. 이번에도 할 수 있어.'라고 응원했다고 한다.

하지만 나는 원하는 대학 입학에 실패했을 때 남들의 평가에 흔들리며 나 자신을 너무도 괴롭혔다. 나 자신과 긍정적인 대화를 하기는커녕 스스로를 미워하고 현실을 외면한 채 게임이나 인터넷 같은 길로 도피했었다. 세상에는 자신의 처지를 절망하고 포기하는 사람들이 얼마나 많은가. 서진규도 물론 어려운 시절을 겪었다. 하지만 그녀는 그 시절을 견뎌냈다. 바로 '허황된' 꿈을 꾸면서….

당시 그녀는 스스로가 생각해도 너무 못났었다. 가발 공장 여직원에게 관심을 가져주는 사람은 아무도 없었다. 하지만 그녀는 초라한 자신을 바꾸기 위해 미국으로, 하버드대로 떠났다. 《노인과 바다》의 산티아고 노인처럼 서진규 역시 아무리 절망스러운 현실도 긍정적으로 바라보며 자신을 믿었기 때문에 해냈던 것이다.

희망은 가장 큰 물고기이다

큰 물고기를 잡으러 간 지 85일째, 노인은 걸프만에 도착한다. 그리고 마침 내 청새치를 잡는다. 청새치를 보트로 끌어올리려는 노인과 저항하는 청새치 의 싸움은 3일이나 계속되었다. 그 과정에서 노인은 피로와 갈증, 부족해지 는 양식과 지친 체력이라는 악조건에 시달린다. 마침내 잡은 희망이지만 그 희망을 굳히는 것 또한 쉽지는 않았다.

서진규가 인생에서 잡은 큰 물고기는 하버드대 입학이었다. 하지만 그녀 역시 노인처럼 물고기를 잡는 것이 결코 쉽지만은 않았다. 당시 그녀는 과거 의 자신을 떠올리며 어려움을 이겨냈다고 한다. 초라했던 자신에 대한 분노, 반항, 오기 그리고 상상력.

그녀는 더 이상 손가락질 받으며 살고 싶지 않았다. 하지만 하버드대에서 의 생활은 너무나 힘들었다. 어영부영 공부하다가 하버드대까지 온 자신과는 다르게 어린 시절부터 진짜 공부를 해온 아이들과 경쟁해야 했던 서진규. 하 지만 여기서 그만둘 수는 없었다. 때마침 첫 책을 낸 이후 그녀를 알아보는 사 람들이 늘어나기 시작했던 것이다. 그들에게 부끄러운 모습을 보여줄 수는 없었다. 그리고 그녀는 결국 해냈다.

인생에서 잡아야 할 가장 큰 물고기는 '희망'이라고 당당히 말하는 서진규. 그녀는 물고기를 놓칠까봐 조마조마했고, 잡은 물고기는 놓치지 않으려고 노 력했다. 그리고는 남들을 위해 세상에 물고기 알을 뿌리기 시작했다. 그녀가 뿌린 물고기 알은 이미 어린 물고기가 되어 사람들 손에 잡히기 시작했다. 그 녀의 인생을 고스란히 담은 책과 미국과 대한민국 곳곳에서 열리는 강연회는 모두를 위한 물고기였던 것이다. 그리고 그녀는 수많은 사람들의 손에 들릴 물고기들을 효과적으로 키워내기 위해 희망연구소를 세웠다.

실패는 끝이 아니라 시작이다

노인은 오랜 사투 끝에 청새치를 잡았지만 이번에는 청새치를 향해 달려드는 상어 떼와 싸우게 된다. 그리고 청새치의 살점을 상어들에게 모두 빼앗기고 만다.

이처럼 인생에서 힘들게 잡았던 물고기를 놓치게 되는 경우가 종종 있다. 나 또한 결코 잊을 수 없는 기억이 있다. 너무도 원했던 회사의 최종 면접에서 떨어졌을 때, 누구나 겪는 일이라는 건 알고 있었지만 막상 내 일로 닥치자 너무도 힘들었다. 하루 종일 울고 일주일 이상 방에 처박혀 있었다. 나 자신을 죽이고 싶을 만큼 미워했었다. 하지만 난 깨달아야 했다. '내가 이렇게 해도 세상은 달라지지 않는구나.'라는 현실을.

서진규는 처음 준위 승급에서 떨어졌을 때와 두 번의 결혼에 실패했을 때 그 현실을 감당할 수 없었다고 했다. 하지만 그녀는 그때를 '실패'가 아닌 '실수'라 표현했다. 실수한 자신을 버릴 수는 없지 않은가?

"남들에게 정의로운 것처럼 나에게도 정의로워야 했어요. 포기할 수는 없었죠."

그녀에게 실패는 끝이 아니라 또 다른 시작이었다. 희망을 놓지 않은 그녀에게 실패는 잠시 겪는 인생의 굴곡일 뿐이었다. 울퉁불퉁한 인생의 길, 그러나 우리에겐 연비 좋은 차가 있지 않은가? 그 차는 자존감으로 튼튼해졌으며 희망이라는 가스로 가득 차 있다. 나 역시 실패를 겪은 후 더 단단해졌다는 사실을 깨달았다. 대학이 인생의 전부가 아니라는 사실을 입학 후에 알게 되었다. 직장이 인생의 전부가 아니라는 것 또한 인생 선배들을 만나면서 알게 되었다. 인생을 영화나 드라마라 생각하고 실패를 또 다른 시작으로 받아들이라는 말, 그동안 주위에서 많이 들어왔지만 그만큼 기억해야 할 진실이 담겨 있는 말이었다.

미국 국무장관을 꿈꾸다

'인간은 패배하려고 태어난 것이 아니다. 죽을 수는 있지만 패배하지는 않는다.' 이는 《노인과 바다》에 나오는 유명한 구절이다. 노인은 그를 괴롭힌 청새치에게도, 그를 좌절케 한 상어 떼에도 패배하지 않고 또 다른 도전을 다짐하며 사자 꿈을 꾼다.

끝없이 꿈을 꾸기 때문에 인간일까? 모든 것을 다 이룬 것처럼 보이는 서진규도 매일 더 큰 꿈을 꾼다고 했다. 그녀는 세계 최고의 베스트셀러 작가이자 강사가 되는 꿈을 꾼다. 미국의 국무장관이 되는 꿈, 노벨평화상 규모의 세계 평등상을 만드는 꿈도 꾼다. 지금까지 이룬 것도 엄청난데 왜 그렇게 쉬지 않고 도전하는지 물었다.

"꿈을 꾸지 않으면 죽음을 향해서 무의미하게 달려가는 것과 다를 게 없잖아요. 그런 삶을 어떻게 살겠어요?"

그녀는 지금도 꿈을 향해 달리고 있다. 한국과 미국을 오가며 출판 준비에 강연까지 하느라 매니저를 둬야 할 만큼 바쁘게 살고 있지만 그녀의 꿈은 점점 높아지고 있다.

"만약 꿈이 이루어져서 돈을 많이 벌게 된다면 비행기를 한 대 사서 세계 곳곳에 있는 불쌍한 사람들을 돕고 싶어요. 오프라 윈프리처럼 말이죠."

　자신의 원대한 꿈, 결국 이루게 될 그 꿈을 꾸는 서진규는 진정 행복한 사람이었다.

　그녀를 보면서 나는 무슨 꿈을 꾸고 있는가, 묻지 않을 수 없었다. 10여 년 전에는 미스코리아도 되고 싶었고 대통령도 되고 싶었는데, 그렇게 꿈 많던 나는 어디로 가버린 걸까? 그래서 서진규가 조금 미웠던 것이 사실이다. 질투도 났다. 하지만 부러웠다. 내 롤 모델은 이 사람이구나, 하는 생각도 들었다. 그러니 나도 계속 꿈을 꿀 것이다. '취업'이나 '결혼' 같은 사회의 굴레에서 벗어나 내가 정말 원하는 것을 향해 당찬 꿈을 꾸어야겠다.

큰 꿈을 품어라

　얼마 전, 강연장으로 급히 가던 서진규를 경찰이 세웠다. 그녀는 순간 당황했다. 하지만 경찰은 "서진규 선생님 아니세요? 군대에서 선생님 책을 읽었는데 너무 감동을 받아 큰절이라도 하고 싶었습니다."라며 인사를 꾸벅 했다고 한다.

　책을 쓰고 난 뒤 그녀에게는 비슷한 일들이 종종 벌어졌다. 한 초등학교 4학년 학생은 '어른들의 잔소리를 듣고 희망을 잃었었는데 선생님 책을 읽고 나서 기운을 얻었다.'라며 팬레터를 보내기도 했고, 한 중학생은 강연 후 '외교관이 꿈인데 날이 갈수록 고등학교 진학에도 자신감이 없어졌어요. 그런데 선생님 강의를 들으면서 나도 할 수 있다, 라는 자신감이 생겼어요.'라는 감사인

사를 전했다고 한다. 서진규 자신이 '희망 바이러스'가 되어 세상 곳곳에 긍정의 에너지를 뿌리고 있었던 것이다.

"인생에서 큰 물고기를 잡으려면 할 수 있다는 굳건한 믿음부터 가져야 해요. 그러기 위해선 작고 초라한 꿈이 아니라 원대한 꿈을 꾸는 것이 중요해요!"

가발 공장에서 일하면서 하버드대 출신이라는 꿈만 꾸었다면 모두가 비현실적이라며 손가락질했을 것이다. 그러나 그녀는 노력을 통해 그 꿈을 이루어냈다. 나도 서진규처럼, 산티아고 노인처럼 나 자신의 가능성을 굳건히 믿어야겠다.

"누구라도 나처럼 큰 물고기를 잡을 수 있습니다. 자기를 굳건히 믿기만 한다면."

노인과 바다 어니스트 헤밍웨이

84일 동안 아무것도 잡지 못하다가 사흘간의 싸움 끝에 큰 청새치를 잡는 노인. 그러나 돌아오는 길에 상어 떼에게 전부 빼앗긴다는 줄거리를 담은 이 소설은 고독한 인간의 운명을 상징적으로 그려내어 헤밍웨이에게 퓰리처상과 노벨문학상을 안긴 세기의 명작이다.

인권 감수성을
세계적 수준으로 높여라

서울대 사회학과를 졸업하고 독일 괴팅겐대 사회학 석사 및 박사 과정을 거쳐 서울대 교수, 스위스 제네바 WCC 아시아 국장, 초대 대한민국 인권대사, 국가인권위원회 상임위원, 초대 경찰청 인권위원장, 통일원 정책위 위원장으로 활동했다. 현재 이화여대 학술원 석좌교수, 평화학연구소 소장으로 재직 중이다. 저서로는 《지구촌 시대의 평화와 인권》《인권대사가 체험한 한반도와 아시아》《산업민주주의》《세계시민 한국인의 자화상》《Reconciliation & Reunification》《Promoting Peace and Human Rights on Korean Peninsula》《Concern for Life》 외 다수가 있다.

대한민국 최초의 인권대사 박경서. 그는 일찌감치 세계화 물결에 합류한 사람이다. 그의 커리어는 대한민국이 아닌 수많은 나라에서 일했던 사항들로 넘친다. 오늘날 20대가 가장 꿈꾸는 인재상인 '글로벌 인재'라는 표현을 수십 년 전부터 체감해온 박경서를 만나러 이화여대 언덕을 오르는 길은 쌀쌀했지만 마음만은 따뜻했다. 세계인의 인권을 위해 일할 정도로 오픈 마인드를 가진 사람을 만나러 가는 길이었기 때문이다.

마른 넝쿨이 우거진 고풍스러운 건물 안에 위치한 교수실에 도착하자 따뜻한 풍경이 나를 반겼다. 정갈한 책상과 의자, 세계 방방곡곡에서 모아 온 것 같은 각국의 언어로 쓰인 책들, 그리고 따뜻한 공기를 폴폴 풍겨대는 라디에이터는 옛날 영화에서 보았음직한 편안한 공간 그대로였다. 그 가운데 서서

환하게 미소 짓는 그를 보자 세찬 바람으로 꽁꽁 얼었던 몸과 마음이 사르르 녹아내리는 듯했다.

전 세계에 나의 숨결을 남기다

현재 박경서는 이화여대에서 '지구촌 인권 평화 특강'이라는 수업을 진행하고 있다. 3년 전 이화여대 석좌교수로 부임한 뒤 그동안 맡았던 모든 직책을 버리고 교육에만 집중하고 있는 것이다. 그는 한국에 돌아온 지 10년이 지났지만 귀국 후에도 국내에만 머무르지 않았다. 그동안 방문한 나라의 숫자를 세더니 100여 개가 넘는다며 너털웃음을 짓는 박경서. UN 가입국인 191개국을 포함하여 약 203개국이 지구상에 존재하고 있으니 그는 세계의 절반을 방문한 셈이다.

그렇다면 그는 왜 인권대사라는 길을 선택했을까? 박경서는 우연히 사회학을 전공했는데 소외된 사람들의 절박한 이야기들을 듣다보니 사명감이 생겼다고 했다. 뿐만 아니라 초등학교 시절 여순 사건(1948년 10월 19일 전라남도 여수에 주둔하고 있던 국방경비대 제14연대 소속 일부 군인들이 일으킨 사건)이 발생했는데, 그는 당시 고향인 순천에서 낮에는 군인이 경찰을 잡으러 다니고 밤에는 경찰이 군인에게 보복하는 아비규환을 생생히 목격했다. 게다가 삼촌이 이 사건에 휘말려 돌아가시기까지 했다.

곧이어 일어난 한국전쟁에서는 외할머니, 외삼촌과 외숙모, 조카까지 공산당원에게 죽임을 당했다. 일련의 끔찍한 경험을 통해 그는 전쟁을 증오하게 되었고 인권과 평화에 자연스럽게 관심을 가지게 되었다고 한다.

박경서는 27살에 해병대 장교로 제대한 뒤 크리스천 아카데미(1959년부터

2000년까지 존재했던 대한민국의 개신교 교육단체)에서 간사로 일을 했다. 그러던 어느 날 한국을 방문한 독일 대통령을 가이드하는 업무가 주어졌다. 일주일 동안 독일 대통령을 가이드하며 이런저런 이야기를 나누던 중 우연히 유학 이야기를 하게 되었다. 박경서가 미국에서 공부하고 싶지만 학비와 생활비 때문에 엄두도 내지 못한다고 하자, 독일 대통령은 장학금을 줄 테니 독일로 오라고 권했다. 독일 유학은 생각조차 하지 않았는데 장학금이라는 말에 솔 깃해 1967년 독일로 떠났고 한다.

그의 독일 유학은 인권대사가 되기 위한 첫걸음이었다. 한국을 벗어나 넓은 시각에서 대한민국의 인권 상황을 바라보는 데 바탕이 되었던 것이다.

그의 삶은 정말 한 편의 드라마 같았다. 교과서에서만 봤던 여순 사건을 직접 경험했을 뿐 아니라 독일 대통령과의 인연으로 유학에 올랐으니 이는 우연의 연속이라 할 만했다.

하지만 우연을 받아들이는 그의 태도는 남달랐다. 만약 내가 여순 사건을 겪었다고 해서 박경서처럼 인권대사의 길을 걸어야겠다고 결심할 수 있었을까? 지금의 나였으면 과거의 충격 때문에 적지 않은 트라우마가 생겨 거기에서 쉽게 벗어나지 못했을 것이다. 좋은 경험이든 나쁜 경험이든 그것을 통해 교훈을 얻어 직업으로까지 삼는다는 것은 결코 쉬운 일이 아니다. 게다가 대한민국의 인권만을 담당하기도 벅찰 텐데 세계인의 인권이라니.

20대여, 203가지의 답을 찾아라

박경서는 지금의 20대를 어떻게 평가하고 있을까? 우선 그는 20대가 지니고 있는 다양성을 높게 평가했다. 어떤 20대는 자유분방하게 지내면서 시간을 낭비하는 것처럼 보이지만 미래를 향해 노력하면서 젊음을 만끽하는 20대도 있다. 하지만 자신의 20대와 비교해보았을 때 오늘날의 20대는 노력하는 세대라고 그는 평가했다. 특히 영어, 일어, 중국어 같은 외국어에 능통한 학생들이 많아 대단하다고까지 했다.

다만 그는 영어, 일어, 중국어를 제외한 다른 언어를 배우고자 하는 20대가 거의 없어 안타까워했다. 세상에는 수만 개의 언어가 있는데 영어, 일어, 중국어만 배우면 된다고 착각하는 젊은이들이 많다. 물론 이는 취업 때문이기도 하다. 하지만 필리핀의 따갈로어나 인도의 힌디어, 파키스탄의 우르드어, 이란의 이란어 등을 공부해둔다면 자신만의 강점이 될 수 있다고 박경서는 조언했다.

그의 이야기를 듣다보니 한 친구가 떠올랐다. 그 친구는 대학 시절 북유럽 국가의 언어를 공부했었다. 다들 의아해하며 "영어나 하지 그런 건 왜 배우냐?"라며 오히려 핀잔을 주곤 했었는데 최근 그 국가로 취업했다는 소식을 들었다. 이렇게 취업이 힘든 시기에 복지국가에 취업하게 되었으니 얼마나 좋을까! 나를 비롯한 모두가 그 친구를 부러워했다. '진작 다른 언어도 공부해둘걸.' 하는 후회가 밀려왔었다.

하지만 이는 지극히 예외적인 경우이다. 현재 대한민국 20대는 영어 우선주의 세상에 살고 있기 때문에 제2외국어를 공부한다는 것은 사실 쉽지 않다. 영어를 완벽하게, 아니 영어 점수를 완벽하게 따두어야 하기 때문에 다른 언어는 생각조차 못하는 것이다.

"기업들이 영어, 일어, 중국어 같은 주요 국가들의 언어 성적만 채용에 반영하니까 다른 언어는 배울 엄두조차 나지 않습니다."라고 소심하게 항변하자 박경서는 "남들과 똑같으면 발전이 없습니다. 제3세계 언어를 배워두는 것이 모두가 할 수 있는 영어보다 훨씬 유용할 겁니다."라고 반박했다. 이어서 그는 언어를 배우는 것은 또 하나의 해답을 얻는 것과 같다며 한 가지 예를 제시했다.

아프가니스탄에서 23명이 탈레반에 인질로 붙잡힌 사건이 일어났다. 인질을 구하기 위해서는 탈레반과 협상을 해야 하는데 주변에 아프가니스탄어를 하는 사람이 없어 애를 먹고 있었다. 그때 마침 이란에서 근무하며 이란의 언어를 배운 국정원 직원이 있어 탈레반과의 협상에 큰 도움을 받았다고 한다. 이란어와 아프가니스탄의 언어는 같다.

박경서는 하나의 언어만 알면서 전 세계가 주는 해답을 습득하려는 것은 지나친 욕심이자 불가능한 시도라고 했다. 책을 예로 들더라도 원서를 읽는 것과 번역서를 읽는 것은 생각의 깊이가 미묘하게 다르다. 이는 언어를 공부한 사람이라면 누구라도 아는 차이점이다. 세상에는 203개의 나라가 있으니 203개라는 다양한 해답이 존재하는 셈이다. 이런 정신을 지닌 사람이야말로 미래에 글로벌 시민으로 성장할 수 있다고 그는 강조했다.

빛나는 눈동자를 가져라

7년간의 독일 유학 시절과 18년 동안 스위스 제네바 WCC 아시아 국장으로 지내면서 수많은 나라를 방문했던 박경서. 그는 선진국과 비선진국의 차이를 젊은이들의 '빛나는 눈동자' 수에서 찾았다.

개발도상국 젊은이들의 눈동자에서는 대부분 반짝반짝 빛이 난다고 했다. 그들에게는 미래에 대한 비전이 있기 때문이다. 방글라데시에서 물동이를 이는 아이의 눈동자에는 가난과 기아에서 벗어나고자 하는 목표와 희망이 있다.

하지만 선진국에는 빛나는 눈동자와 그렇지 않은 눈동자를 가진 젊은이가 반반이라고 한다. 빛나는 눈동자를 가진 젊은이들은 자기계발에 힘쓰는 반면 현재에 안주하며 비전을 갖지 못한 젊은이들은 눈동자 색깔부터 다르다. 그가 보았을 때 미국, 프랑스, 독일 젊은이들보다 페루나 아르헨티나 젊은이들의 눈동자가 더 빛났다는 점은 시사하는 바가 크다.

한국은 선진국의 위상에 거의 도달했다. 그렇다면 나는 어떤 눈빛을 가지고 있을까? 분명 꿈 많은 어린 시절에는 전자에 속했을 텐데 지금은 모르겠다. 미래에 대한 비전이 없는 것은 아니지만 나의 비전은 요즘 들어 현실의 단단한 벽에 자주 가로막히는 중이다.

박경서는 빛나는 눈동자를 지니는 것도 중요하지만 얼마만큼 어떻게 빛나는지도 중요하다고 했다. 은행원이나 증권인이라면 '돈'을 향해 빛날 것이다. 하지만 전쟁 속에서 고통받는 젊은이라면 '평화'를 향해 빛날 것이다.

그는 돈을 최고의 가치로 여기는 배금주의를 경계했다. 세상에는 돈보다 중요한 가치, 돈으로 해결할 수 없는 일들이 너무나 많기 때문이다. 전쟁에 희생된 사람을 돈으로 살려낼 수 있을까? 이미 더러워진 환경을 돈으로 원상 복귀시킬 수 있을까? 돈은 그냥 필요한 것이지 절대적인 가치는 아니다.

대한민국 20대는 무엇을 향해 눈동자를 빛내야 할까? 각자 저마다의 가치를 세운 뒤 고민해보아야 할 것이다.

더불어 사는 삶을 생각하게 하는 책
《지구촌 시대의 평화와 인권》

박경서는 자신의 저서인 《지구촌 시대의 평화와 인권》을 추천했다. 20년 간 경험했던 아시아 31개국의 고민과 개발도상국의 고뇌를 고스란히 담았기 때문에 자신의 책이지만 당당히 추천한다고 밝혔다.

이 책에는 국제기구 소개 외에도 인권의 역사, 한국 및 유럽·아시아·인도·파키스탄·제3세계의 인권 상황, 한반도 통일에 이르기까지 그의 경험과 지식이 그대로 녹아 있다. 한국인들이 한국이라는 좁은 울타리를 뛰어넘어 세계적인 시야로 대한민국을 바라보았으면 하는 바람에 이 책을 썼다고 말하는 박경서. 나는 《지구촌 시대의 평화와 인권》을 읽으면서 그동안 잘 몰랐던 평화와 인권, 국제기구에 대한 전반적인 지식을 쌓을 수 있었다.

그에게 국제기구에서 일할 수 있는 방법을 묻자 세 가지 길을 알려주었다. 대학원을 졸업해서 스태프로 입사하는 것, 전문 직업에서 근무하다 간부로 입사하는 것, 자문위원으로 입사하는 것 이렇게 세 가지가 국제기구에서 근무할 수 있는 방법이라고 한다. 그러면서 그는 첫 번째가 가장 일반적인 방법이라고 했다. 나머지는 10년에서 20년 정도 경력을 쌓은 뒤에야 지원할 수 있기 때문에 쉽지 않다고 했다.

하지만 그는 국제기구를 취업의 방편이라고 생각한다면 지원하지 않는 편이 낫다고 조언했다. 쉽게 좌절해버릴지도 모르기 때문이다. 국제기구가 겉으로는 멋있어 보여도 포기해야 할 일상이 너무도 많다. 특히 세계 곳곳을 다녀

야 하는 직업이기 때문에 결혼은커녕 연애도 쉽지 않다. 하지만 이런 단점에
도 불구하고 전 세계 젊은이들은 국제기구에 입사하고 싶어 안달이다.

한국은 1991년에 유엔에 가입했다. 그렇기 때문에 박경서는 젊은 시절 국
제기구 가입을 생각조차 하지 못했다고 한다. 하지만 유엔 가입 후 20여 년이
지난 지금 대한민국 출신의 유엔사무총장을 배출했을 만큼 국제사회에서 대
한민국의 위상은 더없이 커졌다.

일본은 이미 1,000명이 넘는 사람들이 국제기구에서 일하며 세계에 자국의
목소리를 내고 있다. 그렇지만 대한민국 젊은이들은 해외여행이나 유학은 다
녀올지언정 해외에서 근무하는 데는 매우 소극적이다. 그는 이런 상황이 안타
깝다며 어서 빨리 국제기구에 진출하라고 나를 비롯한 대한민국 젊은이들의
등을 떠밀고 싶어했다.

인권의 중요성을 일찌감치 깨달았다면

대한민국은 인권과 평화를 논할 때 연구할 게 참으로 많은 나라이다. 남북
은 한국전쟁 이후 여전히 휴전 상태에 있다. 또한 한국은 7, 80년대 독재 정권
과 인권 유린에 맞서 민주화운동을 펼쳤다. 현재는 인권 선진국으로 분류되
어 있지만 여전히 인권과 평화 문제에 있어서 해결해야 할 문제들이 많다. 사
형제도, 외국인 노동자, 대체 복무, 국가보안법, 기타 소외 계층과 같은 문제
들을 좀 더 세세하게 풀어나가야 한다는 의미이다.

그렇다면 박경서는 대한민국 인권의 현주소를 어떻게 보고 있을까?

"물론 과거에 비해서 많이 발전했지만 여전히 인권 문제에 있어서는 갈 길
이 멉니다."

그는 '프리덤 하우스'라고 하는 미국의 국제 인권 단체 이야기를 꺼냈다. 1년에 130개국을 대상으로 인권 실태를 심사하고 발표하는 프리덤 하우스는 시민의 자유와 정치적 자유를 주요 채점 항목으로 한다. 프리덤 하우스가 매긴 점수표 중 평균 2점에 해당하면 자유국, 3점부터 4점까지는 절반 자유국, 5점부터 7점까지는 비자유국에 해당한다. 이 점수표에서 대한민국은 평균 2점을 받았다. 13년 전부터 자유국인 인권

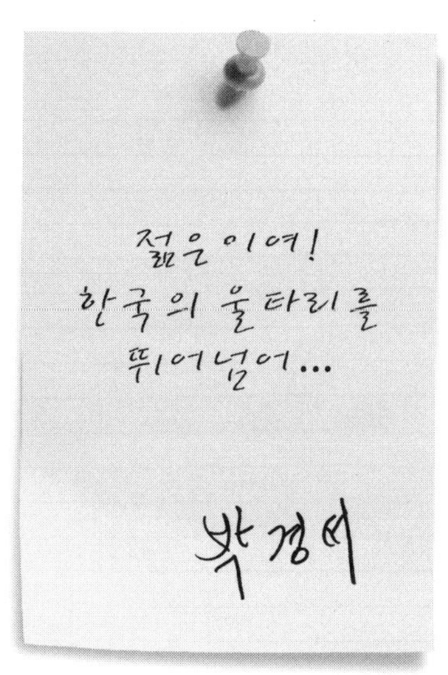

선진국에 해당한다는 의미였다. 문제는 우리보다 점수가 앞선 나라가 130개국 중 56개국이라는 점이다. 대한민국은 57위이다.

나는 이 사실을 듣고 놀랐다. 경제 규모는 10위권에 드는 우리나라가 인권 순위 57위라니. 여전히 사회 곳곳에는 인권을 보호받지 못하는 사람들이 많다는 의미였다. 박경서는 대한민국이 해결해야 하는 인권 문제로 사형제도, 외국인 노동자, 양심적 병역 거부자 문제, 장애인 문제 등을 꼽았다.

대한민국은 경제 감수성이 발달한 반면 인권 감수성은 발전하지 못하고 있다. 그 이유는 급작스러운 민주주의 도입 및 빠른 경제 발전 때문이다. 인권은 법으로 해결할 수 있는 문제가 아니기 때문에 국민의 생각이 우선 깨어 있어야 한다. 서구 사회는 지난 100여 년 동안 칸트, 헤겔, 루소, 볼테르 등 수많은 세기적 지성들을 거치면서 국민 계몽 운동에 힘썼기 때문에 인권의 중요성을 일찌감치 깨달았다며 박경서는 국민의 의식 전환을 기대했다.

더불어 사는 사회를 이루어라

사회는 유기체와 같다. '나만 잘 살면 된다.'라는 생각을 '내가 행복하려면 옆 사람도 행복해야 한다.'로 바꾸어 기억하라고 조언하는 박경서. 인권 보호는 나보다 못한 사람도 함께 잘 살아야 한다는 생각에서 출발한다고 했다. 나는 박경서의 이야기를 들으며 대학생도 '노블레스 오블리주'를 실천해야 하지 않을까, 라고 생각했다. 우리는 보통 돈 많은 사람에게 '노블레스 오블리주'를 강요한다. 하지만 부가 상대적인 개념이라면 우리 역시 개발도상국 국민들과 비교했을 때 부자가 아니겠는가?

우리는 당연하게 사용하는 휴대폰이나 컴퓨터 같은 문명기기를 누군가는 신기하고 부러워할 수도 있다. 하지만 상대적 부자인 우리는 남을 위해서 동전 한 푼 쓰기 싫어하면서 정작 '나'보다 더 부자인 사람들에게는 기부를 강요하는 이기적인 모습을 종종 보여왔던 것은 아닐까? 남에게 오블리주를 강요하려면 나부터 실천해야 할 것이다. 내가 처한 현재 상태에 만족하면서 다른 사람들에게 베풀 수 있는 여유, 너무나도 아름답지 않은가?

모든 것은 넓은 마음에서 시작한다

박경서와 함께한 세 시간은 순식간에 지나갔다. 세 시간 동안 나는 전쟁과 인권 탄압의 현장을 경험하고, 203개국을 거쳤으며, 국제기구 및 한국의 인권에 대해 배웠다. 한 학기 동안 배우는 수업 내용을 책 한 권 읽고 작가와 토론하면서 다 배운 것이다. 비록 두꺼운 책이라 집는 데 꽤 망설였지만 세계와 인권에 관한 이야기들은 생각 외로 재미있었다.

그리고 내 시야와 꿈이 얼마나 좁은지 깨닫게 되었다. 왜 영어, 일어, 중국어에만 집착하며 살았을까? 세계인을 꿈꾸면서 왜 미국과 유럽만 세계 속 국가라 생각했을까?

미국에서 만났던 두 친구가 생각났다. 한 친구는 태국 출신이었고 다른 친구는 대만 출신이었다. 영어로 'Thailand'와 'Taiwan'의 발음이 비슷해서 난 둘이 같은 나라 사람이라고 생각했었다. 뒤늦게 서로 다른 나라 출신이라는 사실을 깨달았는데 두 친구 모두 내게 너무 서운해했다.

정말 미안했다. 사실 서양인이 봐도 한국인과 중국인 그리고 일본인을 쉽게 구분할 수 있을까? 나 역시 그 상황이었으면 기분 나빴을 것이다. 내가 싫어하는 일을 남에게 하지 않기, 그것이 바로 열린 마음의 시작이자 세계시민이 되는 첫걸음이 아닐까?

세계시민과 인권은 모두 넓은 마음에서 시작한다. 넓은 마음을 갖기 위해, 203개의 답을 찾기 위해 이제부터라도 눈을 반짝반짝 빛내야겠다고 생각했다.

지구촌 시대의 평화와 인권 박경서

스위스 제네바 WCC에서 근무한 저자의 20여 년 경험과 다양한 인권 관련 기관에서 일한 경험을 12개의 주제로 나누어 설명한 책. 세계평화와 협력, 국제기구와 인권 문제에 관심이 많은 젊은이들에게 도전을 제시하는 가이드북으로도 유용하다.

책,
자유의
#2
또다른 이름

국회의원 **최문순**
《별이 총총한 하늘 아래 약동하는 자유》_임마누엘 칸트

희망제작소 상임이사 **박원순**
《내 인생의 첫 수업》_박원순 · 홍세화 등

영화감독 **민규동**
《감옥으로부터의 사색》_신영복

가난한 대학생에게도
봄날이?

_김수정(성균관대)

1.

얼마 전 내가 속한 인터넷 미디어 '고함20'에서 '가난한 3월'이라는 주제로 기획 기사를 쓴 적이 있다. 새 학기가 시작되는 3월에 유독 주머니 사정이 나빠지는 대학생들의 이야기를 담아내고자 한 것이다. 쓰면서 문득 이런 생각이 들었다. '3월에만 가난한가 뭐?'

2.

가정 형편이 어려웠기 때문에 고등학교 때는 분기별로 내던 운영회비조차 버거웠다. 부지런히 아르바이트를 하면 모을 수 있는 돈이었지만 고등학생 신분으로 돈을 마련해야겠다는 생각은 할 수 없었다. 그냥 어찌어찌 이번에도 겨우 냈구나, 하는 작은 안도감을 매번 느꼈을 뿐. 그때부터 확신했던 것 같다. 일단 대학에 들어가면 별 수 없이 높은 이자를 받아먹는 은혜로운 국가에 손을 벌려야 한다고 말이다.

물론 그땐 좀 더 희망적이었다. "대학만 들어가봐라, 끝내주게 대학 생활한 다음에 능력 있는 사람이 되어 깔끔하게 빚 갚고 넉넉하게 살아야지." 그때만 해도 난 이렇게나 의기양양했다.

3.

3학년 1학기까지 다니고 나서 내가 지금까지 국가에 진 빚을 확인했다. 1,400만 원 정도였다. 다섯 번 빌린 것치고는 나쁘지 않다고 생각한다. 어려운 가정 형편을 서류로 인정받아 가끔씩 장학금을 받았기 때문이다. 매달 이자의 압박을 생생하게 느끼고 있었으면서도 그 숫자를 확인하자 난 그만 얼어버리고 말았다. 아직 사회에 나가지도 않은데다 돈 쓰는 일이라곤 뭘 제대로 시도해본 적도 없는 내가 등록금 때문에 빚더미에 앉았다고 생각하니 괜히 서러웠다. 모든 대학생이 등록금 인상 앞에 벌벌 떨지만 난 유독 심했다. 그게 고스란히 다 빚이기 때문이다. 여전히 매달 8만 원이 넘는 돈을 '고정 지출'하며 빠듯하게 사는데, 언제 다시 훌쩍 오를지 모르는 대출이자에 대한 부담은 잊지 않고 찾아온다.

4.

동생이 얼마 전 아르바이트한 돈으로 학자금 중 일부를 갚았다. 아침 일찍부터 밤 12시까지 고된 노동을 하고 번 그 눈물겨운 돈을 클릭 한 번으로 날려버린다는 게 결코 쉬운 결정은 아니었다. 갚아야 할 금액이 줄긴 했어도 나는 왠지 안쓰러운 마음이 먼저 들었다. 어린 나이에 냉정한 사회를 체득한 동생의 마음이 더할 나위 없이 헛헛하리라 생각했기 때문이다. 대학에 입학했다는 기쁨을 누리는 것도 잠시, 동생에게 학자금은 생활비마저 빼앗아 갈 만큼 위력적이었다. 당장 한 번의 등록금을 갚기도 이렇게 힘이 드는데 졸업하고 나면 어느새 2,000만 원이 넘어 있을

빚의 무게는 도대체 얼마나 무겁다는 걸까? 설령 내가 정말 좋은 직장에 들어가서 월 250만 원을 벌어 매달 100만 원씩 갚아 나간다고 해도 2년 정도는 적금 붓듯 꾸준히 쏟아 부어야 한다. 그렇게 해서 다 갚고 나면 정말 후련할까? 괜히 마음만 더 울적해지지 않을까?

5.

이렇게 반문하는 사람도 있을 것이다. '그럼 열심히 공부해서 장학금 타면 되지 않느냐?' 그래, 그 말이 맞다. 그런데 난 타고난 천재도 아니고 하루 종일 공부에 매달릴 형편도 못 된다. 앞서 밝혔듯이 학교 생활하면서 드는 비용의 대부분을 스스로 벌어야 하기 때문이다. 그럼 일정 시간 이상의 근로 시간이 필요한데 그렇게 되면 도서관에서 하루 종일 공부하는 꿈은 애초에 접어야 한다. 한 학기에만 흥미로운 프로그램들이 수도 없이 쏟아져 나오고, 챙겨 봐야 하는 무료 전시회나 영화 행사도 많으며, 손에 잡히는 책만 해도 수두룩한데 그런 대학 생활의 낭만을 난 찾을 수 없다. 솔직히 책상 앞에 붙어 앉아 공부하는 걸 딱히 좋아하지 않는 나로서는 '등록금이 비싸다고? 그럼 장학금을 타면 되잖아!'라는 정부의 윽박지름에 오히려 반발심이 생긴다. 결국 모든 탓을 개인에게 돌려버리는 것은 부당하다. 가난한 사람은 이렇게 살아야 한다는 매뉴얼이라도 있는 걸까? 어설프게 가난한 대학생에게 많이 보고 듣고 읽고 쓰고 배우고 떠나고 만나고자 하는 욕구는 한낱 사치에 불과한 것일까?

6.

이렇게 넘쳐나는 사회를 향한 반발심 속에서도 '출판 프로젝트'는 내게 새로운 도전이자 놓칠 수 없는 기회였다. 국회의원 최문순, 희망제작소 상임이사 박원순,

영화감독 민규동을 만나 멘토인 그들의 조언을 듣는다는 것이 어디 쉬운 일이겠는가. 하지만 나는 직접 인터뷰까지 하면서 그들에게서 삶의 지혜를 잔뜩 듣고 왔다. 이 글의 앞에서는 사회를 향해 거침없는 독설을 내뱉었지만 그래도 내 대학 생활에도 작은 기쁨은 곳곳에 숨어 있었다고 스스로와 타협하고자 한다. 따뜻한 봄에 이 프로젝트가 책의 형태로 결실을 맺으면 난 어떤 모습으로 첫 페이지를 넘길 수 있을까? 내게도 그렇게 '봄날은 온다.'고 믿으며 대학 생활 시즌 2를 열어 나갈 것이다.

INTERVIEWER **김수정**
성균관대 경제학과와 신문방송학과를 복수전공하는 3학년 휴학생. 매일 책을 읽는 책바라기라 스스로를 정의하지만 철이 덜 들어서인지 아직은 '재미' 있는 책에 더 꽂힌다. 죽기 전에 책 내는 게 소원이었는데 생각보다 빨리 이루게 되어 얼떨떨하다. 경쟁 일색인 사회 속에서 친구 찾기가 쉽지 않지만 나부터 마음을 열어야겠다 싶어 오늘도 여기저기를 기웃거린다. 신문기자나 시사주간지 기자가 꿈이다.

인간은 존엄하다,
잊지 말기를!

서울대 영문학 석사 과정을 마치고 MBC에 입사하여 보도국 사회부 기동취재반에서 기자 생활을 시작, 〈카메라 출동〉을 제작하여 주목받았다. 2005년부터 2008년까지 MBC 대표이사를 역임하였으며, 18대 총선에서 통합민주당 비례대표로 당선되어 국회 문화체육관광방송통신위원회에서 활동 중이다.

젊은이들 사이에서 언론인은 여전히 선망의 대상이다. 또한 언론 고시는 외무고시, 행정고시, 사법고시와 함께 4대 고시라 불릴 정도로 합격하기 어렵다. 심지어 2009년에는 지상파 방송사 3사에서 아나운서를 단 1명도 채용하지 않아 언론 고시 준비생들의 마음에 커다란 생채기를 내기도 했다. 다년간의 준비는 필수이며, 아카데미 다니랴 스터디 하랴 의상 준비하랴 돈 들어갈 데도 많다. 그럼에도 불구하고 경쟁률은 줄어들 생각을 하지 않는다. 무려 1,000대 1에 가까운데도 말이다.

하지만 "시대를 잘 타고났기 때문에 대규모 채용의 덕을 입었다."고 겸손하게 말하는 사람이 있다. 바로 전 MBC 사장인 최문순이다. 그는 언론인으로 사회에 첫발을 내딛었다. 하지만 지금은 정치인이다. 사회적인 성공을 다 이룬 것처럼 보이는 이 사람, 국민의 불신이 가장 높고 동시에 가장 세속적인 부류로 취급받는 국회의원인 이 사람은 정작 예상치 못한 이야기를 꺼냈다. "인간의 존엄성을 세워야 한다."고 말이다.

정치는 사랑이다

최문순은 인터넷 미디어를 활발히 이용하는 정치인 중 한 사람이다. 블로그에 꼬박꼬박 새 소식을 올리고 홈페이지와 팬 카페, 심지어 트위터까지 운영하고 있다.

그가 새로운 것을 받아들이는 데 자연스러운 이유는 오랫동안 몸담고 있던 언론계 생활 덕분이다. 최문순은 1984년 MBC 사회부 기자로 사회생활을 시작했다. 〈카메라 출동〉을 만들어 주목받았으나 1996년 노조위원장직을 맡았다는 이유로 잠시 해임되었고, 이후 보도국과 인사부를 거쳐 사회부 차장과 인터넷뉴스 부장까지 거쳤다. 그러다가 2005년 노조위원장 최초로 MBC 최연소 사장으로 발탁되었다.

하지만 그는 2008년 제18대 국회의원 선거에서 비례대표로 당선되어 세상을 놀라게 했다. 2009년 7월에는 미디어법이 직권 상정되는 것을 보고, 언론을 지키지 못했다는 책임감에 천정배, 장세환 의원과 장외투쟁을 벌였다.

최문순의 슬로건은 단순 명료하다. 바로 '정치는 사랑이다.'라는 것이다. 그가 평생 안고 온 고민은 '어떻게 인간의 존엄을 확대할 것인가?' 하는 문제인데 그것을 조금 더 알기 쉽게 풀어 썼다고 보면 좋을 것이다.

사실이 아닌 것은 한 줄도 쓰지 않는다

최문순은 20여 년 동안 현장을 누비며 생생한 특종을 국민들에게 알렸던 전직 베테랑 기자였다. 그래서일까? 그는 언론과 기사를 대하는 마음가짐이 몹시 확고했다.

"언론인으로서 간직해야 할 자세는 지극히 원론적이고도 쉬운 것입니다. 바로 사실이 아닌 것은 단 한 줄도 쓰지 않아야 한다는 것이지요."

현재 대한민국 언론은 의외로 기본을 간과하고 있기 때문에 문제라고 그는 강조했다. 사실 확인이 되지 않는 내용을 보도한다는 것이다. MBC의 간판 시사 프로그램인 〈시사매거진 2580〉을 담당하는 부장으로 재직하고 있을 때도 그는 내용의 사실 여부부터 확인했다고 한다. 그래서 기자들이 '이 사건으로 인해 큰 파장이 일고 있습니다.' '전문가들이 입을 모아 말했습니다.'라고 함부로 말하지 못하도록 당부했다고 한다. 그 발언이 충분히 신뢰할 만한지를 따지기 위해 세세한 것까지 신경 썼던 것이다.

이를테면 전문가들의 발언을 넣을 때면 그들의 명단을 가져오게 했으며, 일치한 의견이 있었다면 어떤 것이었는지도 밝히게끔 했다. 인터뷰를 한 장소와 시간을 꼼꼼히 살피는 것은 기본이었다. 최문순 역시 기자 출신이었기 때문에 기자들이 특종에 얼마나 목말라하는지 누구보다 잘 알고 있었다. 그러나 특종을 갈구하는 기자로서의 피할 수 없는 숙명을 방패 삼아 검증 없이 내보내는 왜곡 보도를 용납하지 않았다고 한다.

"대개 기자들은 자기가 취재한 소식이 특종이 되길 바랍니다. 그렇지만 특종이 하루에 몇 번씩 되풀이되지는 않습니다. 대부분 취재 내용을 키우기 위해 부풀리지요. 냉정하게 말하면 그건 '거짓'입니다."

그는 기사에 조금이라도 과장이 있으면 단 한 줄도 쓰지 않는다는 강경한 자세가 필요하다고 시종일관 강조했다.

언론인에게는 당연한 말이다. 하지만 그 이야기를 직접 듣고 있는 나는 기분이 묘해졌다. 이미 죽어버린 줄 알았던 언론의 양심이 아직은 꿈틀거리며 살아 있구나, 하는 생각이 들었기 때문이다. 곧이곧대로 기자 생활을 하는 것이 분명 쉽지 않은 험난한 여정이라는 사실은 그도 인정했다. 실제로 기자 생활을 할 때 불리하다고 느낄 수도 있다고 했다.

하지만 그는 길게 보라고 했다. 이는 오히려 자신에게 득이 된다는 것이다. 비록 특종을 터뜨리는 빈도가 적어도 기사의 정확성과 신뢰성은 높아지니 자연스럽게 출입처뿐 아니라 주변 취재원들, 동료 기자들 사이에서도 신뢰를 얻게 된다. 그러면서 반드시 눈으로 보고 직접 현장에 가서 취재해야 한다는 것이 최문순의 지론이었다.

기자로서의 영욕을 채울 것이 아니라 제대로 된 기자가 되려면 사실 보도에 충실하고자 하는 자세를 반드시 갖추어야 한다. 비록 나아가는 속도가 남들보다 더디게 느껴질지라도 끈기와 노력으로 이를 극복해야 한다. 그래야 진짜 기자가 될 수 있다고 그는 강조했다. 〈카메라 출동〉을 만든 것도 같은 맥락에서였다. 한 치의 거짓도 없는 현장을 시청자에게 그대로 보여주는 데 의의를 두었던 것이다.

전화 코멘트나 서면 인터뷰 같은 일반적인 취재 방식보다는 훨씬 어렵고 힘들지만 생동감 넘치는 화면이 가져오는 파급력은 무서우리만치 위력적이다. 사실의 힘은 언제나 강하기 때문이다. 타고 있는 비행기가 추락하더라도 거기에 탄 기자가 자기 한 명뿐이라 유일하게 특종을 건진 사람이 본인이길 바란다는 기자 출신의 최문순은 모든 기자가 그런 상상을 한다고 말했다. 그렇게 특종에 목말라 있으면서도 혹시나 허위, 과장, 왜곡 보도를 할까봐 두려워 끊임없이 경계하는 모습이 인상적이었다.
늘 동경해온 언론인의 모습이었는데 직접
실천해온 인물을 만나니 감격은 더욱 컸다.

위치는 달라도 목표는 하나

기자로 출발하여 정치인에 이르는 삶을
살아온 최문순은 겉만 보자면 꽤 성공했다
고 할 수 있다. 하지만 그를 한 꺼풀 정도 벗
겨보면 결코 평탄하지 않은 삶을 살았다는
사실을 금세 알 수 있다. 노조위원장 자리

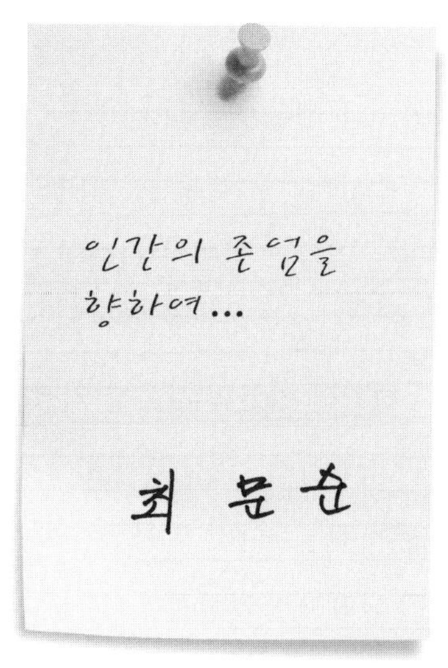

에 올랐다가 1년간 해직당한 적도 있고, 2005년 MBC 사장으로 취임했을 때
도 내부 비판이 많았다. 가장 태평할 수도, 가장 험난할 수도 있는 정치에 뛰
어든 것도 쉽지 않은 선택이었다. 하지만 그는 오로지 하나만 추구하고자 했
다. 전직 기자 출신답게 언론의 자유를 확보하는 것이었다.

그의 인생 1막이 언론인으로서 자유를 확보하고자 노력해온 것이었다면,
인생 2막은 정치인으로 겉모습만 달라진 셈이었다. 어떤 자리에 있든 그의 염
원은 변하지 않았다. 노조위원장일 때는 투쟁을 통해 언론을 수호하고자 했
고 사장일 때는 PD, 기자 등 소속 언론인을 정치권력으로부터 보호하고자 애
썼다. 그리고 정치인으로 변신한 지금은 정권이 언론의 자유를 침해하지 못
하도록 노력하는 중이라고 했다.

최문순은 2010년 초 천정배, 장세환 의원과 함께 장외투쟁을 접고 국회로
돌아왔다. 2009년 7월 일방적으로 처리된 미디어 법을 원천 무효라 외치며

장외투쟁을 벌이다 돌아온 것이다. 미디어 법 문제에 반감을 가진 이들은 많았으나 행동으로 나서기란 결코 쉬운 일이 아니었으리라. 시대는 발전하고 민주사회가 정착된 듯 보여도 현실은 그렇지 못했다. 오히려 민주주의에 반하는 일들이 벌어져 시대의 흐름에 역행한다는 지적이 끊이질 않았다. 그래서 그는 체제 밖으로 나가는 길을 택했다.

하지만 언론의 자유를 외쳤던 3인방은 큰 성과를 이루어내지 못했다. 2009년 하반기에 4대강과 세종시 같은 굵직한 이슈가 동시에 터져 그들의 장외 투쟁이 관심사에서 멀어졌기 때문이다. 마음고생이 심했을 텐데도 그는 '실패'를 담담하게 인정했다.

특히 최문순은 '체제가 올바르게 가동하지 않고 있다는 것을 알리는 데에 실패한 것'이라고 정리했다. 국회만이 언론법을 가동시킬 수 있는데 바로 그 국회가 제구실을 다하지 못했던 것이다. 그래서 거리로 나와 언론의 자유를 외쳤지만 국민의 주목을 받지 못하고 끝나버린 것이다.

결정을 번복했다는 다른 의원들의 비아냥거림과 많은 것을 거두지 못하고 중단할 수밖에 없었다는 현실 앞에서 그는 좌절했을까? 아니다. 그는 결코 희망을 버리지 않았다. 즉시 효과를 거두지 못했다고 해서 쉽게 포기하거나 체념하지도 않았다. 오히려 큰 사건이 일어나기 전에는 매우 조용한 법이라고 말하는 여유마저 보였다. 당장의 현실이 시간을 거슬러 올라가는 것처럼 보여도 결국에는 바로 흘러가리라는 굳건한 믿음을 가졌기에 최문순은 그렇게 말할 수 있었다.

진정한 나를 찾게 하는 책
《별이 총총한 하늘 아래 약동하는 자유》

최문순은 대한민국 20대를 위해 《별이 총총한 하늘 아래 약동하는 자유》를 추천했다. 긴 제목에 한 번 놀라고 칸트 작품이어서 두 번 놀랐던 이 책. 고등학교 윤리 시간에나 들어보고 그 후로는 전혀 인연이 없었던 칸트. 대학생이라면 마땅히 읽어야 할 고전 리스트에 늘 빠지지 않는 작가이지만 다가가기에는 너무나 먼 이름이었다. 어려운 책과 맞닥뜨려야 한다는 나의 두려움을 눈치 챘는지 최문순은 이 책을 '칸트를 친절하게 설명해주는 기초 교양서'라고 설명했다.

이 책을 번역한 역자는 '역자의 글'에 이런 구절을 남겼다. '실제로 칸트(1724~1804)는 소크라테스와 더불어 그 이름이 일반에 가장 널리 알려진 철학자임에 틀림없다. 그럼에도 불구하고 역설적으로 그는 가장 적게 읽히는 철학가이기도 하다.' 역자의 말처럼 칸트는 보통 수준의 독자들과 그리 가까운 인물이 아니다. 그러나 삶을 살아가면서 꼭 생각해보아야 할 질문거리를 던져준다는 점에서 이 책은 모두에게 권할 만하다.

칸트는 '나는 무엇을 할 수 있나?', '나는 무엇을 해야 하나?', '나는 무엇을 바라도 되나?'라는 물음을 거쳐 결국 '인간이란 어떤 존재인가?'라는 문제로 고민한 철학가였다. 그의 핵심 질문들은 알맹이 없이 그저 바쁘게만 살아가는 20대에게 삶을 조망하고 앞으로 어떻게 살아갈 것인지 고민하게 만든다. 독립적인 짤막한 구절들로 구성되어 있기 때문에 어느 부분부터 읽어도 이해하는 데 어려움이 없었다. 머릿속에 담아둘 만한 인상적인 구절이 많은 것도 이 책의 장점이었다.

나는 누구인가?

"20대는 자아를 찾고 주체의식을 세우는 시기입니다. 바로 그때 '나는 누구인가?'에 대해 고민하게 되는데요, '나는 누구인가?'에 대한 답을 찾고자 인생을 바친 사람이 바로 칸트입니다."

자기가 어떤 사람인지 단 한 톨의 고민도 없이 사는 이는 아무도 없을 것이다. 그러나 그 깊이가 지나치게 얕다는 데 문제가 있다. 태어나고 자라서 학교에 다니고, 학교를 마치면 취업을 하는 것이 지극히 보편적인 '인생 순리'가 되어버린 지금, 바늘구멍을 통과하는 낙타의 기분이 되어 미취업의 불안을 온몸으로 겪고 있는 20대는 대부분 한 가지에만 집착한다. '나는 이 기업에 얼마나 적합한 사람일까?'

최문순은 주체의식을 세우려면 책을 많이 읽어야 한다고 주장했다. 사실 나는 책을 꽤 깔끔하게 읽는 편이다. 시험공부를 위한 책 읽기가 아니고서는 굳이 연필을 들거나 포스트잇을 준비하지 않는다. 그러나 《별이 총총한 하늘 아래 약동하는 자유》는 눈으로만 읽을 수 없는 책이었다. 이미 읽었는데도 이해하기 힘든 부분들이 꽤 있었던 것이다. 그래서 체크해두고 포스트잇을 붙여가며 내용을 파악해야 했다.

시험 점수를 위해서는 갖가지 펜을 써가며 책을 화려하게 꾸미곤 했는데 단순히 읽기 위해 책을 이렇게 꼼꼼히 정리해보기는 처음이었다. 이 책은 나와 만난 지 얼마 지나지 않아 군데군데 장식한 포스트잇으로 인해 너저분해졌다. 새내기도 아니고 대학 3년차인 내가 고작 이 정도 소양밖에 가지지 못했다니, 괜히 얼굴이 붉어졌다.

또한 그동안 나는 자기 공부를 제대로 시도해본 적이 없었다는 사실을 깨달았다. 인터뷰를 하며 언뜻 본 그의 책에도 몇 가지 메모 사항이 적혀 있었다. 단숨에 소화되지 않아 계속해서 곱씹어야 하는 철학서이다보니 그도 책을 읽으며 펜을 들어야 했던 것이다.

사실 이 책에서 뭔가 특별하고 대단한 것을 기대했다면 실망스러울 수도 있다. 어떻게 보면 이미 우리가 다 알고 있는 내용을 풀어 썼기 때문이다. 하지만 그저 알고 있는 데 그치는 것은 무의미하다. 아는 것을 실천하겠다는 신념이 갖추어질 때 의미가 있다. 최문순은 그 일을 바로 자기 스스로가 해야 한다고 주장했다. 이는 누구도 대신해줄 수 없는 부분이라는 것이다.

"처음 이 책을 읽으면 너무 이상적인 얘기가 아닌가 싶지만 실은 그렇지 않습니다. 의외로 많은 것들이 도덕성 결여에서 시작되기 때문입니다."

최문순은 미국 발 금융 위기를 예로 들었다. 능력이 부족해서 금융 위기가 발생한 것이 아니라 윤리와 도덕이 부족했기 때문이라고 했다. 부도덕한 자들이 끝없이 생기는 욕심을 제어하지 못해 거품임을 알면서도 사람들을 현혹시킨 것이다. 동시에 사회 전반적으로 도덕적 해이가 심해져 나라를 잘 이끌어 갈 지도자보다는 당장 내 아파트 값을 올려줄 사람을 환영했기에 생긴 문제가 아닐까? 불행히도 그 피해를 고스란히 받는 이들은 착취당하는 보통 사람들이다.

당장의 상황만 놓고서는 우리에게 아무 희망도 없어 보이지만 그는 긍정적인 자세를 잃지 않아야 한다고 주장했다.

"이기심은 인간의 본성입니다. 때로 이타심을 넘어서기도 하지요. 이기심이 통제되지 못할 정도로 커졌기 때문에 지금과 같은 재앙이 오는 겁니다. 하지만 칸트 이후에도 인간의 도덕성을 중시하는 목소리는 줄어들지 않았어요. 오히려 윤리적인 부분을 강조한 사람들이 이후에 많이 나왔죠. 여전히 칸트와 견해를 같이하는 사람들이 이 세상에 많다는 말입니다."

칸트는 인간이 대단한 가능성을 가지고 있다고 생각했기 때문에 인간에 거는 기대도 컸다고 한다. 그래서 칸트 사상은 '주체'로 시작한다. 스스로가 삶을 선택하는 주체가 되어야 자유를 마음껏 누릴 수 있다는 것이다. 자유가 생기면 자기 선택권이 생기고 자기 선택권은 곧 도덕을 발생시킨다. 도덕이 탄생한 뒤 도달하게 되는 종착점은 결국 인간의 존엄이라 할 수 있다. 칸트의 말에 따르면 아직도 인간을 최우선 가치로 두는 사람들이 많다. 그런 사람들 덕에 희망을 붙들 수 있다는 것이다. 이것이야말로 최문순이 20대에게 들려주고픈 메시지였다.

재능이 활짝 꽃피는 세상을 꿈꾸며

처음 최문순을 인터뷰해야 한다고 했을 때 상당히 긴장했다. 언론인과 정치인이라는 두 가지 길을 모두 걸어본 사회 저명인사였기 때문에 전화는 어떻게 드려야 할지부터 인터뷰를 어떻게 마쳐야 할지까지 모든 것이 고민 투성이였다. 하지만 내 예상은 완전히 빗나갔다. 그는 누구보다 친절한 인터뷰이였고 항상 정중했다. 그는 사람이 가장 귀하다는 진리를 똑똑히 알고 있으며 앞으로도 사랑으로 사람을 보듬어 안을 것이라고 했다. 그가 가장 중요시하는 것이 바로 인간의 존엄이기 때문이다.

최문순과의 인터뷰는 2010년 1월 11일에 진행되었다. 용산 참사 철거민들의 장례식 이틀 뒤였다. 그에게 이 사건에 대해 물어보지 않을 수 없었다. 그는 칸트의 키워드를 인용해 자신의 의견을 피력했다.

"칸트는 '인간은 어떠한 이유로든 수단이 되어서는 안 된다. 인간은 오로지 목적이 되어야 한다.'라고 했습니다. 제가 하고 싶은 이야기도 이와 같습니다. 한 사람 한 사람 모두가 귀중한 존재이기 때문에 사람은 목적 자체로 인정을 받아야 하는데 그렇지 못한 사건이 바로 용산 참사였습니다."

경제적 이윤을 내세워 인간의 존엄성을 짓밟는 비극이 발생했던 것이다. 용산 참사는 우리 사회에 내제된 잘못된 사고 체계가 드러난 사건이었다.

새해가 밝은 지 열흘이 조금 넘은 때라 올해의 소망이 무엇인지 물었을 때 돌아온 그의 답도 참 최문순다웠다.

"역행했던 것이 바로잡혔으면 합니다. 사람 하나하나가 귀하게 다루어지고 재능이 활짝 꽃피는 사회가 되었으면 좋겠습니다."

이렇듯 최문순의 한마디 한마디는 모두 인간을 향해 있었다.

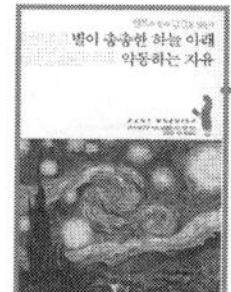

별이 총총한 하늘 아래 약동하는 자유 임마누엘 칸트

어렵기로 악명 높은 철학가 칸트의 책들에서 핵심 사상만을 정리한 책. 특히 칸트의 인간 이해에 중점을 두고 있다. 유머를 즐길 줄 알며 시인이나 소설가 못지않은 감수성과 문장력으로 독자들을 매혹시킬 칸트의 사상이 비교적 쉽게 씌어 있다.

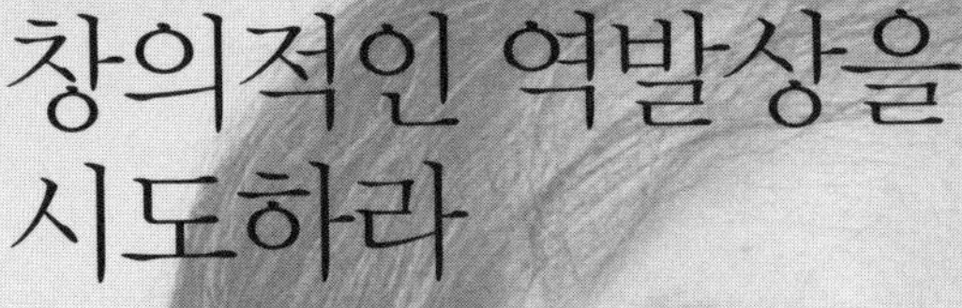

창의적인 역발상을 시도하라

서울대 입학 후 학생운동으로 제적당하고 단국대 사학과를 졸업했다. 참여연대 사무처장으로 재임하며 사회민주화에 기여했고 아름다운재단을 설립해 기부운동과 대안사회 건설에 앞장섰다. 현재 희망제작소 상임이사로 활동하고 있다. 지은 책으로 《내 목은 매우 짧으니 조심해서 자르게》 《마을에서 희망을 만나다》 등이 있다.

창의적인 역발상을 시도하라

여기 '대한민국'이라는 '국가'에 고소당한 사람이 있다. 얼마나 큰 죄를 지었기에 대한민국을 상대로 사투를 벌이게 되었는지 호기심이 생기지 않는가? 그 주인공은 바로 희망제작소 상임이사인 사회 디자이너 박원순이다. 비교적 빨리 법조인의 길에 들어섰기 때문에 한 발 한 발 나아가기만 하면 탄탄대로였을 텐데 그는 주변의 예상을 뒤엎고 시민운동의 길에 뛰어들었다.

참여연대의 탄생부터 핵심 멤버로 활동하다 유학 후 대한민국에 기부 문화의 뿌리가 되어온 아름다운재단을 만들더니 지금은 희망제작소의 상임이사로 바쁜 나날을 보내고 있다.

참여연대, 아름다운재단, 희망제작소! 모두 한 번쯤은 들어본 단체들이다. 하지만 언제나 그 중심에 서 있던 박원순을 아는 사람은 많지 않다. 책을 좋아하고 꽤 많이 읽는다고 자부해온 나조차 그의 책을 단 한 권도 읽지 않았다는 사실은 충격이었다. 《세상은 꿈꾸는 사람들의 것이다》《성공하는 사람들의 아름다운 습관, 나눔》 그리고 인터뷰집 《희망을 심다》까지 읽고 나서야 겨우 박원순을 기억에 저장할 수 있었다.

알면 알수록 감탄하다

몇 권의 책을 읽었다고 한 인물을 재단하거나 평가할 순 없겠지만 적어도 내가 발견한 박원순은 '감탄사가 절로 나오는 사람'이었다. 도저히 엄두가 나지 않을 것 같은 빡빡한 일정을 소화해내는 강철 체력, 한 번 마음먹은 일은 끝까지 이루어내는 끈기와 실천력, 놀랍도록 사람을 설득하는 능력, 그 원천이 궁금한 무궁무진한 아이디어, 세상을 바라보는 따뜻한 시선까지. 무엇보다 가장 인상적이었던 것은 희망의 불씨를 결코 꺼뜨리지 않는다는 점이었다.

책과 기사, 인터뷰 자료 등으로 파악한 그는 이미 충분히 대단한 사람이었기 때문에 나는 꽤 오랫동안 공백 상태였던 롤 모델의 자리를 박원순으로 채울 수 있었다.

이미 사회적 성공을 이루어낸 그이지만 탄탄대로를 거쳐 순탄하게 맞이한 것은 결코 아니다. 박원순은 자신의 20대를 '엉망진창'이었다고 표현했다. 온종일 틀어박혀 공부만 한 끝에 간절히 바라던 서울대에 가게 된 박원순. 그러나 대학 시절의 평화는 그리 오래 가지 않았다. 학생운동을 했다는 이유로 감옥에 가야 했고 결국 제적까지 당했던 것이다.

"삶의 가장 밑바닥까지 내려가봤던 거죠. 그 덕에 인생이 뭔지 좀 알았어요."라고 덤덤하게 말하는 그는 굉장한 내공의 소유자임이 분명했다. 게다가

요즘 20대도 한 번쯤은 감옥에 갔다 와봐야 한다고 주장하기까지 하니 사실 조금은 당혹스러웠다.

젊은 시절 고통과 고난을 아낌없이 받아온 덕에 삶을 새롭게 맞이할 수 있었다는 박원순. 본인 스스로 질풍노도를 겪었다고 말한 그의 20대는 분명 혼란기였다. 그러나 그는 그런 경험을 했기 때문에 평범한 사람으로 머무르지 않았다고 한다.

가만히 살펴보면 역사적인 인물들과 감옥살이는 떼려야 뗄 수 없는 사이라는 것쯤은 알 수 있다. 깨달음을 얻고자 감옥에 들어가려 해도 마음대로 못 가는 요즘을 불행한 시대라고 잘라 말하는 그의 목소리에서 단호함마저 느껴졌다. 감옥에 가지 못해 불행하다는 생각을 누가 할 수 있을까? 일반적인 통념을 단숨에 뒤집어버리는 역발상은 인터뷰 내내 계속되었다.

좌절하거나 희망을 꿈꾸거나

범상치 않은 20대를 보낸 박원순의 눈에 비친 요즘 20대는 어떤 모습일까? 그는 20대에게 상반된 두 가지 모습을 발견했다고 한다. '시대의 변두리에 사는 아주 비극적인 세대'와 '어려움 속에서도 희망을 꽃피우는 세대'. 후자의 삶이 당장은 고통스럽지만 남들이 가지 않는 길을 가야 미래도 특별해진다고 그는 강조했다. 팍팍한 세상 앞에 좌절한 이들도 있지만 조금씩 선명해질 희망을 짚어내는 이들도 분명 존재한다는 점에서 아직은 버틸 만하지 않을까 싶다.

"도전하고 창조하며 경험해야 합니다."

군더더기 없는 한마디가 주는 힘은 강했다. 세상에 온몸을 던지는 열의를 지녀야만 가능한 깨달음이었다. 이를테면 1년 정도 열심히 아르바이트를 해서 홀로 배낭여행을 떠나는 것을 예로 들 수 있다. 안락함을 걷어차고 더 큰 세상으로 나가 '사서 고생'을 해보라는 것이다. 당장은 벅차고 견디기 어려울지라도 겪고 나면 시야도 넓어지고 자신감도 충만해진다.

돌발 상황에 대처하는 능력도 기를 수 있다. 이런 과정들을 거치면 성장의 자양분을 차곡차곡 쌓게 된다. 당장 돈을 손에 쥘 수 있는 것은 아니지만 무급 인턴을 하며 팔딱팔딱 살아 숨 쉬는 경험을 건져 올리는 것도 의미 있는 결정이다.

박원순은 어학이 갖는 중요성도 강조했다. 하지만 언어 습득의 목적 자체가 달라야 한다고 덧붙였다. 스펙의 화려함을 더하기 위해서가 아니라, 본인의 활동 무대를 넓히기 위해 어학 실력을 갖춰야 한다는 것이 그의 지론이었다.

현실을 바로 보게 하는 책
《내 인생의 첫 수업》

'이런 책도 아주 좋지.' 하며 박원순이 슬쩍 건넨 책은 《내 인생의 첫 수업》. 이 세상을 조금 더 나은 모습으로 바꾸려는 53인의 사회 디자이너들이 쓴 책이다. 나이, 성별, 활동 무대가 제각각인 저자들이 참여한 만큼 내용도 각양각색이다. 그들은 책 속에서 인생의 나침반이 되어준 이들을 회상하기도 하고, 시대와 타협하지 않고 당당히 맞선 사회 디자이너들의 인식과 활동을 밝히기도 한다. 본인들의 활동 공간에서 터득하게 된 여러 가지 가르침을 드러내고 사람과의 관계 속에서 배우게 된 점들도 솔직히 토로한다.

책이 주는 가장 유용한 기능 중 하나는 간접 경험이다. 다양한 시대를 살아왔고 여러 가지 일들을 겪은 수많은 사람들의 이야기를 읽으며 그들 인생의 첫 수업을 공유할 수 있기 때문이다. 동시에 내 삶에 대단한 영향력을 미쳤던 경험, 내가 존재할 수 있게끔 큰 가르침을 주었던 사람들을 떠올리며 잠시나마 브레이크 없이 달려오던 삶을 반추할 수도 있다.

앞에서 짧게나마 책 소개를 하며 '사회 디자이너'라는 표현을 사용했는데 이 말에 고개를 갸웃하는 이들이 분명 있을 것이다. 사회 디자이너는 '어떻게 하면 우리 사회를 업그레이드할 수 있는지 끊임없이 고민하고 실행하는 사람'을 일컫는다. 박원순이 희망제작소를 시작하면서 만든 용어이다. 사람 냄새가 폴폴 풍기는 따뜻한 세상을 만들고, 민주주의 가치를 수호하는 것이 사회 디자이너들의 소임이다. 또한 그들은 동시에 어떤 일을 하는 것이 효율적이고 합리적인지를 생각하며 그 생각을 구체화된 행동으로 옮긴다.

아직은 생소한 개념이지만 시간이 흐를수록 더 익숙해질 것이 분명한 이 표현은 적극적인 시민운동가만을 가리키지는 않는다. 실제로 이 책에 참여한 사람들은 저마다 다른 직업을 가지고 있다. 국회의원, 시인, 변호사, 한의사, 방송인, 시민단체 대표, 교수 등 하는 일은 다르나 대한민국의 밝은 미래를 희망하며 그 소망을 이루고자 한다는 점에서 공통분모를 가진다.

현실은 '나 혼자 잘 먹고 잘 살기도 바빠!'라며 겁을 주는데 웬 뜬구름 잡는 소리인지 불만이 생긴다면 일단 박원순의 추천 이유를 들어보자. 그는 '선비'라는 개념을 가지고 이야기를 해나갔다. 선비는 여론을 장악할 만큼 힘을 지닌 존재들이었지만, 나라에 깊은 애정을 품고 있었기에 꼭 필요한 이야기는 목숨이 위협받더라도 직언했다. 그는 이런 '공공 지식인'의 모습을 현대의 시민운동가들이 갖고 있다고 했다. 개인주의, 보수주의를 넘어 보신주의로 흐르는 20대에게 '새로운 세상'이 있다는 것을 알리고 싶었다며 《내 인생의 첫 수업》을 추천했던 것이다.

고난의 길이 아닌 희망의 길에 서 있다

《내 인생의 첫 수업》에는 박원순의 글 〈고난의 수업은 계속된다〉도 실려 있다. 시민운동가가 늘 겪는 현실적인 고민인 재정 문제에 대한 이야기이다. 시민운동은 영리를 추구하는 것이 아니라 공익을 실현하기 위해 만들어진 단체이다. 그러나 활동을 뒷받침해줄 수 있는 재정적 기반이 튼튼하지 않아 늘 어려움을 겪는 것이 현실이다.

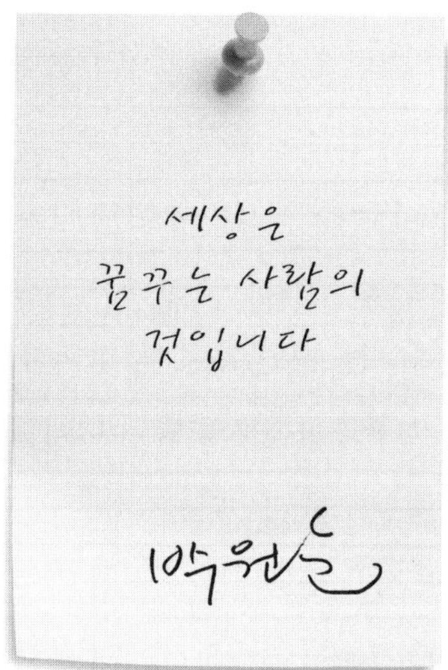

박원순은 많은 매체에 글을 기고하고 간담회에 참석하면서 "시민단체의 안정적인 활동을 위해서는 어느 정도의 재정이 필요하다."라고 여러 번 주장한 바 있다. 그는 나 하나 잘 먹고 잘 살자고 시작한 것이 아니라 시민들이 더 나은 삶을 살 수 있도록 애쓰고 있는데, 정작 시민들은 적극적으로 후원해주지도 않고 심지어 관심조차 주지 않으니 너무 안타깝다고 했다.

아무것도 모르던 시절 나는 시민단체와 돈은 전혀 어울리지 않는 조합이라고 생각했었다. 좋은 일을 하는 것은 하는 것이고 그 돈을 마련하는 데 있어서 정부나 기업의 후원을 받아서는 안 된다고 보았다. 더불어 시민운동을 하는 사람들은 절대 돈을 '밝히면' 안 된다고 믿었다. 그러나 그건 무척 이기적이고 뭘 모르는 생각이었다.

좋은 일을 한다고 해서 저절로 돈이 생기는 것은 아니다. 다시 말해 시민단체에서 필요로 하는 돈이 하늘에서 떨어지거나 땅에서 솟지 않는다는 것이다. '정부와 기업의 오만하고도 독선적인 행태를 비판하고 개선을 촉구해야 하는 시민단체가 그들이 주는 후원금으로 운영된다면 공정성에 문제가 생기는 것이 아니냐?'라는 시선에서 자유로우려면 방법은 하나뿐이다. 시민들이 힘을 모아야 한다.

"너무 힘들어서 '시민들이 회원도 안 되어주고 관심도 없으니 문 닫고 잘 먹고 잘 살러 가겠습니다.'라고 기자회견이라도 하고 싶은 심정이 많이 듭니다. 돈 걱정에서 해방되고 싶습니다. 좋은 세상을 만들기 위해 나서는데 돈 걱정으로 머리를 아프게 할 수는 없으니까요. 하지만 쉽지 않다는 건 알고 있습니다. 여전히 저는 그 고난의 길 위에 서 있습니다."라고 말하는 박원순. 이는 많은 생각거리를 던져주는 이야기였다.

단지 강력한 문제의식과 굳건한 개혁의지만 갖고 있다고 해서 세상은 달라지지 않는다. 세상을 바꾸는 것은 언제나 행동이었고 거기에는 다양한 지원이 요구된다. 빛나는 아이디어와 그것을 실행에 옮기려는 사람들, 단체를 이끌어가는 비전 그리고 계획을 현실화시킬 수 있는 돈이 필요하다.

사람들은 청렴한 사람에게 더 높은 도덕성을 요구한다는 말을 들은 적이 있다. 그래서 공익 실현에 앞장서고 있는 시민단체의 행보를 눈에 불을 켜고 들여다보는 것이 아닐까? 정작 더 지저분한 돈거래가 이루어지는 정치판이나 경제계는 뒷전이면서 말이다. 나 또한 시민단체가 맞이한 현실은 애써 무시하고 허울 좋은 공익성과 경제 자립이라는 이상만을 바라보며 엄한 도덕성의 잣대를 들이댔던 것은 아닌가, 하고 반성했다. 부디 박원순의 다음 편 글에서는 '고난의 길이 아닌 희망의 길에 서 있다.'라는 구절을 볼 수 있었으면 하고 간절히 바랐다.

고난은 피할 수 없는 숙명?

대한민국에게 고소당한 박원순. 이는 누구든 국가의 눈 밖에 나면 응징당할 수 있다는 사실을 보여준 전무후무한 사건이었다. '대한민국에게 고소당한 사람은 박원순 한 사람밖에 없다.'는 것은 명백한 사실이다. 하지만 이를 받아들이는 자세는 180도 다를 수 있다.

시민이 국가의 위엄 앞에 위축당하면 자연히 행동거지도 고분고분해질 거라는 생각은 이미 구시대의 유물이라고 그는 잘라 말했다. 이미 세상은 바뀌었는데 혁신과 변화를 꿈꿔야 할 쪽에서 오히려 어쭙잖게 힘을 과시했다는 것이다. 국가에게 피해를 입은 것이 아니라 국가와 동격을 이루었다고 느끼는 박원순. 그의 역발상은 상황을 단순히 거꾸로 바라보는 것에 그치지 않았다. 그는 그저 굳은 소신을 가지고 묵묵히 발걸음을 뗄 뿐이었다.

사회학자인 랄프 다렌도르프는 '현대 역사에서 가장 위대한 인물은 시민이다.' 라고 말해 시민의 역할을 높이 평가한 바 있다. 또한 고 노무현 대통령의 책에서도 '의식화된 시민'이란 개념이 나온다. 의식화된 시민은 정책을 자기

삶으로 이끌어낼 수 있는 사람들이라고 정리할 수 있다. 함께 만들어가는 아름다운 미래를 꿈꾸는 사회 디자이너들에게 시민은 몹시 가깝고도 소중한 존재이다.

그렇다면 박원순은 시민을 어떻게 정의할까? 그가 몸담았던 참여연대의 슬로건은 '시민의 힘이 세상을 바꿉니다.'이다. 그는 뛰어난 한 명의 엘리트보다 각성된 의식을 지닌 시민들의 힘이 더 위력적이라고 믿었다. 그만큼 사회를 구성하고 발전시키는 데 시민의 힘은 결정적인 영향을 미친다. 즉, 사회의 발전을 가져오는 근원은 시민의식의 향상이라는 것이다. 균형 잡힌 시각을 가진 지혜로운 시민들이 많아져야 하는 것은 물론이다. 특히 20대는 대한민국을 짊어질 핵심이기 때문에 이 문제에 좀 더 관심을 가져야 한다고 그는 말했다.

하루하루 즐겁게 살기

책상 정리할 시간도 없을 만큼 바쁘다고 하소연하면서도 박원순은 하루하루가 신나고 즐겁다고 고백했다.

"이게 제 개인의 일이라면 그렇지 않겠지만 세상을 바꾸는 작업이라 재미있습니다. 대한민국을 바꾸는 일은 사회적으로도 의미 있는 일이고요."

온 세상의 고민을 대행하고 있는지라 '온나라문제연구소 소장'이라는 별명을 가진 박원순. 재미난 별명을 듣고서 웃음을 짓자 "가볍게 웃고 지나갈 게 아니라 젊은 친구들이 제 짐을 좀 나누어 져야 하는데 그렇게 되지 않고 있어 아쉽네요."라고 덧붙였다.

새로운 길을 열어가는 도전을 계속 미루고 있는 나에게 그 말은 따끔한 비수처럼 다가왔다. 그는 누가 시켜서가 아니라 스스로 재미를 느껴 일에 몰입하고 있었다. 주변 사람들의 압박에 치이지 않으니 숨 돌릴 틈 없이 바쁜 일상도 그는 그저 행복하기만 한 것이다.

박원순이 요즘 가장 간절히 바라는 것은 '유배'였다. 쓰고 싶은 이야기와 써야 할 이야기가 너무 많아 이미 엄청난 분량의 자료를 수집했지만 도저히 글을 쓸 시간이 없기 때문이다. 유배지에 갇혀서라도 집필에 매달릴 수 있는 집중과 휴식의 시간이 필요하다는 박원순의 역설. 보통 사람이라면 유배나 옥살이와 같은 표현 자체를 꺼릴 텐데 본인의 생산성을 높일 수 있는 좋은 기회로 보는 그의 자세는 또 한 번 나를 경탄케 했다.

인터뷰가 끝날 즈음 20대에게 전하고 싶은 메시지를 부탁드렸더니 "세상은 꿈꾸는 사람들의 것입니다."라며 명쾌한 답변을 전했다. 그는 당장 눈앞의 현실이 착잡하고 어두컴컴하다고 해서 절망하지 말 것과, 희망은 그것을 바라볼 줄 아는 사람에게만 다가온다고 믿는 것이 현명하다는 사실을 깨닫게 해 주었다. 그래서일까? 박원순은 《내 인생의 첫 수업》에서 시민단체가 겪는 고질적인 재정난에 대해 솔직히 고백하였지만 거기서 멈추지 않았다. 어렵고 힘들다고 해서 정부와 기업이 제공하는 달콤한 지원에 매달리지 않고, 모금 활동을 펼치거나 기부금을 모아 재정적인 바탕을 쌓으려고 노력 중이라고도 밝혔다.

2008년 새 정부가 출범한 이후 곳곳에서 '거꾸로 가고 있다.'는 평이 줄줄이 쏟아져 나왔다. 퇴행기라고까지 불리는 지금의 시대를 박원순은 어떻게 지켜보고 있을까? "물은 위에서 아래로 흐르지 절대 아래에서 위로 흐르는 법이 없습니다. 합리적인 시각을 가지고 길게 보면 다릅니다."라고 말한 그는 여전히 건강한 희망을 품고 있었다.

대외적인 본인의 존재감을 타인에게 주입하려 들지 않고, 오히려 직함이 소통의 장애물이 될 수 있다며 자신을 '원순 씨'나 '도요새'라고 불러달라는 박원순. 그는 자신의 훌륭한 업적을 내세우거나 직함을 빌미로 권위를 획득하는 인물이 아니다. 오히려 사람들이 맹목적으로 좇는 가치관에서 조금 비껴나 자신만의 창의적인 역발상을 시도하는 사회 디자이너이다.

내 인생의 첫 수업 박원순 · 홍세화 등

박원순, 홍세화, 오창익, 김주언 등 대한민국 대표 사회 디자이너 53인이 인생의 터닝포인트를 돌아보며 더 나은 세상을 꿈꾸고자 엮은 책. 인생의 스승을 회고한 글부터 시대의 불의에 맞서 깨어 있는 양심으로 살아온 이야기, 사람들에게 얻은 배움의 소중함 등을 한 권에 담아냈다.

독특함으로
세상의 중심에 서라

서울대 경제학과와 한국영화아카데미를 졸업했다. 여러 편의 단편영화들과 장편 데뷔작 〈여고괴담 두 번째 이야기〉를 통해 이색적인 소재를 능란한 이미지와 시적인 서정성으로 결합시키는 재능을 보여왔다. 〈내 생애 가장 아름다운 일주일〉, 베를린영화제 초청작 〈서양골동양과자점 앤티크〉 〈끝과 시작〉을 연출했으며 〈열세살, 수아〉 〈키친〉 〈김종욱 찾기〉를 제작했다.

학교에서 설문지를 돌리거나 취업을 위해 이력서를 쓸 때 사람들이 '독서'만큼이나 많이 써내는 취미가 바로 '영화 감상'이다. 집에서 어둠의 경로로 다운받아 보든, DVD 방에 가든, 영화관으로 발걸음을 옮기든 사람들은 영화를 마음껏 소비한다. 2시간 정도의 시간을 때울 수 있는 '제법 괜찮은 대중문화 콘텐츠'인 영화에 쏟는 관심과 애정은 여전히 막강하다. 입소문만 잘 나면 사람들은 그 영화를 보기 위해 시간과 돈을 아끼지 않기 때문이다.

하지만 관객의 입맛에 딱 들어맞는 영화를 만드는 사람들도 있지만 자기가 표현하고자 하는 의도를 영화에 담아내는 사람들도 존재한다. 데뷔작 〈여고괴담 두 번째 이야기〉로 센세이션을 일으키며 영화계에 등장한 민규동 감독도 그중 한 명이다.

영화계는 굳이 학교 이름으로 순서를 매기지 않는 세계이지만 그래도 '서울대 경제학과' 출신이라는 타이틀은 화제를 모으기에 충분했다. 나 역시 민규동과의 인터뷰를 준비하면서 처음 알게 된 이 사실에 조금 놀랐었다. 정작 자신은 전혀 신경 쓰지 않는 눈치였지만 말이다.

민규동은 데뷔작인 〈여고괴담 두 번째 이야기〉를 시작으로 〈내 생애 가장 아름다운 일주일〉 〈서양골동양과자점 앤티크〉를 거쳐 다섯 명의 감독들과 〈오감도〉를 찍었다. 데뷔 15년차 감독의 필모그래피라고 하기엔 그 수가 부족하지 않나 싶었지만 그는 대신 단편을 꾸준히 찍어왔다. 첫 단편영화였던 〈Herstory〉는 한국단편영화제 심사위원 특별상을 수상했으며, 클레르몽페랑 국제단편영화 경쟁부문에 진출하는 성과를 거두기도 했다.

본인만의 작품 세계를 구축하면서도 평단의 관심과 지지, 그리고 대중성까지 확보한 민규동은 이미 직업적인 성취를 상당히 이루어놓은 성공한 감독이었다.

20대의 맨 앞에 오는 말은 열정

누구에게나 찾아오는 20대, 그러나 그 시절을 보내는 방식은 각각 다르다. 민규동은 자신의 20대를 정리하는 단어로 '열정'을 선택했다. 11월 말에도 반팔을 입고 다닐 만큼 열정으로 피가 들끓었던 매우 건강한 청년이 바로 민규동이었다.

그의 20대를 설명할 수 있는 키워드는 비슷비슷하다. 열정, 자유, 해방 등. 어떻게 보면 별로 특별하지 않은 키워드이다. 그 시절 젊은이들이 갈망하는 가장 보편적인 가치가 바로 그 세 가지였으니 말이다.

열정을 첫손에 꼽은 그가 본격적으로 가열찬 삶을 살기 시작한 것은 춤을 추면서였다고 한다. 대학 초반에는 문학 동아리에서 활동했던 문학청년이 춤을 만나고서 달라진 것이다. 당시 '신림동 황금허리'라고 하면 모를 사람이 없을 정도로 유명했던 그는 몸으로 표현한다는 것이 어떤 희열을 줄 수 있는지를 느꼈다고 한다.

"사람들의 시선을 받으며 무언가를 몸으로 표현할 때 엄청난 쾌감을 느꼈어요. 몸을 쓰고 있었지만 오히려 새로운 에너지가 샘솟았죠."

그러던 중 그는 춤에 더욱 빠져드는 경험을 했다. 바로 구로공단 여공들 몇백 명 앞에서 춤을 추었던 것이다. 앙코르 요청을 세 번이나 받을 만큼 관객의 호응은 뜨거웠다.

그날 이후 더욱더 춤에 빠져들었고 공연도 다니기 시작했다는 민규동. 하지만 계속해서 새로운 공연을 하려면 준비가 필요했다. 그는 춤을 연구하고 제작하고, 학교들을 돌아다니며 댄스 배틀 자리를 마련했다.

몸으로 표현하고자 춤을 추었지만 단순히 춤만 추었던 것이 아니었다. 그 안에는 노래뿐 아니라 다양한 문화가 고루 섞여 있었다. 그러다보니 '전생에 나는 광대였구나.'라고 생각하게 되었다고 한다.

춤의 세계에서 영화의 세계로

민규동은 대학을 졸업하고 자유로운 무대가 사라지자 결국 춤의 세계에서 은퇴했다. 춤을 추던 그 당시에 예술과 가장 가까이에서 호흡했다는 그는 그때를 결코 잊을 수 없다고 했다. '내게 이런 면이 있구나.' 하는 새로운 발견에 흥분했던 시기였을 뿐 아니라 삶을 개척해 나가는 정신적, 육체적 밀도도 가장 높았던 나날이었다고 한다.

하지만 민규동의 20대 후반은 열정으로 가득했던 초반과 공통점이 별로 없었다. "외로움을 많이 탔어요."라는 말에서 자신만만하고 적극적이었던 지난날의 흔적은 찾아볼 수 없었다. 군대 시절에 겪은 심리적 고통과 단편영화 작업을 시작하면서 집단작업 속에서만 찾을 수 있는 특이한 외로움을 느끼기 시작했다는 것이다.

그러나 불타올랐던 춤에 대한 열정은 쉬이 가라앉지 않았고 그는 뉴욕에 가서 뮤지컬 공부를 하겠다는 포부를 갖고 유학을 준비했다. 서류 준비는 꼼꼼히 했지만 자금 마련은 전혀 안 되어 있었단다. 지금 생각해보면 '무모한 도전'이었다는 걸 알지만 당시엔 하고 싶은 일을 하는 게 더 시급하고 중요하다고 생각해 조건을 돌아보지 못했다고 고백했다.

비록 뮤지컬을 공부하겠다는 꿈은 접을 수밖에 없었으나 그는 단편영화 작업에 몰두하면서 나름대로 20대의 2막을 착실히 살았다.

군대에서 만난 '너무 안 좋은 선임' 때문에 고통스러움을 이겨내고자 탈출구로 영화를 선택했다는 민규동. 그는 그 시절 시네마떼끄에서 미개봉 영화들을 잔뜩 보았다고 한다. 당시 국내에선 볼 수 없었던 알프레드 히치콕의 영화를 보며 영화가 가진 남다른 품위를 깨닫고 차츰 영화에 빠져들면서, 그는 몸 쓰는 일과 멀어지기 시작했던 것이다.

영화와 운명적으로 만난 그는 단편영화에 도전하게 된다. 다양한 예술을 투영시킨 영화를 만드는 것이 그의 목표였다. 그러나 관객의 입장에서 바라보는 영화와 감독의 입장에서 바라보는 영화는 많이 달랐다. 영화를 소비만 하다가 생산을 해보니 확실히 다르다는 것을 느꼈다고 한다.

그러면서 그는 차츰 말을 줄이기 시작했다. 질풍노도의 시기가 20대 말에 찾아온 것이다.

"제 안에서 세대의 단절이 일어난 것이죠. 그래서 말수가 줄어들기 시작했습니다."

자신을 붙들고 있던 억압에서 탈출하다

민규동은 단편영화 몇 편과 장편영화를 찍고 나서 새로운 에너지를 충전하고자 프랑스로 유학을 떠났다. 이미 장편영화로 데뷔했는데도 '준비가 충분히 안 돼 있었다.'고 토로하는 민규동.

프랑스는 영화를 공부하는 사람에게는 최고였다. 영화가 하루에 360편이나 상영되는 나라라니 상상이 가는가? 그것도 다양한 장르로 세분화되어 있다고 한다. 그는 도시별, 작가별, 테마별로 나누어져 있는 영화들을 쉴 새 없이 만났다. 프랑스인에게 영화는 생활 그 자체였던 것이다.

프랑스는 민규동의 자유로운 기질을 뒷받침해줄 수 있는 최적의 나라였다. 그래서인지 그는 프랑스에 대해 이야기하며 즐거워했다.

"프랑스는 기운부터가 남다른 나라죠. 거기에서 살면 그런 기분이 들어요. 예술이라는 우물에 빠져 비밀스럽게 샤워를 하고 나온 느낌이랄까요?"

매혹적인 사람들이 많아서 프랑스에 더욱 빠졌다는 민규동. "프랑스는 성격, 기질, 철학을 모두 반영해서 미를 평하기 때문인지 사람들이 그다지 외모에 집착하지 않아요."

처음엔 관광객처럼 들떠 있었지만, 시간이 지나 생활인이 되고 나니 결국 외국인일 수밖에 없다는 서글픔 같은 것도 느꼈다. 체류증을 얻기 위해 발버

등 치며 무시당하던 외국인 극빈자로서의 서글픔 또한 타지 생활의 가장 값진 깨달음이었다.

이처럼 프랑스 유학은 그에게 상당한 의미를 던져준 경험이었다. 민규동은 말했다. 만약 프랑스에 가지 않았다면 2, 3번째 영화가 달라졌음은 물론이고 인생도 꽤 다르게 흘러갔을 거라고.

자신을 붙들고 있는 억압에서 탈출하게끔 만든 곳이 바로 프랑스였다고 하니 프랑스에 대한 그의 깊은 애정이 어떻게 탄생하게 됐는지 짐작할 수 있었다.

온몸으로 세상을 느끼게 하는 책
《감옥으로부터의 사색》

시종일관 유쾌하고 재미있게 진행되던 인터뷰가 중반에 다다랐을 즈음 비로소 책 이야기가 나왔다. 민규동은 《감옥으로부터의 사색》을 추천했다. 1988년 초판이 출간된 이후 지금까지도 꾸준한 사랑을 받고 있는 책이다. 1968년 통일혁명당 사건으로 무기징역을 선고 받은 신영복 전 성공회대 석좌교수가 써 내려간 이 책에는 20년이라는 긴 시간 동안 그가 겪은 삶의 경험들과 사색의 흔적이 고스란히 담겨 있다.

대부분이 어렵지 않은 편지글이지만 그 기록들은 자기 자신에게 한없이 관대하게 살아온 우리의 정신을 깨우는 힘을 지니고 있다. 부모, 형제, 형수, 계

수, 조카 등 많은 이들에게 편지를 부쳤지만 수신자별이 아니라 날짜별로 정리했기 때문에 시간이 지남에 따라 작가가 어떤 부분을 고민하고 우려했는지를 쉽게 파악할 수 있었다.

나는 최근에 출간된 증보판을 읽었는데 신영복 전 교수가 봉함엽서나 휴지에 깨알같이 쓴 편지의 사본이 실려 있어 더욱 생생한 감동을 느낄 수 있었다.

《감옥으로부터의 사색》을 관통하고 있는 가치는 '인간에 대한 애정과 믿음'이다. 신영복은 사람과 사람 사이의 관계는 소홀해지고 물질의 중요성만이 커진 오늘날의 자본주의 문화를 비판적이고도 냉정한 시각으로 바라본다. 단순히 세태 비판에만 그치지 않고 엄혹하게 자신을 채찍질하며 자아 성찰에 힘쓰고자 노력했던 신영복 전 교수. 그는 본인이 가장 중요하게 여기는 인간에 대한 애정과 믿음, 소소한 경험들과 사색 끝에 얻어낸 깨달음들을 이 책에서 고백한다.

이 책이 들려주는 거부할 수 없는 매력 때문에 400쪽에 달하는 방대한 분량의 벽도 가뿐히 넘을 수 있었다. 특히 신영복의 학자적 풍모가 누군가에게 자랑하고자 하는 어쭙잖은 뽐냄에서 비롯된 것이 아니라는 사실을 알게 되니 책에 더 큰 신뢰가 갔다.

그는 충분히 억울한 옥살이를 했는데도 군말 없이 자신을 닦아 나갔다. 어느 순간 해이해질지도 모르는 자신을 가다듬는 데 힘을 쏟고, 그치지 않고 공부하려 했던 노력의 흔적이 책 속에 향기처럼 배어 있었다.

《감옥으로부터의 사색》은 몇 번의 설명보다 한 번의 읽기가 중요한 책이다. 민규동이 이 책을 20대에게 추천한 이유 역시 여기에 있을 것이다. 세상과 격리되어 있었지만 온몸으로 세상을 느끼며 산 신영복의 글을 통해, 자신의 내부로 돌아와 깊은 성찰을 하는 것이 얼마나 중요한지를 지금의 20대에게 말해주고 싶었던 것이다.

앞서 나온 소개 글에서 알 수 있듯이 이 책은 한국 사회에서 살아남은 한 지식인의 이야기이다. 견디기 어려웠을 지옥 같은 나날들을 온몸으로 감수해낸 작가의 치열함이 생생히 담겨 있는 이 책은 그 자체로 훌륭하다.

서울대 경제학과라는 '감춰지지 않는 학력'을 가진 민규동은 살면서 특별히 학교나 학과에 자부심을 느껴본 적이 없다고 밝혔다. 학교와 학과가 아무리 좋더라도 삶의 기반을 어떻게 닦았느냐에 따라 다른 삶을 살 수밖에 없기 때문이다. 하지만 신영복이 학교 선배라는 사실은 무척 자랑스럽다고 했다. 까마득한 후배는 변치 않는 가르침과 깨달음을 글로 선사해온 대선배를 존경하고 있었다. "온몸으로 세상을 느끼는 인생이 중요하다."라고 한 민규동에게 신영복은 더없이 훌륭한 롤 모델이었던 것이 분명하다.

시간의 공백이 존재하지 않는 친구들

《감옥으로부터의 사색》은 거의 대부분 편지글로 이루어져 있다. 이는 쌍방향 소통이 이루어지는 양식이라 할 수 있다. 신영복은 아버지께 드리는 글에서 서로의 편지가 '대화의 편지'가 되길 원한다고 썼다.

자신이 단순히 보호받아야 할 자식이 아니라 독립된 사상과 개성을 지닌 인격체로 여겨지길 원했던 신영복. 부지런히 답장을 하며 이야기를 주고받는 훌륭한 대화 상대가 있었기에 그는 외롭고 쓸쓸했을지 모르는 옥중 생활을 더 풍요롭게 보냈는지도 모른다.

이처럼 내밀한 이야기를 나눌 수 있는 대화 상대는 삶을 지탱하는 큰 동력이 된다. 문득 민규동의 소중한 대화 상대는 누구일지 궁금해졌다.

그는 본인의 소중한 대화 상대로 세 명의 친구를 지목했다. 그들은 각각 굉장히 다른 사람들이지만 선명한 공통점을 지니고 있다고도 했다. 대화할 때 흔히들 하는 전제나 프롤로그가 필요하지 않은 사이라는 점이었다.

"성큼 본질적인 이야기를 나눌 수 있는, 서로에게 매우 호의적이며 절대적인 응원을 나눌 수 있는 사이예요. 그 방식이 어떻게 됐든 늘 나의 편이 되어주고 애정으로 감싸줄 수 있을 것 같은 사람들이구요."

별생각 없이 불러낼 수 있는, 언제 보아도 바로 어제 헤어졌던 것 같은 느낌을 주는 좋은 친구들을 둔 그가 부러웠다.

있는 그대로의 나를 사랑하세요

문학청년이었다는 과거가 허풍이 아닐 정도로 민규동은 책과 가까운 사람이었다. 그는 남의 책을 몰래 읽을 만큼 책에 대한 욕심이 컸다. 특히 유럽 고전을 좋아했다고 한다.

책을 친구이자 보이지 않는 음식이라 정의한 그였지만, 책 읽기가 가져오는 허위의식은 경계해야 한다고 힘주어 말했다. 정작 자기 자신은 소화하지 못했는데 남의 권위를 빌려 또 다른 이들을 압도하고 설득하는 것은 바람직하지 않다고 보기 때문이었다.

특히 책에 있던 내용을 마치 자신의 지식인양 어설프게 인용하는 것을 경계해야 한다고 말하는 민규동. 실제로 그는 책의 위용에 휘둘리지 않기 위해 작가나 제목에 관심을 두지 않는다.

"과시하기 위한 책 읽기는 알맹이가 없어요. 정말 책을 많이 읽은 사람의 내공은 자연스럽게 쌓이는 것입니다. 단순히 책을 읽었다는 사실에 자긍심을 가지는 허위의식은 반드시 경계해야 합니다."

열정, 독서, 인간관계 등 여러 가지 키워드를 통해 20대에게 메시지를 전달하고자 했던 민규동에게 마지막 한마디를 요청했다. 하지만 그는 잠시 머뭇거렸다.

약간의 침묵이 흐른 뒤에야 그는 "건강했으면 좋겠어요."라고 어렵게 입을 뗐다. 건강하지 않으면 욕구가 줄어들어 의욕적인 삶을 살 수 없기 때문이라고 했다.

그리고 '남들보다 좋은 나'를 좇지 말고 '있는 그대로의 나'를 좋아하면 좋겠다고도 했다. 덧붙여 연애를 적극 권장하기도 했다. 열정이 점차 줄어들기 시작하는 30대보다 순수한 애정과 열정이 가득한 20대의 연애가 소중하다는 것이다.

수많은 경쟁자들 사이에서 초라한 자신의 모습을 발견하고 좌절하기 일쑤인 20대! 있는 그대로의 나를 사랑하고 사랑에 빠져보라는 민규동의 조언은 특별했다. 불확실한 미래를 얼추 가늠해보다가 실망하고 좌절해버리는 내게도 군더더기 없는 그의 충고는 담백함 그 자체였다.

예술가의 면모가 드러나는 낭만적인 맺음말로 인터뷰를 마친 민규동 감독. 시종일관 웃음과 함께 진행된 인터뷰로 행복했던 나는 세 시간 동안 그와 '수다를 떨었음에도' 이내 다음번에 또 만나자고 하는 그의 제안이 빨리 성사되길 기원했다.

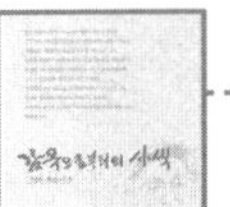

감옥으로부터의 사색 신영복

1968년 통일혁명당 사건으로 투옥되어 20년간 복역하면서 쓴 편지글 모음. 감옥에서 그린 그림, 휴지와 봉함엽서 등에 깨알같이 박아 쓴 편지에는 큰 고통 속에 있는 인간이 가슴 깊은 곳에서 길어올린 자기성찰이 담겨 있다.

나를
돌아보게
하는 책
#3

드라마 작가 **노희경**
《소크라테스의 변명》_플라톤

정신분석 전문의 **김혜남**
《호모 노마드 유목하는 인간》_자크 아탈리

영화감독 **송일곤**
《백년 동안의 고독》_가브리엘 가르시아 마르케스

예비역도
즐겁게 살 수 있어!

_박종현(서강대)

2006년 3월 17일

대학에 와서 가장 기억에 남는 시간을 꼽으라고 한다면 난 입학한 지 5년이 지난 지금도 이 날을 이야기한다. '대흥'의 첫 번째 콘서트가 열린 날이기 때문이다.

대흥은 대학에서 만난 친구들 12명이 모여 만든 그룹이다. 처음에는 단순히 여자 친구가 없다는 이유로 몰려다닌 게 전부였다. 그러다 어느 날 의기투합해 음악을 시작했고, 겨우내 한 친구의 자취방에서 녹음을 해서 음반을 만들었다. 그리고 신촌의 작은 공연장을 빌려서 음반 발매 기념 콘서트까지 열었던 것이다.

대흥은 음악 동아리도 아니었고 여자 친구의 유무가 가입 조건의 전부였기 때문에 우리 중에는 음치도, 박치도 섞여 있었다. 연습은 힘들었고 공연장까지 빌려놨지만 정말 우리가 공연을 잘할 수 있을지 의문이었다. 하지만 무대에 불이 켜지자 2시간이 어떻게 흘렀는지 모를 만큼 우리는 모든 열정을 쏟아 노래했다. 공연은 성황리에 마무리되었고 우리는 조촐하게 치킨 몇 마리와 맥주를 사서 학교 공터에 자리를 폈다. 밤까지 가시지 않은 봄기운에 취해 맥주를 한 모금 마시니 지난 시간들이 떠올랐다.

겨우내 머리를 맞대고 가사와 곡을 만들던 기억, 세 명만 들어가도 꽉 차는 조그만 반지하 자취방에서 힘들게 녹음하던 일들, '재미있자고 만난 사람들끼리 일을 너무 크게 벌인 것 아닐까?' 고민하며 콘서트를 준비하던 그 시간들이 무척이나 소중하게 느껴졌다.

그날 집으로 가는 버스에 몸을 실었을 때 나는 세상 무슨 일이든 다 해낼 수 있을 것 같은 자신감에 차 있었다. 무엇보다 그날 함께 공연을 한 친구들과 관객으로 자리해준 많은 사람들을 평생 기억하고 감사하면서 살아야겠다는 다짐도 했다. 정말 모든 것이 자신 있던 스물한 살의 봄날이었다.

2007년 3월 26일~2009년 5월 30일

1년이 지난 스물두 살의 봄, 군대를 가게 되었다. 입대 영장을 받고 훈련소에 가기 전까지는 울기도 하고 술도 마시면서 지냈다. 하지만 훈련소 입소 전날 밤에는 괜스레 짜증만 났다.

그리고 2년이 흘러, 올 것 같지 않던 제대를 며칠 앞둔 5월. 나는 말년 휴가를 나와 홀로 여행을 떠났다. 통영부터 진주, 하동, 순천, 목포, 우이도, 정읍, 서천 등 경상도부터 전라도를 거쳐 충청도까지 일주일이 조금 넘는 시간 동안 여행을 하면서 나 자신을 돌아보았다.

어느덧 이십대 중반이 되어버린 내 모습, 음반을 만들고 콘서트를 하던 그 시절처럼 열정적으로 살 수 있을지 겁이 났다. 아니, 솔직히 말하면 2년 동안 떨어져 있던 사람들과 다시 만나 예전처럼 즐겁게 잘 지낼 수 있을지가 걱정되었다.

2009년 7월 어느 날

대흥 멤버 중 한 친구에게서 연락이 왔다. 곡을 새로 만들었으니 오랜만에 녹음이나 해보자고 했다. 그렇게 우리는 3년 만에 다시 모여서 녹음을 했다. 노래 제목은 〈Don't call me 아저씨 Just call me 오빠〉. 복학생의 처절함을 담은 노래였다. 녹음은 즐거웠고 오랜만에 멤버들과 장난스럽게 티격태격하면서 즐거운 여름밤을 보냈다. 어쩐지 군대 가기 전으로 돌아간 것 같은 날이었다.

2009년 8월 13일

녹음을 끝낸 어느 날, 그 친구에게서 전화가 왔다. 별 기대 없이 대학가요제에 지원했는데 1차 합격을 했다는 것이다. 우리는 부랴부랴 2차 예선에 쓸 UCC를 찍고 안무도 만들면서 열심히 대학가요제를 준비했다. 하지만 이때까지도 그 과정을 즐겼을 뿐 결과에 대한 기대는 크지 않았다. 오히려 이십대 중반 복학생들끼리 잘해낼 수 있을지에 대한 걱정이 더 컸다.

며칠 뒤, 우리는 2차 예선을 위해 방송국으로 향했다. 전국에서 1차 예선을 통과한 수백 팀 중에서 30팀 정도를 뽑는 심사였기 때문에 힘겨울 것이라 예상은 했지만, 막상 예심을 기다리고 있자니 초조한 마음을 누르기가 힘들었다. 그런데 이게 웬 일? 우리는 기적과도 같이 2차 예선을 통과했다.

믿기지 않았다. 이제 13팀 안에만 들면 본선 진출이다. 하지만 예상 외의 선전에 당황해서였는지 무대에서 실수를 연발했다. 결국 대흥은 본선에 진출하지 못했다. 하지만 아쉬움보다는 뿌듯함이 앞섰다. 다시는 예전처럼 열정적으로, 신나게 살지 못할 거라 생각하며 의기소침해 있던 자신이 부끄러웠다. 여전히 난 젊고 무슨 일이든 할 수 있을 것 같았다. 2009년 여름, 나는 다시 3년 전의 봄날로 돌아간 듯한 기분이었다.

2009년 가을

나는 복학을 했다. 열정만으로 모든 것을 해낼 수 있으리라 생각했다. 하지만 현실은 달랐다. 난 그 현실 앞에서 헉헉대고 있다. 스펙을 쌓아야만 했다. 그러던 중 출판 프로젝트를 만났다. 2006년에 가졌던 기대감과 흥분에 필적하는 묘한 느낌이 다시금 내 몸을 파고들었다. 새로운 도전에 나를 맡길 수 있게 된 것이다.

복학생의 신분(?)이지만 나는 여전히 열정적이고 즐거운 대학 생활을 보내고 있다.

INTERVIEWER **박종현**

서강대학교 신문방송학과 3학년에 재학 중인 25살 예비역. 술과 게임뿐인 남자 대학생 문화에서 벗어나고 싶어 '책꽂이'를 시작했고 그 어느 때보다 열심히 책을 읽었다. 그동안 음악 그룹을 결성하여 콘서트도 하고 음반도 내고 대학가요제에도 참가했지만, 곧 다가올 4학년이라는 현실 앞에서 심각하게 고민 중이다. 그래도 어깨 펴고 당당하게 살아야겠다며 첫 번째 출간 도서에 커다란 기대를 걸고 있다.

청춘, 있는 그대로
아름답다

서울예대 문예창작학과 졸업 후 〈세리와 수지〉로 데뷔했으며 〈거짓말〉 〈꽃보다 아름다워〉 〈굿바이 솔로〉 〈그들이 사는 세상〉 등을 썼다. 인간을 향한 애정을 드라마에 담아내는 그녀는 국제 NGO 단체인 JTS에서 재능기부를 실천하고 있다. 소설 〈세상에서 가장 아름다운 이별〉, 에세이 〈지금 사랑하지 않는 자, 모두 유죄〉를 썼으며 〈그들이 사는 세상〉 〈거짓말〉 등의 대본집을 펴냈다.

1998년 3월 30일에 어떤 드라마가 방영되었다. 3개월간 스무 번에 걸쳐 시청자들을 만난 이 드라마는 낮은 시청률을 기록하고 종영했다. 하지만 1회가 방송되면서부터 PC 통신에 소모임이 생겨났다.

요즘이야 방영하는 드라마마다 온라인 커뮤니티가 생겨나고 작품에 대한 의견도 자유롭게 올리지만 인터넷이 생소했던 1998년만 해도 이는 상상하기 어려운 일이었다. 소모임에는 시청 소감을 올리는 사람들로 넘쳐났다. 그리고 '마니아 드라마'라는 새로운 단어가 붙기 시작했다. 이듬해에는 홈페이지가 만들어졌다. 그 드라마가 바로 작가 노희경이 쓴 〈거짓말〉이다.

그녀는 마니아들의 뜨거운 사랑을 받는 작가다. 방영한 지 10년이 훌쩍 넘은 〈거짓말〉 팬 카페에는 여전히 드라마의 감동을 잊지 못하는 팬들이 글을 남기고 있다. 그들은 아직까지도 매년 정기 모임을 갖는다.

노희경의 힘은 여기서 그치지 않는다. 국내에서 정식으로 기획된 드라마 대본집 시리즈가 있었던가? 쉽게 떠올리기 힘들 것이다. 하지만 《그들이 사는 세상》과 《거짓말》 그리고 네 개의 단막 작품들을 모은 《세상에서 가장 아름다운 이별》이 대본집의 형태로 출간되었으며 그녀의 드라마를 문학적 감수성으로 평가하는 팬들이 늘어나기 시작했다.

그렇다면 사람들은 왜 노희경 드라마에 열광하는 것일까? 시청률보다 진정성에 점수를 주는 이유는 무엇일까? 이 질문에 마니아들은 이렇게 답한다.

"그녀는 휴머니즘을 담은 드라마를 쓰잖아요."

노희경 표 등장인물에게는 삶의 이유가 있다. 절대적으로 악한 인물도 절대적으로 선한 인물도 없다. 그들은 다투고 울고 웃고 사랑하며, 저마다의 삶을 치열하게 살아간다. 그들은 인간이기 때문에 삶의 이유를 갖는다.

감각적인 대사와 공감 가는 캐릭터로 사람 냄새 나는 드라마를 써온 명품 작가 노희경. 수년 전부터 국제 개발 및 구호 NGO 단체인 JTS에서 열정적으로 활동하고 있는 그녀를 만났다. 드라마에서 보여주는 인물들만 사랑하는 것이 아니라 세상 모두를 진짜 사랑하는 그녀를 인터뷰하는 것만으로도 많은 것을 얻은 듯했다.

나를 다시 한 번 돌아보는 고귀한 시간

"꿈이 뭐예요?"라는 질문을 처음 받았을 때 난 여섯 살이었던 것 같다. 유치원 선생님이 스쳐 지나가는 말로 물었다. 나는 망설임 없이 "축구선수요."라고 대답했다. 하지만 여섯 살 어린아이의 꿈은 단순한 것이었다. 남들보다 몸이 둔하고 달리기도 느리고 심지어 공을 무서워한다는 것을 깨닫기 전이었으니까. 그리고 몇 주가 흘렀다. 명절이라 가족들이 잔뜩 모였다. 친척 어르신 중 누군가 똑같은 것을 물었다. 난 며칠 전 TV에서 봤던 변호사를 떠올리며 "변호사 될 거예요."라고 말했다. 그러고 나서 의사로, 가수로, 영화감독으로, 초등학교를 졸업할 때까지 내 꿈은 며칠에 한 번씩 바뀌었다.

하지만 중학교에 들어가니 꿈은 오직 하나였다. 좋은 대학에 입학하는 것. 그것만이 내가 꿀 수 있는, 아니 내가 꿔야만 하는 단 하나의 꿈이었다. 그리고 그 꿈의 종착지에 도달했다. 결국 대학생이 된 것이다. 지금은 "꿈이 뭐예요?"라는 질문이 참으로 버겁다. 기업은 진취적이고 창의적인 사고를 가진 인재를 원할 테지만 내게는 오직 취업뿐이다. 다른 화두는 생각조차 할 수 없다.

이런 시대를 살아가고 있는 20대에게 그녀는 "고생이 참 많습니다."라며 첫 마디를 건넸다. 20대인 조카들과 함께 살고 있기 때문에 20대의 고민을 늘 진지하게 생각해왔다는 노희경. 그녀의 20대는 어땠을까?

그녀 역시 나와 크게 다르지 않은 고민을 했다고 한다. 진로와 미래의 불확실성이 그녀를 괴롭혔던 것이다. 가위 눌릴 만큼 고민도 많았고 화도 내면서 지냈지만 이러한 것들은 직장 생활을 하면서 차츰 해결되었다고 한다.

대학을 졸업한 후 그녀는 출판사에서 편집자로 사회생활을 시작했다. 매일 야근을 했지만 하루도 빠지지 않고 회사를 다녔다. 자신이 무엇인가를 생산해낸다는 즐거움 때문에 힘든 줄도 모르고 재미있게 직장 생활을 했다고 한다. 하지만 그녀는 갑작스레 직장을 그만두고 드라마 작가가 되기 위해 방송작가교육원으로 들어갔다. 돌아가신 어머니와의 약속 때문이었다.

문예창작과에 입학하면서 글을 쓴다고 어머니께 이야기했는데 막상 어머니가 돌아가시자 스스로에게 거짓말을 해왔다는 생각이 들었다는 것이다.

꿈을 향해 달리는 것이 행복

직장을 그만두고 들어간 방송작가교육원에서 그녀는 '작품 좀 그만 가져와라.'는 선생님의 말을 들을 정도로 열심히 작품을 쓰고 공부했다. 매일 아침 자신의 뺨을 때려가면서 공부에 매진하던 그녀는 방송작가교육원에 들어간 지 1년 만에 MBC 〈베스트극장〉을 통해 〈세리와 수지〉라는 작품으로 데뷔를 하게 되었다. 돌아가신 어머니에게 이제는 자랑스럽게 작가라고 말할 수 있었다. 지금까지도 가장 치열했던 방송작가교육원 시절을 기억하며 매일 한 줄 이상 글을 써내려가는 노희경. 그녀는 지금도 말한다. 드라마 작가라는 직업이 너무 재미있고 좋다고.

그녀에게 드라마 작가가 너무 재미있는 천직이듯 대한민국 20대도 재미있는 일을 했으면 좋겠다고 말하는 그녀를 보며 처음에는 동의할 수 없었다. 재미있는 일만 하기에는 사회가 너무 불안해졌기 때문이다.

"재미있는 일을 하려면 대가가 따르지요? 그러면 그 대가를 감수하려고 하면 돼요. 두려워할 것 없어요."

그녀는 대한민국 20대에게 용기를 내어 그 대가를 감수하라는 격려를 잊지 않았다. 그녀 역시 재미있는 일인 드라마 작가를 하기 위해 직장이라는 대가를 감수하지 않았던가? 그녀는 자신의 직업인 작가를 예로 들어 인생은 선택이라고 강조했다. 작가는 글을 쓰기 위해 방에서 홀로 씨름해야 하는 존재인데 나가서 놀고 싶다는 생각이 들면 안 된다는 것이다. 사람들은 보통 두 가지를 모두 가지고 싶어하지만 이는 불가능한 욕심이라는 얘기다.

누구나 자유 시간이 많고 안정적이며 월급도 많이 주는 직장에 다니고 싶어한다. 하지만 이것들이 한 번에 충족되기란 쉽지 않다. 20대가 취업 준비를 하면서 낙담하지만 취업 후에도 낙담하게 되는 이유는 바로 이 때문이다. 그녀는 훗날 직업을 선택할 때 생각해보라며 세 가지를 이야기했다.

"세상에 해가 되지 않는 직업을 구하세요. 좋은 직장을 구했다고 생각했는데 사람들에게 아픔을 주는 일, 나쁜 일을 하는 곳이라면 절대 안 됩니다. 너무 꿈같은 말인가요? 그리고 내가 즐거울 수 있는 일을 선택하세요. 어떠한 상황에서도 즐겁게 일할 수 있다면 성공할 수 있어요. 마지막으로 남도 즐거워할 수 있는 직업을 찾으세요. 나만 즐거운 것이 아니라 세상 모두가 즐거워야 한다는 거죠. 그래야 진정 직업으로써 가치를 지닐 수 있답니다."

직업에 대해 나는 어떠한 생각을 갖고 있었는지 고민하게 하는 말이었다. 나는 어떤 직업을 가지고 싶은가? 돈과 명예 그리고 안정성이 나를 행복하게 해줄 수 있을까? 나도 즐겁게 할 수 있고 더불어 남도 즐겁게 할 수 있는 일에는 어떤 게 있을까….

인간의 본질을 탐구하는 책
《소크라테스의 변명》

'너 자신을 알라.'라는 말을 들으면 누구라도 소크라테스를 떠올릴 것이다. 그만큼 소크라테스는 유명한 철학자이지만 그는 생전에 아무런 저서도 남기지 않았다. 현재까지 전해지는 그의 사상이나 철학은 주로 제자들이 정리해서 후세에 남긴 것들이다. 그중에서도 《소크라테스의 변명》은 제자 플라톤이

지은 작품으로 소크라테스의 재판 장면을 대화 형식으로 풀어 쓴 책이다.

소크라테스는 이전의 자연 철학을 비판하고 인간 탐구를 강조하면서 기존 세력들과 마찰을 빚게 된다. 그러자 소피스트들은 소크라테스가 젊은이들을 타락시킨다며 고발하고 사형 선고까지 내린다. 이 책은 소크라테스가 배심원들 앞에서 자신의 무죄를 변론하면서 평생 추구해온 자신의 철학을 피력하는 내용을 담고 있다. 대화체인데다 쓰인 단어나 문장도 어렵지 않아, 철학 입문서로 좋을 것 같아 추천했다는 노희경.

"왜라는 질문으로 시작해 왜라는 질문으로 끝나는 게 바로 철학이에요. 사람들이 당연하다고 생각하는 것에도 의문을 품고 자꾸 파고드는 거지요. 그게 무척 재미있어요. 여러분도 이 책을 읽으면서 소크라테스는 왜 이런 생각과 말을 하게 되었는지 질문해보세요."

사랑하는 사람이 생겼을 때 그 사랑을 누리는 것 자체도 중요하지만, '왜 사랑하는가.' '사랑은 무엇일까'와 같이 보다 근본적이고 중요한 질문을 자신에게 던져본다면, 사랑을 바라보는 시각과 그 깊이가 분명 달라진다는 것이다.

아무것도 알지 못한다는 걸 아는 지혜

이 책에는 '소크라테스가 가장 현명한 사람이다.'라는 델피 신딕을 반박하기 위해 소크라테스 본인이 직접 시인, 작가, 장인 등 여러 사람들을 찾아가서 대화하는 장면이 나온다. 소크라테스는 자신은 아무것도 알지 못하는 사람이며, 세상에는 자신보다 더 현명한 사람이 있다는 것을 증명하려 했다. 하지만 자신보다 더 현명할 것이라 생각했던 사람들과 대화를 나눠본 소크라테스는 그들에게 실망하고, 신탁의 의미를 수긍한다. 소크라테스는 자신의 무지를 알고 있으며 그것을 인정하기 때문에 세상에서 가장 지혜로운 자였던 것이다.

이 장면에서 소크라테스가 시인을 묘사한 문장이 무척 흥미롭다. '지혜가 있어서 시를 쓰는 것이 아니라 일종의 소질과 영감에 의해 시를 쓰고 있으며, 훌륭한 말을 많이 하지만 그들은 그 말의 의미를 이해 못 하는 예언자나 점쟁이에 불과하다.'고 시인을 비판한 것이다.

노희경은 소크라테스의 말에 전적으로 동의했다. 하지만 그녀는 거기에 덧붙여 대중에게 존경을 받으려고 애쓰기보다는 대중 속으로 직접 파고들어가 그들의 이야기를 들어야 하는 사람이 글을 쓰는 사람, 즉 작가라고 강조했다.

실제로 작가 지망생들을 대상으로 강연을 하기도 하는 그녀는 그때마다 겸손하게 자신의 무지를 인정하고 인간에 대한 이해심을 가질 것을 당부한다. 용서는 강자가 약자에게 베푸는 선의와 동정이지만 이해심은 동등한 관계에서 출발하기 때문이다. 인간을 존중하는 마음은 그녀의 글을 지배하는 작가로서의 가치관이다.

노희경이 인간의 진정성을 들여다보는 작가라는 사실은 그녀가 좋아한다는 재래시장 방문에서 찾아볼 수 있다. 그녀는 대형 마트에 가서 값싼 물건을 사려고 애쓰기보다는, 재래시장에서 사람들이 살아가는 모습을 들여다보며 자신의 글 소재를 찾는다고 한다. 이 말을 듣는 순간 그녀의 삶 전체가 인간을 향해 있다는 생각이 들었다. 드라마 〈굿바이 솔로〉에 '그렇게 세상엔 다른 사람들이 있다. 사람은 있는 그대로 아름답다.'라는 대사가 있는데 이는 작가 노희경의 생각을 그대로 담은 메시지가 아니었을까?

하지만 인간은 정말 아름답기만 한 존재일까? 소크라테스는 인간을 '육체에 유혹 당하기 쉬우며 무지하면서 죽음을 두려워하는 존재'라고 정의했다.

동시에 이렇게 유한한 인간은 서로 만나면서 즐거운 시간을 보내기도 하지만 그만큼 상처를 주고받는 시간을 보내기도 한다, 라고 했다. 특히 20대는 아직 관계를 형성하는 데 서툴다. 그렇기 때문에 쉽게 상처를 주기도 하고 받기도 한다. 그래서 관계를 맺는 데 두려움을 가지는 경우가 많다.

노희경은 1997년 〈아직은 사랑할 시간〉으로 처음 표민수 PD를 만난 이래 1998년 〈거짓말〉, 1999년 〈슬픈 유혹〉, 2000년 〈바보 같은 사랑〉, 2002년 〈고독〉, 2008년 〈그들이 사는 세상〉까지 10년이 넘는 세월을 그와 함께 해왔다. 그녀는 '서로의 쪽팔림을 남김없이 까발리고 이해할 때까지 이야기하는 것'을 오랜 관계의 비결로 꼽았다. 처음 표민수 PD를 만났을 때는 작품 해석에 있어 두 사람의 의견이 잘 안 맞았다고 한다. 서로의 어린 시절 이야기부터 시시콜콜한 것까지 솔직하게 나누면서 친구가 되었다고 한다. 살 맞대고 사는 부부도 싸우는데 하물며 일하면서 만난 사람과 안 싸울 수 있으랴? 의견 대립이 있을 수밖에 없다는 것을 자연스럽게 받아들이고 나니 모든 것이 해결되었다는 것이다.

내가 관계 맺기를 어려워하고 상처 받기를 두려워하는 만큼 상대도 똑같이 그럴 것이라고 생각해야 한다. 그리고 상대에게 좀 더 따듯하게 접근해야 하나. 하지만 그녀도 한때 관계 형성을 잘하지 못해 힘든 시기를 보냈다고 한다. 그녀에게 가족이라는 관계는 원망과 콤플렉스의 대상이었다.

노희경은 어머니를 암으로 잃은 뒤에야 어머니를 한 인간으로서 온전히 이해할 수 있었다고 고백했다. '살아서는 어머니가 그냥 어머니였는데, 돌아가시고 나니 그녀가 내 인생의 전부였다는 생각이 든다.'는 뼈아픈 후회. 그녀는 자신의 경험을 살려 1996년 〈세상에서 가장 아름다운 이별〉을 썼다. 가족을 위해 모든 걸 희생하다 암으로 세상을 떠나는 엄마의 이야기는 당시 시청자들의 가슴에 큰 감동과 울림을 남겼다.

우리는 지금 이 순간에도 관계 형성에 있어 수많은 오해와 반목으로 힘들어하고 있다. 하지만 그녀의 말처럼 상대방도 나와 똑같다는 사실을 받아들이면 어떨까? 마음이 조금은 편해지지 않을까?

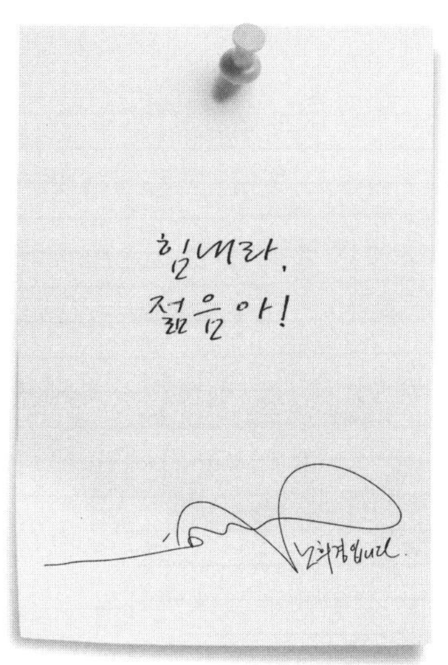

책은 실천하기 위해 읽어야

사람과 사람 사이에 이해가 시작되는 순간은 언제일까? '다 이해한다.'라는 말이 시작되는 순간일 것이다. 하지만 그 말을 입 밖으로 끄집어내는 데에는 용기가 필요하다. 노희경도 자신의 에세이인 《지금 사랑하지 않는 자, 모두 유죄》에서 다음과 같이 고백했다. '어느 날 말로만 글로만 입으로만, 사랑하고 이해하고 아름답다고 소리치는 나를 아프게 발견한다. 이제는 좀 행동해보지 타일러본다.'

누구에게나 행동은 어려운 것이다. 《소크라테스의 변명》에도 이와 관련 있는 일화가 나온다. 젊은이들을 타락시켰다는 이유와 신을 믿지 않았다는 이유로 평의원들에게 사형을 선고 받은 소크라테스이지만 그도 본의 아니게 아테네의 평의원으로 활동한 적이 있었다. 그 당시 아테네 의회에서는 아르기누사이 해전에서 패배한 열 명의 장군들을 모두 국회로 불러들여 재판하자는 안이 의결되었는데 소크라테스는 이 안건의 위법성을 지적하며 온갖 협박 속에서도 소신대로 반대표를 던졌다.

노희경이 소크라테스, 예수, 부처를 존경하는 이유는 그들이 행동했기 때문이라고 했다. 마음에서 느끼고 머리에서 생각한 것을 행동으로 옮겼기 때문에 존경 받을 만하다는 것이다.

책 읽기 또한 마찬가지다. 행동을 통해 실생활에 녹여내지 않는 책은 의미가 없다는 것이 노희경의 주장이다. 지금까지 좋은 독서는 다독이라고 생각해왔던 내게는 충격이었다. 하지만 이내 그 이유를 알게 되었다. 단순히 책을 많이 읽는 것은 '책을 많이 읽어야겠다.'라는 목적만 가질 뿐이지만, 책을 읽고 실생활에 녹여낸다는 것은 '삶을 아름답게 만든다.'라는 목적에서 나오는 것이기 때문이다. 그렇기 때문에 책을 읽을 때 목적을 분명히 하고 책에서 배운 것을 어떻게 실천했는지에 대한 감상을 반드시 써보라는 그녀의 권유에 고개가 끄덕여졌다.

힘내라, 젊음아

노희경은 국제구호단체인 JTS에서 자원봉사 활동을 하며, 자신의 철학을 행동으로 옮기고 있다. 거리에서 펼치는 기부 모금에도 빠짐없이 참여할 뿐 아니라, 2010년 4월 출간한 소설 《세상에서 가장 아름다운 이별》의 인세 전액을 기부하는 등 그동안 펴낸 책의 인세 수익을 제3세계 어린이들의 구호 활동에 기부하는 것으로도 유명하다.

그녀와 인터뷰를 하면서 내 자신을 반추해보았다. 평범한 가정에서 자라 경제적인 걱정 없이 대학을 다니고 있는 나는 이미 사회의 기득권층이라는 생각이 들었다. 그런 나는 왜 나보다 어려운 처지에 있는 사람들을 바라보며 생각만 했던 것일까? 왜 행동으로 옮기진 못했을까? 약자를 도와야 한다는 의무감 역시 내겐 강박이었나보다. 도움의 손길에 강박이 스미는 순간을 스스로가 참지 못했기 때문에 마음은 느껴도 머리가 매번 거절했던 것이다.

"그런 강박쯤은 가져도 괜찮아요. 누군가 굶어 죽어가고 있다면 내가 먹을 걸 나누는 게 당연하잖아요? 그런 게 인정이지요. 그런 인정이 없으면 강박이라도 가져야겠지요."

그렇다. 난 무슨 핑계가 그렇게 많았던가? 그냥 인정을 베풀면 그만인데.

그녀의 드라마 〈굿바이 솔로〉에 이런 대사가 나온다.

'나이 들면 누나처럼 그렇게 명쾌해지나?'

'지금 이 순간 이 인생이 두 번 다신 안 온다는 것을 알게 되지.'

청춘의 한가운데에서 난 지금 내가 하고 있는 모든 일에 질문을 던져본다. 모든 게 명쾌하면 정말 좋을까? 인생은 정말 두 번 다신 오지 않을 것이다. 고민만 하기에 난 너무 젊다.

소크라테스의 변명 플라톤

인류의 영원한 정신적 스승인 소크라테스의 면모를 알 수 있게 하는 책. 제자 플라톤이 스승의 위대한 사상과 진실된 인간성을 기리고자 쓴 '변명', '크리톤', '파이돈', '향연'이 함께 엮어 있다. 그리스 산문문학의 정수로 평가받는 이 책은 진리를 위해 목숨도 내놓았던 참된 철인이자 행복한 지성인인 소크라테스의 모습을 가감 없이 보여준다.

거울 속의 나를
제대로 들여다보라

고려대 의과대학을 졸업하고 국립서울정신병원에서 12년 동안 정신분석 전문의로 근무했다. 현재 나누리병원 정신분석연구소 소장으로 재직 중이다. 사랑에 고민하고 갈등하는 이들을 위해 《나는 정말 너를 사랑하는 걸까?》를 썼으며 국내 최초로 서른 살을 심리학으로 접근한 《서른살이 심리학에게 묻다》《심리학이 서른살에게 답하다》를 펴냈다.

고대 그리스의 작가인 호메로스가 쓴 《오디세이아》에서 주인공 오디세우스는 트로이 전쟁에 출전하게 된다. 그리고 오디세우스가 전쟁에서 돌아오기까지 10여 년 동안 그의 친구 멘토는 오디세우스의 아들인 텔레마코스를 돌보기로 한다. 멘토는 텔레마코스를 때로는 친구처럼, 때로는 선생님처럼, 때로는 아버지처럼 항상 곁에서 돌보아주었다. 이와 같은 일화 때문에 멘토는 지혜와 신뢰로 한 사람의 인생을 이끌어주는 지도자라는 의미로 쓰이게 되었다.

2008년 《서른 살이 심리학에게 묻다》라는 책으로 대한민국 청춘에게 뜨거운 위로와 격려를 보냈던 김혜남은 지금 젊은이들 사이에서 '우리 시대의 멘토'로 통하는 의사 겸 작가이다.

5남매 중 셋째 딸로 태어난 김혜남은 어릴 적부터 항상 사랑 받기를 원했지만 집안에서 사랑을 독차지하는 것은 쌍둥이처럼 함께 자란 둘째 언니였다고 한다. 그런 둘째 언니는 질투와 시기의 대상이었고 그녀는 남몰래 둘째 언니의 불행을 기도하기도 했다.

그러던 어느 날 둘째 언니가 불의의 사고로 목숨을 잃었는데 이 사건은 당시 고등학교 3학년이던 그녀에게 큰 충격으로 다가왔다. 그때 이후 그녀는 의학에 관심을 가지고 고려대 의과대학에 진학했으나 '자신의 질투가 언니를 죽게 만들었다.'라는 죄책감은 쉽사리 사라지지 않았다.

하지만 김혜남은 정신분석학을 전공하면서 자신의 죄책감을 서서히 치유해가기 시작했다. 20여 년 동안 정신분석 전문의로 활동하다가 2002년 《나는 정말 너를 사랑하는 걸까?》를 출간하며 사랑에 힘겨워하는 많은 독자들의 공감을 자아냈던 그녀는 이후 《서른살이 심리학에게 묻다》 《심리학이 서른살에게 답하다》 등의 심리학 관련 저서들을 꾸준히 발표하여 독자들의 관심을 받아왔다.

그녀는 책을 통해 젊은이들에게 때로는 친구처럼 때로는 선생님처럼 때로는 어머니처럼 다가가고 있는 이 시대의 진정한 멘토이다.

나는 누구인가?

아직도 대한민국에는 신경정신과를 찾는 사람에 대한 편견이 존재한다. 신경정신과를 찾는 사람들을 사회에 섞이지 못하고 항상 우울증에 시달리며 자살을 기도하는 사람들일 거라 지레짐작하는 경향이 많다. 그렇게 때문에 그들은 정상인과 '다른' 사람이 아니라 '틀린' 사람으로 취급받고 있다.

하지만 그녀는 사람이라면 누구나 한두 가지쯤은 문제를 지니고 있다며 그 사실을 왜곡하거나 숨기지 말라고 했다. 그러면서 평소 '문제를 제대로 깨달으면 해결할 힘이 생긴다.'라고 하는 그녀는 20대에게 자기 자신을 똑바로 직시할 것을 주문했다.

자신의 문제를 깨달으려면 스스로를 똑바로 바라볼 줄 알아야 하는데 이는 곧 그녀 자신을 치유한 방법이기도 했다.

그녀는 자신의 질투가 둘째 언니를 죽게 만들었다는 죄책감으로 대학에 입학해서도 방황의 시간을 보냈다고 한다. 그 죄책감 때문에 삶을 제대로 이끌어가지 못하고 있던 그녀는 어느 날 '내가 누구이며, 내가 사는 이유는 무엇인가?'에 대한 질문을 스스로에게 던졌다. 그리고 고민 끝에 어차피 그것을 알 수 없다면 부딪혀보자며 질문에 대한 결론을 내렸던 것이다.

그래서 그녀는 평소에 관심을 가지고 있던 연극 무대를 기웃거렸다. 그리고 순식간에 연극에 빠져들었다고 한다. 희곡이나 연극에 관련된 책을 모두 읽었으며 실제로 무대에 오르기도 했던 김혜남.

내성적인 그녀였지만 무대에서는 전혀 다른 영혼을 가진 사람이 연기를 하고 있었다며 당시를 회상하는 그녀는 이러한 열정을 바탕으로 스스로의 감정과 솔직하게 마주하게 되었다. 그러면서 언니에 대한 죄책감이 조금씩 치유되기 시작했다고 한다.

그녀는 자신과 솔직하게 마주하는 과정이 분명 고통스러울 수도 있지만 고통의 바닥까지 내려가서 경험하고 나니 분명 그 문제를 해결할 힘이 생긴다고 이야기했다.

《호모 노마드 유목하는 인간》

흔히 역사가가 역사를 바라보는 관점을 사관이라고 한다. 지금까지 많은 역사가들은 지배자를 중심으로 역사를 기술해왔지만 최근 들어 점차 다른 방식으로 역사를 기술하려는 움직임이 늘고 있다.

프랑스의 경제학자인 자크 아탈리는 자신의 저서인 《호모 노마드 유목하는 인간》에서 지배자의 관점이 아닌 유목민의 시각에서 역사를 기술했다. 정착민 중심의 역사 기술 방식에서 벗어나 노마드, 즉 유목민을 중심으로 역사를 이야기한 이 책은 500만 년 전 오스트랄로피테쿠스가 나무에서 내려와 동남 아프리카를 둘러보며 돌아다니게 된 것을 시작으로 전 세계 60억 인구 중 6분의 1인 10억 명의 사람들이 이민이나 관광을 이유로 이동하는 오늘날까지 노마드의 역사를 다양한 사료를 통해서 바라보고 있다. 그러면서 작가는 노마디즘(nomadism : 특정한 가치와 삶의 방식에 얽매이지 않고 끊임없이 자기를 부정하면서 새로운 자아를 찾아가는 것을 의미하는 철학적 개념)이 사회 변화의 주된 원동력이있다고 이야기한다.

그에 따르면 불, 사냥, 언어, 농경, 목축, 신발, 옷, 연장, 제식, 예술, 그림, 조각, 음악, 계산, 바퀴, 글씨, 법, 시장, 야금술(광석에서 금속을 골라내는 기술), 승마, 항해, 심지어 신과 민주주의의 개념까지 모두 유목민들이 발명해냈다는 것이다. 그는 노마드의 경계 없고 상대주의적인 사고방식과 가능성을 강조하며 이를 현실에 안주하며 정체적인 삶을 영위하는 정착민의 사고방식과 대조시킨다.

그리고 현대사회를 살아가는 사람들에게 정착민이 노마드를 내쫓았던 것처럼 서로 반목하고 대치하기보다는 누구나 노마드이면서 정착민이 되어야 하고 정착민이면서 노마드가 되어야 한다고 이야기한다.

김혜남은 이 책이 20대에게 많은 도움을 줄 거라고 이야기했다. 이 책은 세계화의 조류와도 맞닿아 있다. 세계화를 이루려면 상대적 다양성을 인정하고 존중해야 하는데 21세기형 노마드를 통해 이에 대한 가능성을 발견할 수 있다며 이 책의 가치를 더욱 강조하는 그녀. 하지만 그녀는 오늘날 노마드가 되기 위해 반드시 해외여행을 할 필요는 없다면서 마음으로 하는 여행을 추천했다.

자크 아탈리 역시 '트랜스휴먼'이라는 개념을 통해 많은 이야기를 하고 있다. 본래 트랜스휴먼이라는 용어는 기술 발전에 따라 지적, 육체적 능력이 향상된 인간을 의미하는데 아탈리는 이 책에서 '노마드적 사고방식과 정착민적 사고방식의 적절한 융합'이라는 의미로 사용하고 있다.

그는 '트랜스휴먼은 스스로가 정착민이라면 노마드의 권리와 의무를 존중해야 하고, 반대로 노마드라면 역시 정착민의 권리와 의무를 존중해야 한다.'고 이야기한다. 그중에서도 노마드의 권리가 바로 '내적 여행을 할 수 있는 권리'임을 강조했다. 이는 생각하고, 꿈꾸고, 여흥이나 군중에서 벗어날 권리를 의미하며 동시에 고독을 선택할 수 있고 예술과 사상의 경계를 뛰어넘을 수 있는 권리를 포함한다.

김혜남은 이와 관련해 한국 사회가 수많은 전쟁과 수탈을 거치면서 자기 것을 보호하고 지키려는 의지가 강해지다보니 남을 배척하는 문화가 뿌리 깊게

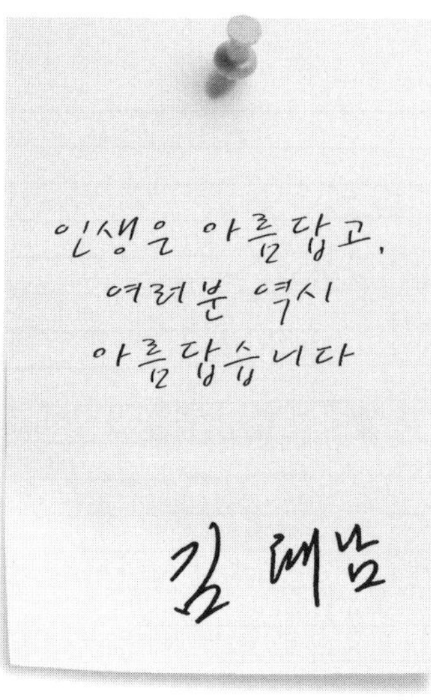

남은 것은 아닐까, 라는 의견을 제시했다. 하지만 개인 중심적인 문화는 결국 스스로를 고립시킬 뿐이며 타인과의 소통이 중요하다고도 강조했다.

그렇다면 현대인은 왜 그토록 쉽게 불안감에 빠지는 걸까? 김혜남은 그 원인을 빠르게 변화하는 사회 속에서 모든 것을 개인이 직접 겪고 해결해나가야 하기 때문이라고 진단했다. 실패를 겪게 되면 모든 책임을 개인의 무능력으로 돌리는 무자비한 오늘날의 사회. 치열한 경쟁 속에서 타인은 온전히 나와 경쟁해야 하기 때문에 조금이라도 마음을 열고 교류할 수 있는 사람을 찾을 수가 없다. 이것이 바로 현실이라는 것이다.

그녀는 이러한 사회 속에서 20대가 조금 더 타인을 존중하고 배려한다면 그 속에서 스스로를 올바로 바라볼 수 있는 혜안을 갖게 될 것이라고 했다. 그녀의 이야기를 들으며 나 자신을 다시 생각해보았다. '지금 나는 타인의 권리를 얼마만큼 존중하고 있는가? 이에 대한 해답도 내가 스스로 찾아야 한다는 것인가?'

사실 나는 내 삶에 쫓겨 남을 배려하기는커녕 나 자신도 배려하지 못해 허덕이며 지내왔다. 뭔가를 해내지 못하면 나 자신을 자책할 뿐이었다. 그런 내가 안쓰러웠다. 대학에 오면 모든 것이 다 해결될 줄 알았는데 나는 또다시 고등학교 4학년, 고등학교 5학년이 되어 남들과 경쟁하고 그들을 밟고 올라서기 위해 애쓰고 있다.

가족은 서로를 키워가기 위해 존재한다

얼마 전 라디오에서 사연 하나를 들은 적이 있다. 남편과의 갈등 때문에 많이 힘들어하는 한 여성의 이야기였다. 그녀는 드라마에서처럼 평범하게 손잡고 살아가는 노부부의 삶을 바랄 뿐인데 현실은 그렇지 않다며 괴로워했다.

이 사연을 읽고서 디제이는 "TV 속에 나오는 노부부의 모습은 얼핏 보기에 아무 문제도 없어 보입니다. 너무 편안해 보이지요. 하지만 그들이 그렇게 손잡기까지 아무 문제없이 늘 행복하게만 살았을까요? 사실 평범한 삶을 살아간다는 것은 굉장히 어렵습니다."라며 사연을 마무리했다.

세상에는 가족과의 갈등으로 고민하는 사람들이 많다. 사실 가족은 가장 가까운 타인이면서 동시에 가장 멀게 느껴지는 관계이기도 하다. 그래서 서로에게 기대하는 것이 많아질 수밖에 없는데 이 때문에 관계 형성에 문제가 생기기도 한다. 부모는 자식에게 더 좋은 학교로의 진학, 더 나은 배우자와의 결혼 등을 은근히 강요한다. 반면 자식은 경제적 뒷받침을 기대하며 상대적 박탈감에 빠지기도 한다.

대한민국을 이루는 최소 단위인 가족이 튼튼해야 사회가 건강할 텐데 가족의 붕괴가 가져다주는 폐해는 이미 언론을 통해서도 숱하게 보이고 있다. 그래서 김혜남은 타인을 이해하려면 사회를 구성하는 기본 단위인 가족부터 이해해야 한다고 강조했다.

"제가 보기에는 부모가 반드시 자녀를 키우는 것은 아닌 것 같아요. 자녀가 커가는 보폭에 맞춰서 부모가 함께 춤을 추는 거지요. 그러면서 서로 나누고 사랑하며 함께 서로를 키워가는 것 아닐까요?"

지금 내 가족의 모습은 어떨까? 가족이라는 이유로 이해하려고 노력하기보다는 오히려 더 이기적으로 대하지는 않았을까, 하는 생각이 문득 스쳤다. 가족이 '가'슴 아픈 '족'쇄가 되지 않으려면 진정으로 서로를 이해하려는 노력이 필요하다. 그래야 가족 밖의 타인도 이해할 수 있게 된다.

달라질 내 모습을 그리며

우리는 삶의 수많은 난관들과 마주하면서 힘들어하고 고통스러워한다. 그렇지만 시간이 약이라고 했던가? 결국 우리는 어떤 일에 부닥치더라도 살아가기 마련이다. 그리고 살아가야 한다.

김혜남 역시 그런 시간의 힘을 믿고 있었다. 그녀는 개인의 문제뿐 아니라 사회의 문제조차 시간이 지나면 차차 해결될 것이라고 했다. 역사는 자연스럽게 흘러가고 있다. 과거가 그랬듯이 미래에도 지금의 문제들은 조금씩 해결될 것이며 그렇게 천천히 역사는 만들어질 것이다.

하지만 그녀는 미래를 긍정적으로 바라보며 믿음을 갖는 동시에 현재에 충실할 것을 강조했다.

"10년 후 자신의 모습을 그려봤으면 좋겠어요. 그리고 두 개의 꿈을 가지세요. 첫 번째 꿈이 원대한 미래를 향한 꿈이라면 두 번째 꿈은 현재를 향한 꿈입니다. 두 번째 꿈은 첫 번째 꿈을 이루는 데 좋은 방향을 제시해줄 거예요. 의심하지 않고 믿으며 꿈을 이루도록 노력하세요."

두 개의 꿈이라, 신선한 표현이었다. 많은 이들이 꿈을 가지라는 말을 너무 쉽게 한다고 생각하지만 그녀의 말에는 진심이 담겨 있었다. 단순한 꿈이 아닌 그 꿈을 향한 방향성까지 고민하는 그녀의 세심한 조언이 가슴에 와 닿았다. 그리고 그녀는 무엇보다 꿈을 꾸며 나아가는 데 가장 중요한 것은 자기 자신, 주변의 사람들 그리고 세상에 대한 믿음이라고 이야기했다.

그녀는 오늘날 젊은이들이 올바른 가치관 속에서 살아가지 못하고 불안함 속에서 고통받는 가장 큰 이유가 이러한 믿음이 부족하기 때문이라고 진단하며 심리학 실험 이야기를 해주었다.

한 고등학교의 졸업 앨범에 찍혀 있는 사람들의 미소가 미래와 어떤 연관이 있는지를 밝히는 실험이었다. 진정으로 밝게 웃는 사람과 긴장 속에서 억지로 웃는 사람의 30년 후를 추적해보았더니 진정으로 밝게 웃는 사람의 행복지수가 훨씬 높았다는 것이다. 그녀의 말을 듣고서 나의 고등학교 졸업 사진을 생각해봤다. 나는 진정으로 밝게 웃고 있었던가? 진학에 대한 스트레스와 미래에 대한 고민들로 뒤범벅이 되어 어색하게 입꼬리만 올라간 웃음이 떠올랐다.

세상은 어느 때나 힘들었지만 사람들은 어떻게든 자신만의 방식으로 이를 극복해왔다며, 오늘날 20대도 잘 극복해나갈 것이라고 확신하는 김혜남. 사진 속 웃음 하나만으로 젊은이의 미래를 판단하기에는 그들이 해야 할 일들이 너무도 많다. 그 당시에는 힘들었지만 대학 졸업 사진에서는 활짝 웃는 모습을 발견할 수도 있지 않을까? 그러니 모든 것이 다 잘될 거라는 믿음을 갖고 밝게 웃으며 살아갈 것을 김혜남은 당부했다.

삶을 긍정하는 20대가 되기를

미국 최고 명문 대학 중 하나인 MIT 공대에 윌 헌팅이라는 이름을 가진 한 청소부가 있었다. 그는 수학 교수인 램보가 학생들에게 낸 어려운 문제를 단숨에 풀어버려 램보 교수를 깜짝 놀라게 한다. 그러던 어느 날 사회에 적응하지 못해 감정 조절을 힘들어하던 헌팅이 폭행 사건에 휘말리게 된다. 램보 교수는 그의 재능을 아까워해 석방을 대가로 자신의 연구에 동참할 것과 정신과 치료를 제안한다. 헌팅은 그 제안을 받아들여 석방되지만 정신과 전문의들에게 마음을 열지 못해 치료는 중단된다.

그러던 중 램보 교수는 친한 친구이자 심리학자인 숀 맥과이어에게 헌팅을 위한 카운슬링을 부탁하고 헌팅은 맥과이어를 만나면서 조금씩 마음의 문을 열게 된다. 실화를 바탕으로 한 영화 〈굿 윌 헌팅〉의 줄거리이다.

주인공인 헌팅은 MIT 공대생들도 어려워하는 수학 문제를 거뜬히 풀어내는 천재이지만 어릴 적 양부에게 학대당한 기억 때문에 누구에게도 쉽사리 마음을 열지 못한다. 숀 맥과이어는 이런 그를 이해와 사랑으로 대해 그가 세상으로 나올 수 있게 도와준다.

거울 속의 나를 보려면 거울이 필요하다. 지금껏 우리가 스스로를 제대로 바라보지 못하고 고민했던 이유는 우리에게 거울이 없기 때문은 아니었을까? 거울이 없다면 우리는 자신을 볼 수 없을 테니까.

헌팅에게 숀 맥과이어라는 거울이 있었다면 지금 대한민국 20대에게는 김혜남이라는 거울이 있다. 그녀는 대한민국 청춘들을 위한 멘토이자 거울이다.

　인터뷰를 하면서 김혜남에게 숀 맥과이어의 기운을 느꼈다. 그녀는 윌 헌팅 같은 젊은이들을 진심으로 이해하고자 노력하고 있기 때문이다. 대한민국 20대가 삶을 긍정할 수 있도록 돕는 김혜남, 그녀는 세상에서 가장 따스한 거울이었다.

호모 노마드 유목하는 인간 자크 아탈리

600만 년 인류 문명사를 노마드(유목민)의 시각으로 쓴 책. 오스트랄로피테쿠스에서 하이퍼 노마드까지의 인류사를 통해 노마드가 어떻게 세상을 바꾸어왔는지 앞으로 어떻게 세상을 바꾸어갈 것인지를 조명한다. 정착민의 시각에서 무지와 야만의 표상으로 여겨졌던 노마드의 역할에 주목하여 민주주의, 시장, 예술 등 문명의 실마리가 되는 품목들의 역사에 이들이 기여한 바를 설명했다.

'진짜 삶'을 그리는 데 에너지를 써라

폴란드 우쯔국립영화학교에서 영화연출을 전공했다. 단편영화 〈소풍〉이 1999년 칸영화제에서 단편 부문 심사위원상을 받아 국내외 영화계의 주목을 받았다. 이후 〈꽃섬〉으로 장편영화 데뷔를 했으며 연출작인 〈거미숲〉〈깃〉〈마법사들〉〈시간의 춤〉 등을 통해 철학적 성찰과 미학적 실험이 돋보이는 작품 세계를 구축하였다.

영화감독 송일곤

시네아스트(Cineaste)는 영화인, 영화 제작 애호가를 뜻하지만 실제로는 영화 예술인을 의미한다. 영화를 예술의 영역으로 확장시키는 사람에게 붙는 칭호인 셈이다.

1999년, IMF의 비극을 그려낸 단편영화 〈소풍〉으로 칸영화제 단편영화 부문 심사위원대상을 수상한 이후 장편 데뷔작인 〈꽃섬〉(2001), 〈거미숲〉(2004), 〈깃〉(2005), 〈마법사들〉(2006) 그리고 최근 쿠바를 소재로 한 다큐멘터리 〈시간의 춤〉(2009)에 이르기까지 매 작품마다 장르를 넘나들며 독보적인 영상 언어로 자신만의 예술 세계를 선보여온 송일곤 감독! 그에게도 시네아스트라는 칭호가 늘 따라붙는다.

하지만 그가 어릴 적부터 영화광이었다고 생각하면 큰 오산이다. 남들만큼 영화를 보고 남들만큼 영화에 관심을 가졌던 그는 우연히 고등학교 시절 동시 상영관에서 폴란드 출신 감독인 안드레이 줄랍스키의 영화 〈퍼블릭 우먼〉(1984)을 본 후 영화에 흥미를 느끼게 되었다고 한다. 결국 집안의 반대를 무릅쓰고 서울예술대학 영화과에 진학하게 된 송일곤. 그때부터 그는 거장들의 영화를 보고 친구들과 토론하며 영화에 점점 더 빠져들어 폴란드 우쯔국립영화학교로 유학을 결심한다.

이후 한국으로 돌아와 여러 작품을 발표한 그는 평단은 물론 팬들에게도 뜨거운 호응을 받는 감독으로 자리를 잡았다. 특히 2006년 작품인 〈마법사들〉은 개봉한 지 4년이 지났는데도 여전히 홈페이지에 감상이 올라오고 있으며 관객의 성화에 힘입어 재개봉하기도 했다. 한국뿐 아니라 세계적인 관심을 받고 있는 그의 영화는 각종 영화제 수상에서 진가를 발휘해왔다. 또한 2009년 11월, 프랑스 영화계는 박찬욱, 김기덕, 홍상수 등 한국을 대표하는 감독들의 작품들과 더불어 그의 2005년 작품인 〈깃〉을 상영해 칸영화제에서의 수상에 다시 한 번 경의를 표했다.

폴란드, 쿠바 그리고 송일곤

송일곤은 영화 속 공간에 특별한 의미를 부여한다. 〈꽃섬〉에서 꽃섬이 그랬고 〈거미숲〉에서는 숲이 특별힌 의미를 지니고 있었다. 〈깃〉에시는 우도가, 〈마법사들〉에서는 숲속 산장이, 〈시간의 춤〉에서는 쿠바가 특별함을 간직한 장소였다. 주인공들은 그 공간을 거닐며 삶을 노래한다. 이것이 바로 송일곤 영화의 가장 큰 특징이라 할 수 있다.

그는 본인의 영화에 담겨 있는 특징을 이야기하며 사람들이 자신의 영화를 보며 안식을 얻고 위로를 받았으면 좋겠다고 했다. 그래서 일부러 현실을 떠난 공간에서 치유를 기다리는 영화를 만들게 된 것 같다고 대답하기도 했다.

그렇다면 그런 주제에 남다른 애착을 가져온 그에게 특별히 의미 있는 공간은 어디일까? 폴란드와 쿠바가 아닐까? 예상했던 대로 송일곤은 그 두 곳을 꼽았다. 처음으로 영화 유학을 위해 방문했던 폴란드와 다섯 번째 장편영화이자 첫 번째 다큐멘터리 영화인 〈시간의 춤〉을 촬영하고자 방문했던, 오랫동안 동경해온 체 게바라의 나라인 쿠바는 그에게 어떤 의미일까?

영화를 사랑하는 문화, 가난에서 발견한 희망

어릴 때부터 호기심이 많았다는 그는 영화를 공부할수록 한국에서는 해소할 수 없는 갈증을 느꼈다고 한다. 그래서 군 제대 후 곧바로 유학을 결심했다. 그가 선택한 나라 폴란드! 왜 하필 폴란드였을까? 사실 송일곤은 미국에 가고자 했지만 '통장 잔고 부족'으로 비자 발급을 거부당했다.

그때 영화감독 문승욱이 폴란드 유학을 권유했다. 송일곤은 미국 유학을 준비하면서 만든 중편영화 〈오필리어 오디션〉으로 제1회 서울단편영화제에서 상을 받는데 그때 만난 사람이 문승욱 감독이었다. 송일곤 역시 러시아 문학에 심취해 있던 시기라 같은 동구권인 폴란드에 매력을 느껴 결심한 지 12일 만에 유학길에 오르게 되었다.

당시 폴란드는 자본주의 이념을 받아들인 지 얼마 되지 않아서 상업용 영화 작업이 익숙하지 않은 상황이었다. 하지만 송일곤은 폴란드를 영화인을 존중하고 작은 목소리에도 귀 기울이는 나라로 기억하고 있었다. 특히 그곳에서 그는 상업 영화가 아니라 세상을 바라보는 다양한 관점을 담는 영화들을 배웠다. 그리고 그 영화들을 통해 예술을 고민하기 시작했다고 한다.

　원래 계획대로 미국으로 유학을 갔으면 어땠을까, 라는 다소 짓궂은 질문에 그는 제작비 펑펑 쓰는 영화를 만들고 있지 않았을까, 라며 문화나 공간이 주는 영향력이 크다고 얘기했다. 그리고 폴란드 유학을 결코 후회하지 않으며 오히려 다행이라고까지 말했다.

　그에게 또 다른 영향을 미친 곳은 쿠바이다. 평소 체 게바라를 무척 존경한다고 밝힌 그는 혁명이 성공한 후 50년이 넘는 시간 동안 유지되는 쿠바가 신기했다고 한다. 체 게바라가 꿈꾸던 쿠바에 다녀온 그는 담담하게 소감을 풀어냈다. 먼저 직접 목격한 사회주의의 한계를 이야기했다. 이론적으로는 이상적이지만 사회주의 경제는 쿠바인들을 점점 고립시키고 있다. 만약 쿠바인들끼리만 살았으면 잘 살았을 수도 있지만 이미 월등하게 차이가 나고 있는 경제력 때문에 쿠바인들은 더욱 가난에 허덕이고 있다.

　쿠바의 젊은이들은 봉쇄된 경제 속에서 새로움을 열망하고 있었다. 그들은 보통의 지구촌 젊은이들이 그렇듯 리바이스 청바지, 나이키 운동화, 힙합을 좋아하지만 아무리 열심히 일해도 한 달 월급이 2만 원 정도밖에 되지 않는 쿠바에서 젊은이들은 그 모든 것을 누릴 수가 없다. 그래서 그가 만난 쿠바 젊은이도 망명을 계획하고 있었다.

　그렇지만 그는 쿠바에서 한국과는 다른 희망을 발견했다. 나눔과 여유의 가치가 그것이다. 그가 만난 쿠바인들은 가난하지만 여유로웠으며, 서로를 사랑하기 때문에 더 행복한 모습을 하고 있었다. 쿠바는 사회주의 국가이지만 쿠바인들은 여전히 가치 있는 삶을 가슴속에 담고서 살아왔던 것이다.

고독이 무엇인지를 묻는 책
《백년 동안의 고독》

송일곤은 국내외 여러 곳에 머물면서 다양한 경험을 쌓았지만 어느 곳에서도 마음의 여행을 멈추지 않았다. 그 여행은 바로 책을 통한 여행이다.

책을 통한 여행이 실제 여행만큼이나 삶에 많은 영향을 미친다고 강조하는 송일곤. 좋은 영화를 만들고자 화법이나 인물의 심리 및 갈등에 대해 고민을 많이 하다보니 자연스레 문학을 많이 읽게 되었다는 그는 자신의 20대를 치열하게 놀고 왕창 책 읽고 끝없이 영화 봤던 시절이라고 회고했다.

술을 마시더라도 주머니에 책을 반드시 넣어 다녔다는 그. 물론 좋은 영화를 만들고 싶어서 책을 읽기도 하지만 그에게 책은 '순수한 사랑 표현' 그 자체였다고 한다.

폴란드로 유학을 떠날 때 책을 80권이나 챙겨 갔을 만큼 그에게 책은 친구이자, 새로운 세계와 만나고 소통하는 수단이었다. 그런 그가 추천한 책은 콜롬비아 출신 작가 가브리엘 가르시아 마르케스의 1982년 노벨문학상 수상작인 《백년 동안의 고독》이었다.

"죽기 전에 이 책을 추천하지 않으면 후회할 것 같았다."라고 추천 사유를 밝힌 그는 너무나 재미있는 이야기 속에 인생과 인류의 역사를 다룬 명징한 통찰이 고스란히 담겨 있다고 추천 이유를 밝혔다.

〈뉴욕타임스〉로부터 '책이 생긴 이래 모든 인류가 읽어야 할 첫 번째 문학 작품'이라는 평가를 받은 이 소설은 작은 마을에서 시작하여 점점 번창해가

다가 몰락해버린 마콘도라는 마을을 배경으로 한다. 특히 그곳에서 살아가는 호세 아르카디오 부엔디아와 우르슬라 이구아란 부부부터 5대에 걸친 부엔디아 가문의 흥망성쇠를 때로는 치열하게, 때로는 환상적으로 그려내고 있다.

내가 가진 가치를 높이 세워라

소설은 부엔디아 부부가 마콘도를 건설하면서 시작된다. 그들에게는 호세 아르카디오와 아우렐리아노라는 두 아들이 있다. 큰아들은 몸집이 크고 활달하며 여색을 밝히는 반면, 작은아들은 내성적이고 조용한 성품을 지니고 있었다. 두 아들이 청년으로 성장했을 때 부엔디아 가문에 딸 아마란타가 태어나고, 레베카라는 여자아이가 집 앞에 버려져 부엔디아 가문에서 생활하게 된다.

큰아들인 호세 아르카디오와 점쟁이인 필라르 테르네라 사이에서 아들이 태어나는데 아이의 이름은 아르카디오이다. 그리고 얼마 되지 않아 호세 아르카디오는 집시 여인에게 반해 집을 나갔다가 오랜 세월이 지나 돌아와서는 레베카와 결혼하지만 불의의 사고로 총에 맞아 죽는다.

반면 동생인 아우렐리아노는 집에서 연금술 연구만 거듭한다. 그는 연구에만 빠져 여자에 관심이 없었으나 어느 날 마콘도에 시장으로 부임해온 돈 아폴리나르 모스코테의 딸인 레메디오스에게 반해 결혼한다. 하지만 레메디오스는 쌍둥이를 임신한 채 죽고 만다. 실의에 빠진 아우렐리아노는 다시 연구실에 틀어박혀 밖으로 나오지 않게 된다.

이 무렵 아버지인 호세 아르카디오 부엔디아는 정신쇠약 증상을 겪다가 결국엔 미치고 만다. 가족은 어쩔 수 없이 그를 나무에 묶고 마는데 결국 그는 나무에 묶여 죽는다.

아우렐리아노는 시간이 흘러 연구실을 나와 스스로를 대령이라고 자처하며 정부에 맞서 여러 차례 반란을 일으킨다. 그는 20년 동안 32번의 반란을 일으켰으며 이곳저곳을 떠돌며 17명의 여인과 17명의 아이를 낳는다.

한편 호세 아르카디오와 필라르 테르네라 사이에서 태어났던 아르카디오는 산타 소피아라는 여자 사이에서 레메디오스를 낳는다. 그녀는 너무도 아름다워서 한 번 보기만 해도 사랑에 빠질 정도였다.

그 이후로도 부엔디아 가문은 자손을 이어가지만 모두들 고독한 인생을 살며 비극적인 최후를 맞이하게 된다. 결국 5대째인 아우렐리아노에 이르러 집안의 금기였던 근친혼이 이루어지고, 아우렐리아노와 그의 아내이자 이모였던 아마란타 우르슬라 사이에서 돼지꼬리를 단 아이가 태어나게 된다. 이 아이는 아버지가 자리를 비운 사이에 개미들에 의해 죽게 되고 이와 함께 마콘도도 멸망한다.

수많은 등장인물들의 비극적인 삶이 반복되는 이 소설은 식민지 종주국의 지배와 억압으로 얼룩진 라틴아메리카의 역사를 상징적으로 표현하고 있다. 목가적이고 평화로운 도시였던 마콘도에 자본주의 세력이 스멀스멀 들어오면서 생겨난 타락과 고통! 송일곤 감독은 이를 단순히 라틴아메리카만의 역사가 아닌 인류의 역사라 생각하며 필리핀이라는 국명의 유래에 대해 설명하기 시작했다.

필리핀은 '필립의 것'이라는 의미에서 유래되었는데 16세기 스페인 군대가 필리핀을 침략하여 족장을 죽이고 당시 스페인 국왕이었던 필리페 2세의 이름을 따서 지은 것을 아직까지 국명으로 사용하고 있는 것이다. 그러면서 송일곤은 메르세데스 벤츠, 루이비통 등으로 상징되는 화려한 유럽 문화는 단순히 유럽인들의 힘으로만 이뤄진 것이 아니라고도 말했다. 그는 이면에 숨겨진 제3세계에 대한 핍박과 압박을 반드시 알아야 한다며 《백년 동안의 고독》을 추천했다.

송일곤은 '소설 속 수많은 인물 중 나는 누구와 닮아 있을까? 내가 그 상황에 처했다면 어떻게 행동했을까?'를 생각하며 이 책을 읽으라고 권했다. 그래야 작품을 깊이 이해할 수 있다는 조언을 덧붙이며…. 사실 식민지 종주국의 지배와 억압이라는 표현을 들으면서 우리네 역사가 떠오른 것은 괜한 사족일까? 이 책을 읽으면서 그러한 감정이 오버랩되는 것이 꼭 나만은 아닐 거라는 생각이 들었다.

살아 있는 자연이 모니터 속 거짓 세상보다 낫다

그는 우르슬라 이구아란이 기억에 남는다고 했다. 남편인 호세 아르카디오 부엔디아와 함께 원래 살던 곳을 빠져나와 마콘도를 세운 우르슬라는 아들인 아우렐리아노 대령부터 수대에 걸쳐 자손들과 함께 산다. 그러면서 그들의 방탕하고 타락한 행동을 다그치며 집안의 균형을 유지하려고 노력하지만 결국 인간의 욕망 앞에 마콘도는 무너지고 만다.

송일곤은 우리 사회에 넓은 시각을 갖고서 균형을 잃지 않는 우르슬라 같은 사람이 필요하다며 독서의 중요성을 다시 한 번 강조했다. 책을 읽어야 세상이 돌아가는 이치를 깨닫고 고정화되지 않은 유연한 사고를 키울 수 있다는 것이다.

하지만 대한민국 20대는 넓은 시각을 가질 기회조차 원천적으로 박탈당하고 있다. 사람들과 정을 나누지 않고 모니터와 정을 나누기 때문이다. 이 얼마나 고독한 삶인가! 송일곤은 이러한 삶을 너무나도 경계했다. 그러한 위험에 끝없이 노출되어 있는 대한민국 20대! 도대체가 사람을 향하는 시각조차 갖지 못하고 있으니 이는 얼마나 불쌍한 일인가.

얼마 전 나는 지리산으로 여행을 다녀왔다. 한 콘도에서 머물렀는데 한창 여행을 즐겨야 할 낮 시간에 학생들은 콘도 내 PC 방에서 인터넷 게임에만 열중하고 있었다. 그때 한 학생의 어머니가 함께 등산하러 가자고 아이에게 권유했지만 아이는 대꾸도 없이 계속 모니터만 주시하고 있었다. 그들에게는 생명이 살아 숨 쉬는 자연보다 모니터 속 거짓 세상이 더 익숙해져버렸던 것이다.

송일곤은 20대에게 거짓 세상이 아닌 실제 세상에 더 재미있는 것이 많다며 직접 나가서 몸으로, 마음으로, 영혼으로 느끼라고 당부했다.

"햄버거만 먹고 게임만 하면 돼지가 되어버리고 바보가 될 뿐이에요. 누군가를 사랑하고 산에도 오르고 싸움도 해보며 이 세상에 존재하는 진짜를 즐겨야 합니다. 세상에는 이렇게 재미있는 것들이 많은데 왜 그것들을 만나려는 시도조차 하지 않는지 모르겠어요. 도전하는 젊음이 아름답다는 말이 사라진 것은 아니지요?"

그에게 호기심은 삶의 원동력이다. 매번 새로운 장르의 영화에 도전할 수 있는 힘도 호기심에서 비롯되었다고 한다. 호기심을 통해 세상을 바라보고 세상과 소통해온 송일곤. 그 호기심이 없었다면 그는 폴란드로 훌쩍 떠날 수 없었을 것이다. 그렇다면 쿠바에는 갈 수 있었을까? 아니 송일곤에 대해 좀 더 근원적인 질문을 던진다면 그는 영화감독이 될 수 있었을까?

시간이 죽지 않는 삶은 멋진 것이지요

두 시간이 넘는 인터뷰를 마쳤을 때 그가 무척 순수한 사람이라는 사실을 깨달았다. 누구보다 사랑의 가치를 믿고 그 가치를 신뢰하는 송일곤! 그렇기 때문에 그의 영화에는 가슴 한구석에 깊은 여운을 남기는 아름다움이 스며있다. 그러면서 신작 〈오직 그대만〉에 대한 이야기를 조심스럽게 꺼냈다.

"삶의 밑바닥에 놓인 연인의 이야기를 그릴 겁니다. 사랑이야말로 인간의 가장 보편적인 정서니까요. 하지만 왜 삶의 밑바닥이냐고요? 신파로 몰고 가려는 의도지요. 상투적인 설정 속에서 피어나는 진정한 사랑, 재미있지 않겠습니까? 제가 만들어낼 새로운 사랑이 어떤 색깔일지 너무 궁금합니다. 정통 멜로드라마는 처음이거든요."

흥분한 듯 눈을 깜빡이는 그가 표현하는 사랑의 색깔! 그리고 그가 말하는 진정한 사랑! 너무나도 기대된다. 특히나 이번 작품은 그가 처음으로 선보이는 정통 멜로드라마가 아니던가.

송일곤의 영화인 〈시간의 춤〉에는 이런 대사가 있다. '시간이 죽지 않는 삶은 멋진 것이지요.' 그는 시간이 죽지 않는 삶을 '왜 사는지에 대한 가치를 생각하고 매 순간을 소중하게 보내는 삶'이라고 말한다. 그리고 시간이 죽지 않는 삶을 살기 위해서는 자신의 모습을 가만히 들여다볼 시간을 준비해야 한다고도 이야기한다.

영원히 기억될 삶의 시작은 역설적이게도 숨 쉬고 있는 지금 이 순간이다. 지금 나의 이 순간은 어떻게 지나가고 있을까? 시간이 죽지 않는 멋진 삶을 꿈꾸며 나의 미래를 그려본다.

내 미래는 어떤 모습으로 지금의 나를 기다리고 있을까? 삶을 반추하며 담담하게 인생을 그려내는 그에게서 바쁘게 살아가느라 에너지를 과도하게 소모하고 있는 20대의 변화를 그려보고 싶다. 성공에만 집착하느라 삶의 의미조차 기억해내지 못하는 20대에게 또 다른 송일곤 식 메시지를 전달하고 싶다는 의미이기도 하다.

백년 동안의 고독 가브리엘 가르시아 마르케스

3년 동안 생각하고 18개월 동안 집필한 작품으로 〈뉴욕타임스〉는 '책이 생긴 이래 모든 인류가 읽어야 할 첫 번째 문학 작품'이라 평했다. 마콘도라는 도시의 건설과 비극, 한 가문의 흥망성쇠를 신화적 요소를 도입하여 그려냈으며 라틴아메리카의 창세기이자 묵시록으로도 알려져 있다. 1982년 노벨문학상 수상작이다.

영화배우 박철민
《태백산맥》_조정래

프리랜서 방송인 유정아
《마음의 사회학》_김홍중

영철버거 CEO 이영철
《설득의 논리학》_김용규

#4
유연한 시각을 길러주는 책

하고 싶은 일,
더 이상은 미루지 않아!

_이소연(서울대)

　며칠 전, 올해 스물여섯 살인 언니 친구의 동생이 위암으로 세상을 떠났다는 소식을 전해 들었다. 대학을 갓 졸업하고, 취직한 지 얼마 되지 않았다는 그 동생은 갑작스레 위암 말기 진단을 받고서 석 달 만에 하늘나라로 떠났다고 했다. 그 이야기를 들으며 나는 문득 몇 해 전 할아버지가 입원해 계셨던 호스피스 병동에서 만난 서른두 살의 여자 환자가 떠올랐다. 평범한 직장인이었던 그분 역시 시한부 선고를 받고 입원한 지 한 달도 지나지 않아 할아버지보다 먼저 눈을 감았다.

　주위에서 예상치 못하게 일찍 생을 마감하는 사람들을 보며 나는 한동안 '내게도 죽음이 갑자기 찾아온다면 어떻게 해야 할까.' 하는 생각에 빠져 있었다. '내게 단 몇 개월의 삶만이 주어진다면…' 상상조차 하고 싶지 않지만 만약 그런 상황이 온다면 나는 해보고 싶었던 것들을 다 해볼 것이다.

　어릴 적 내 꿈은 동화작가였다. 다섯 살 무렵 《안데르센 동화집》을 읽다가 〈인어공주〉 이야기에 푹 빠져버린 뒤 초등학교를 졸업할 때까지 안데르센처럼 슬프고도 아름다운 동화를 쓰는 작가가 되겠다고 결심했던 것이다. 노트에 삐뚤빼뚤한 글씨로 동화를 써보기도 하면서 꽤 오랫동안 작가의 꿈을 품어왔다.

그러다가 중학교에 입학하면서 내 꿈은 조금씩 달라지기 시작했다. 작가가 될 만큼 풍부한 감수성도, 탁월한 글재주도 내게는 없었던 것이다. 그래서 나는 장래 희망 란에 '동화작가' 대신 다른 직업들을 적기 시작했다. 누구도 내게 '작가는 배고픈 직업이니까 포기하라.'든가, '너는 소질이 없으니까 다른 일을 하라.'고 말한 것도 아니었다. 그렇다고 나 스스로 꿈을 지워버린 것도 아니었다. 다만 왠지 모르게 작가보다는 다른 직업을 택하는 편이 낫겠다고 생각했을 뿐이었다. 신문기자, 선생님 등 여러 직업들을 고민하며 나는 작가라는 애초의 꿈을 접어버렸다. '훗날 은퇴 후에도 동화를 쓰고 싶으면 그때 하자.'라고 스스로와 타협했던 것이다.

그 후에도 나는 자주 '이것만 끝나면….'을 되뇌며 하고 싶은 일들을 뒤로 미루곤 했다. 대학생이 되면 실컷 할 수 있을 거라고 나 자신을 다독이며, 고3 시절에는 다이어리 한 권을 '대학 가면 하고 싶은 일들' 목록으로 빼곡히 채우기도 했다. 배낭여행, 동아리 활동, 봉사 활동, 운전면허 등 입시 공부에 지쳐갈 때마다 수능 이후를 상상하며 하고 싶은 일들을 적어 나가는 것이 고3 시절 유일한 낙이었던 것 같다.

그때 나는 더 나은 미래를 위해 지금 하고 싶은 것들을 미뤄두는 것이 마땅한 일이라 여겼다. 그리고 목표를 이루고 나면 그동안 하고 싶었던 일들을 마음껏 할 수 있으리라 믿었다.

그러나 막상 대학에 오고 나니 동경해 마지않았던 대학 생활이라는 것도 장밋빛이기만 한 것은 아니었다. 주변에서는 좋은 회사에 취직하려면 저학년부터 학점을 관리해야 한다고 했고 틈틈이 스펙도 쌓아두라고 조언했다. 일찍부터 임용고시, 행정고시, 외무고시 등을 준비하는 친구들도 많았다.

이런 현실에 부딪히다보니 고등학교 때 수첩에 가득 써놓았던 '대학 가면 하고 싶은 일들'이 너무 한가한 소리였나 싶다. 결국 대학 생활도 '취업'을 위한 준비기일 뿐이던가? 취직 후에도 끊임없이 하고 싶은 일들을 유예해야 하는 것은 아닐까? 미래를 위해 참고 노력한다는 건 가치 있는 일이지만 그렇게 해서 내가 행복해질까?

대학에 들어오니 내 머릿속은 오히려 더 혼란스러워졌다. 그래서 대학에 가면 꼭 하고 싶었지만 계속 미루기만 했던 유럽 배낭여행을 실행에 옮기기로 했다. '출판 프로젝트'에 동참한 것 역시 하고 싶은 일들을 습관적으로 유예하고 마는 나 자신에게서 벗어나보려는 시도였다.

미래를 준비하려면 지금 하고 싶은 것들을 포기하거나 유예하는 과정이 불가피하다. 지금 나에게는 당장 시험에 합격하는 것이 급하고 취업이 힘들기 때문이다. 그러나 거기에 무력해지지 않고 소신을 지키는 법을 찾는 것 역시 이제 막 20대에 들어선 나에게 주어진 과제가 될 것 같다.

내가 만난 박철민, 유정아, 이영철은 공통적으로 하고 싶은 일을 하며 살라고 조언했다. 그들 역시 20대에 고민과 아픔을 경험했기 때문에 좋아하는 일을 하면서 후회 없이 살아야 한다는 것이 어떤 의미인지 내게는 크게 다가왔다. 이들을 만났기 때문에 나는 새로이 용기를 얻어 오늘도 앞으로 나아가고 있는 것은 아닐까 싶다.

배낭여행 경비를 마련하기 위해 몇 달간 주 7일 아르바이트를 하면서, 겨울방학 동안 명사들을 인터뷰하면서 나는 가끔 힘들기는 했지만 거기에 들어간 기회 비용이 결코 아깝게 느껴지지는 않았다.

내가 투자한 시간과 노력 이상으로 값진 경험을 얻은 지금, 결과를 떠나 내가 하고 싶었던 일을 시도해보았다는 사실만으로도 보람을 느낀다. 20대의 첫발을 디디며 망설이고 유예하던 모습에서 벗어나, '용기 있게 도전하는 사람'으로 성장하자고 다짐했던 초심을 절대 잃어버리지 않는 내가 되기를 바란다.

INTERVIEWER 이소연

서울대 국어교육과 2학년. 고교 시절 품어왔던 '좌충우돌 캠퍼스 라이프'에 대한 환상이 조금씩 깨지기 시작할 즈음 '출판 프로젝트'에 참여하게 되었다. 20대에게 메시지를 전하려는 커다란 목표보다는 명사 인터뷰를 통해 미래를 진단해보려는 사적인 욕심에서였는데, 두 마리 토끼를 모두 잡은 듯해 뿌듯해하고 있다. 대한민국 20대는 끝도 보이지 않는 '무한도전'의 삶을 살고 있지만 나만큼은 초심을 잃지 않아야겠다고 다짐하며 오늘도 캠퍼스를 종횡무진 휘젓는다.

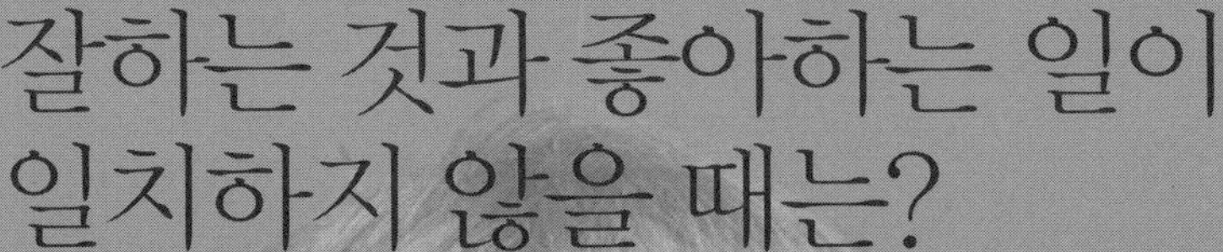

잘하는 것과 좋아하는 일이
일치하지 않을 때는?

극단 '현장'에서 배우로 데뷔했으며 드라마 〈불멸의 이순신〉 〈뉴하트〉 〈베토벤 바이러스〉, 영화 〈목포는 항구다〉
〈화려한 휴가〉를 통해 대중에게 명품 배우로 알려졌다. KBS 연기대상 남자조연상, 맥스무비 최고의 영화상 남자조
연배우상, MBC 연기대상 조연배우 부문 황금연기상 등을 수상했다.

'**쉭쉭,** 이것은 입에서 나는 소리가 아니여. 입은 가만있잖여.'
영화 〈화려한 휴가〉에서 구수한 전라도 사투리를 구사하
며 '명품 조연'으로 호평 받은 배우 박철민. 그를 설명할 때 긴 수식어를 달 필
요는 없을 것 같다. 그래도 혹시 모른다고? 드라마 〈베토벤 바이러스〉에서 연
신 큼큼 소리를 내던 트럼펫 연주자 배용기, 〈돌아온 일지매〉에서 옆으로 걷
던 청나라 첩자 왕횡보, 〈뉴하트〉에서 '뒤질랜드'를 외치던 다혈질 외과의사
배대로가 바로 박철민이다.

지금은 대사 몇 줄만 인용해도 누구나 떠올릴 수 있을 만큼 유명한 배우가
되었지만 그에게도 무명 시절은 있었다. 그러나 그는 20여 년의 기나긴 무명
시절에도 지금과 다름없이 행복했다고 이야기한다. 그때나 지금이나 '카메
라 앞, 무대 위에 설 수만 있다면 나는 행복하다.'라고 말하는 박철민은 연기

가 너무 좋아 연기만 바라보며 외길을 걸어온 '행복한 배우'였다.

한 가지 길만 좇아온 20대

박철민은 자신의 20대를 '방황이 없던 시기'로 기억하고 있었다. 무명 생활이 길었던 만큼 고민과 방황도 많았을 거라는 나의 예상과는 다른 대답이었다.

"물론 대중의 관심을 먹고 사는 직업인 배우에게 이름이 없다는 것은 슬프고 괴로운 일이지요. 하지만 저는 주어진 배역이 크든 작든, 관객이 많든 적든, 배우로서 무대에 선다는 사실만으로도 신나고 행복했습니다."

이렇듯 연기에 대한 깊은 애정과 긍정적인 자세 덕에 박철민은 긴 무명 생활에도 배우라는 직업을 포기하지 않고 지금의 자리에 이를 수 있었다.

그렇지만 박철민의 배우 인생이 늘 유쾌하기만 했던 것은 아니다. 그 역시도 20대 시절 배우의 길에 회의를 느낀 적이 있다. 몇 달간 땀 흘리며 준비한 연기가 성에 차지 않을 때, 다른 배우들보다 자신의 능력이 부족하다고 느껴질 때가 그런 순간이었다. 그런 위기의 순간엔 그도 술에 의지해 현실을 잊으려 했다고 고백했다.

"그러다가도 '내 길은 배우다'라는 생각이 들어, 어슴푸레한 새벽녘에 사취방으로 돌아와서는 처박아두었던 대본을 꺼내 들곤 했어요. 결국에는 다시 대본을 보면서, 무대 위에 서기 위해 연습을 반복하면서, 그런 회의를 극복해나갔던 것 같습니다."

20년 가까운 무명 시절에도, 때로 재능이 부족하다는 회의에 빠져들 때에도 배우라는 직업을 포기하려는 생각은 하지 않았던 배우 박철민이다.

일을 하면서 회의감을 느끼는 순간은 누구에게나 존재할 것이다. 나 역시 잘할 수 있을 거라고 여겼던 일에서 스스로의 소질이 부족하다고 느낄 때, '내 길이 아닌가? 내게 맞는 길은 따로 있는 게 아닐까?' 고민하며 그 일을 포기해버린 적이 있다. 그런 나에게 오직 '배우'라는 한 길만을 바라보며, 20년의 무명 시절을 즐겁게 버텨온 박철민은 인생에서 우직함과 열정이 갖는 힘을 느끼게 했다.

박철민이 힘든 시간들을 긍정적으로 받아들일 수 있었던 것은 연기에 대한 식지 않는 열정 때문이었다. 또한 그가 '우직함'을 갖추지 못했더라면 99%가 스포트라이트를 받지 못하고 중도 포기한다는 연예계에서 한눈 한번 팔지 않고 꿋꿋이 배우의 길을 고집하기는 힘들었을 것이다. 좋아하는 일에 대한 열정과 우직함으로 버텨온 끝에 20년 만에 화려하게 스포트라이트를 받은 그를 보면서, 나는 내가 하고 싶었던 일들을 충분히 노력해보지도 않은 채 너무 쉽게 포기하고, 쉽게 타협해버리지는 않았는지 반성해보았다.

좋아하는 일을 하면 힘이 생긴다

박철민은 운 좋게도 10대 후반에 이미 자신이 가장 좋아하는 일이자 가장 잘할 수 있는 일이 연기라는 사실을 깨달았다. 이는 형의 영향이 컸다. 지금은 요절했지만 프로 배우이기도 했던 그의 형은 학창 시절부터 학교를 '땡땡이치고' 광주에서 서울까지 연극을 보러 다녔다. 그 정도로 연기에 대한 열정이 뜨거웠다. 형은 연극을 보고 집에 돌아오면 박철민을 뒤뜰에 앉혀놓고 자신이 본 연극을 모노드라마로 재연했다고 한다.

박철민은 그렇게 형이 펼치는 모노드라마의 유일한 관객이 되어 처음으로 연극, 그리고 연기를 만났다. 그러면서 점점 형이 지닌 연극에 대한 열정을 자신도 느끼게 되었다고 한다.

"관객의 자리에서 형의 연극을 보고 있다가 '내가 저 자리에 설 수는 없을까?'라는 생각이 들었어요. 그래서 교회 연극 무대에 서기도 하고, 학교 연극반 활동도 하면서 아주 자연스럽게 배우의 길로 들어선 거죠."

그는 대학에 진학할 무렵, 이미 배우가 되겠다는 결심이 확고했다. 하지만 '한 집에 광대가 둘이나 나올 수는 없다.'며 완강하게 반대한 아버지가 직접 입학원서를 작성해 제출하는 바람에 중앙대 경영학과에 가게 된 것이다. 박철민은 경영학 공부는 내팽개친 채 바로 연극동아리에 들어가 5년간 무대와 씨름했다. 그는 당시 배우가 되겠다는 열망이 너무도 강렬해 집안의 반대와 같은 외부의 강제력은 문제가 되지 않았다고 한다.

집안의 반대 외에도 경제적 어려움이나 직업적 불안정성 등 배우라는 일을 선택함으로써 여러 가지 어려움을 겪어야만 했을 것이다. 그러나 그런 어려움들에도 불구하고 '연기하는 일에 완전히 매료되어 있었다.'며 지난날을 회상하는 그의 모습에서 배우에 대한 그의 열정이 얼마나 크고 단단한 것인지 새삼 느낄 수 있었다.

그는 인터뷰를 하는 동안 '즐겁게, 신나게, 행복하게'라는 말을 자주 썼다. 가장 좋아하는 일과 가장 잘할 수 있는 일이 배우라는 직업으로 일치했기 때문이다. 그러면서 그는 20대에게 가장 잘하는 일과 가장 좋아하는 일이 무엇인지 끊임없이 고민하라고 충고했다. 그 자신도 인정하듯 잘하는 일과 좋아하는 일을 동시에 찾는다는 것이 쉬운 일은 아니다. 박철민은 20대도 아닌 10대에 이미 찾았지만 누군가는 70대가 되어도 못 찾을지 모른다.

하지만 차선책을 고민하는 것도 중요하다고 그는 강조했다. 혹시 두 가지가 일치하지 않는다면 '좋아하는 일을 하라.'는 당부도 잊지 않았다. 잘하는 일을 직업으로 삼으면 성공할 수는 있을 것이다. 그러나 좋아하는 일을 하면 어떤 장벽에 부딪혀도 당당하게 일어날 수 있는 힘이 생기기 때문이다.

"찰나처럼 짧기도 하고 영겁처럼 길기도 한 게 인생인데 행복해질 수 있는 일을 하며 살아야지요. 잘하는 일과 좋아하는 일을 제대로 찾아내세요. 그리고 좋아하는 일로 미래를 설계해 나가세요."

그는 연봉이나 근무 환경과 같은 현실적 조건들만 판단하여 직업을 정하는 오늘날 20대의 현실이 안타깝다고 했다. 어차피 인생은 내 것인데 한평생을 살면서 즐거워야 하지 않겠는가?

연기에 푹 빠져 행복한 20대를 보낸 그이지만 여행을 많이 다니지 못한 것은 후회가 된다고 했다. 그는 '무조건 떠나라.'고 강조했다. 새로운 세상에서 새로운 사람들을 만나 이제껏 접해보지 못했던 문화를 체험해야 나 자신을 객관적으로 들여다볼 수 있다는 것이다.

여행을 통해 더 넓은 세상을 보라는 그의 조언을 들으며 잘하는 일과 좋아하는 일을 찾는 데 여행만 한 것이 없다는 생각이 문득 들었다. 자신만의 세상에 갇혀 무슨 일을 할지 고민에 빠져 있기보다는 낯선 세상으로 여행을 떠나 새로운 자신을 발견해야 성장할 수 있다. 자신도 몰랐던 재능을 발견한다는 것, 생각만 해도 짜릿하지 않은가.

인생을 풍요롭게 하는 또 다른 즐거움

박철민에게는 여러 명의 롤 모델이 있다.

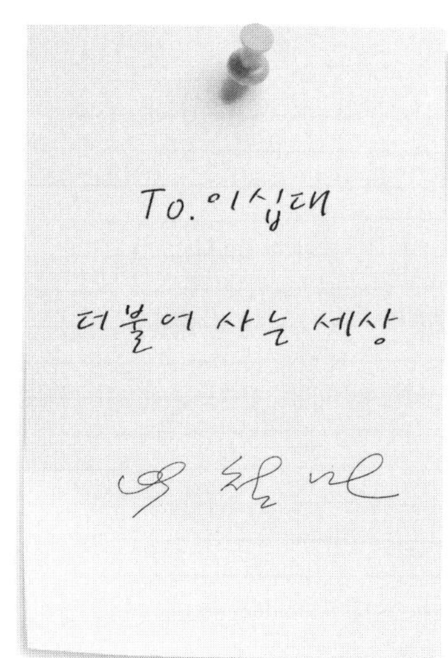

"이순재 선생님의 지칠 줄 모르는 열정, 안성기 선생님의 맑고 깨끗한 배우 정신, 후배 김명민의 엄청난 역할 몰입, 변희봉·임현식 선생님의 재치 넘치는 연기를 볼 때마다 깜짝 놀라곤 합니다. 배우로서도 인생 선후배로서도 배울 점이 참 많은 분들이지요."

하지만 재미있게도 박철민은 장수 TV 프로그램인 〈전국노래자랑〉을 가장 닮고 싶다고 했다. 〈전국노래자랑〉에서는 진행자도 참여자도 모두 격의 없이 하나가 된다는 것이다. 덩실덩실 춤도 추고, 반갑다고 인사도 나누고, 탈락했다고 특별히 아쉬워하지도 않으니 친근함과 웃음이 넘치는 방송이라는 거다. 모두가 즐기는, 평범한 사람들이 만들어가는 평범한 방송인데 질리지가 않으니 얼마나 좋은가?

그는 20대들도 〈전국노래자랑〉처럼 서로 소외시키지 않고 베풀면서 살았으면 좋겠다고 했다. 덧붙여 얼마 전 필리핀의 화산 피해 지역을 방문했던 이야기도 들려주었다. 집집미디 전등을 달아주는 봉사 활동이었는데 4, 50명이 함께 어울려 놀면서도 웃음소리가 까르르 터지는 천국 같은 그곳에서 박철민은 서로를 아껴주는 따뜻한 마음을 느꼈던 것이다.

"일방적으로 주는 것은 진정한 나눔이 아닙니다. 그 이상의 즐거움을 나도 받을 수 있다는 사실을 깨달았으면 좋겠어요. 그때 전 정말 많은 것을 받아 왔어요. 전등을 달아줬을 뿐이었는데 말이죠."

유연한 사고를 갖게 해주는 책
《태백산맥》

박철민이 추천한 《태백산맥》은 전라남도 벌교읍을 배경으로 4, 50년대의 뼈아픈 현대사를 그린 10권짜리 대하소설이다. 이 작품은 출간 당시 좌익 빨치산 문제를 다뤘다는 이유로 정치 사회적 논란을 일으키기도 했다.

1948년 여순 사건 당시 좌익에 의해 장악된 벌교의 모습을 그린 1부 〈한(恨)의 모닥불〉, 1949년 소작농 봉기를 비롯해 토지를 둘러싼 농민들의 분노를 그린 2부 〈민중의 불꽃〉, 1950년 6·25전쟁부터 1953년 휴전 협정 직후까지의 상황을 다룬 3부 〈분단과 전쟁〉과 4부 〈전쟁과 분단〉에 이르기까지 《태백산맥》은 해방 직후의 대한민국 현대사를 낱낱이 묘사하고 있다.

처음에는 상당히 무거운 내용일 거라 생각했는데 익살스러운 전라도 사투리가 혼란스러운 시대 상황에 적절히 녹아들어 있어 시간 가는 줄 모르고 읽었다. 박철민은 이 책을 무려 네 번이나 통독했다고 한다. 그는 가슴을 송두리째 뒤흔들어놓은 유일한 책으로 《태백산맥》을 꼽았다.

"이 책을 읽는 동안에는 모든 생활이 거기에 맞춰져 있었어요. 책을 읽다가 흐름이 끊길까봐 책 읽기 전에는 화장실도 미리 갔다 오고 밥도 미리 먹고 세수도 미리 했죠. 그만큼 이 책에 푹 빠져 살았어요."

경건한 의식을 치르는 마음으로 읽었다는 《태백산맥》은 그의 오랜 연기 바이블이기도 하다. 그의 트레이드마크가 되어버린 톡톡 튀는 애드리브와 맛깔스러운 전라도 사투리가 이 책에 뿌리를 두고 있다고 털어놓았다. 《태백산맥》을 통해 전라도 사투리의 아름다움을 깨달은 그는 이 책을 네 번이나 읽으면서 표현을 암기하고 메모하기를 수차례 반복했다.

"책을 두 번째 읽을 때부터는 좋은 표현들을 메모하기 시작했어요. 세 번째 읽을 땐 외우기 시작했고, 네 번째 읽으면서는 영화나 드라마에서 연기를 할 때 상황에 맞게 응용하곤 했죠."

그는 《태백산맥》을 읽으며 찰지고 구성진 사투리 표현을 알게 되었을 뿐 아니라, 사물을 익살맞고 참신하게 표현하는 법을 깨달았다고 한다. 일례로 아주 못된 사람에게 '이 지리산 호랑이가 씹었다가 도로 뱉을 놈아!'라고 던지는 욕설은 무서운 저주를 담고 있는 동시에 듣는 이의 웃음을 자아내기도 한다. 그런가 하면 달밤 촌로가 무심코 내뱉는 '아따, 저 달 찢어지게 밝다.'라는 한마디는 시처럼 멋들어진 구석은 없지만 그날 밤의 달이 얼마나 크고 환했는지 더없이 효과적으로 느끼게 해준다.

박철민은 20대들이 《태백산맥》을 읽으면서 이런 표현들을 관심 있게 보았으면 좋겠다고 했다. 소설 속의 매력 넘치는 묘사들이 20대가 사물을 보다 새로운 시각에서 바라보고 표현하는 데 도움을 줄 수 있으리라는 조언이었다.

내 인생 최고의 배역을 따낼 수만 있다면

《태백산맥》은 1994년 임권택 감독에 의해 영화로도 만들어졌다. 16년이 지난 지금, 다시 영화나 드라마로 만들어진다면 박철민은 어떤 배역에 욕심을 낼까? 그는 주저 없이 염상구를 꼽았다. 좌익 세력의 선봉장인 염상진의 동생 염상구는 형과는 정반대로 빨갱이를 발본색원하려는 우익 세력이자 악인이다. 장남인 형에게 가려져 있던 그는 빨갱이가 된 형을 증오하며 끊임없이 그를 죽이고 싶어한다.

박철민은 《태백산맥》을 읽으며 염상구에게 빠져들었다. '나는 염상구다.'라고 자기최면을 걸 정도로 깊게 몰입하여 책을 읽었고, 늘 염상구라는 인물을 만나고 싶어했으며, 심지어 만나고 있었다고 고백한다. 그는 지금까지 배역을 위해 매달려본 경험이 없다. 하지만 염상구 역을 위해서라면 '목숨 걸고 하겠습니다. 꼭 시켜만 주십시오.'라고 말할 준비가 되어 있다고 한다.

박철민은 《태백산맥》이 지니고 있는 또 다른 재미를 알려주었다.

"소설 속 인물들 자체는 무조건 악하지도 무조건 선하지도 않습니다. 좋고 나쁨을 따져서 판단하기보다는 모든 인물에게서 배울 점을 하나씩 찾으면 읽는 재미가 훨씬 커질 겁니다."

오늘날의 20대가 염상진에게서는 지향점을 가지고 세상을 올바르게 바꿔나가려는 정신을, 김범우에게서는 좌우를 아우르려는 균형적인 태도를, 소화에게서는 사랑하는 이에게 모든 것을 다 베푸는 헌신적인 자세를 배웠으면 좋겠다고 했다. 그 밖에도 그는 하대치, 호산댁, 들몰댁, 염상구 등 소설 속 인물들에게서 배울 점을 하나씩 언급했다. 한 가지 잣대로 타인을 평가하기보다는 다양한 관점에서 그가 가진 장점을 볼 수 있도록 긍정적이고도 넉넉한 마음가짐을 가졌으면 한다는 애정 어린 충고였다.

물 흐르듯 자연스러운 삶을 살아라

영화 〈화려한 휴가〉에 나오는 고등학생 진우는 광주민주화운동의 물결이 일던 때, 학교 친구들과 함께 죽음을 무릅쓰고 시위에 나선다. 《태백산맥》의 염상진 역시 '인민 해방'이라는 염원을 실현하기 위해 사회주의 운동의 선봉에 선다. 이처럼 불과 몇십 년 전만 해도 20대는 정치의식도 높고 사회 참여 또한 활발했다. 이에 비해 오늘날의 20대는 사회나 정치 문제에 지나치게 무관심하다는 지적을 많이 받는다. 박철민의 생각은 어떨까?

"몇십 년 전에는 독재정권이 들어섰던 시기였기 때문에 20대들이 정치·역사 문제에 관심을 가질 수밖에 없었어요. 그런데 지금은 사회가 바뀌었고, 그에 따른 시대적 요구도 달라졌는데 20대들에게 예전과 같이 관심을 가지라고 강요할 수만은 없을 것 같아요."

그는 일부 20대가 역사에 무관심하고 무지한 모습을 보이는 것은 안타깝지만, 대부분의 젊은이들이 잘못된 것에 대해 목소리를 낼 수 있는 힘을 지니고 있다고 했다. 오히려 기성세대들이 20대들이 역사에 관심을 가질 만한 계기를 만들되, '역사를 공부하라.'고 강요하지는 않았으면 좋겠다고 했다. 영화 〈화려한 휴가〉를 보고 많은 젊은이들이 광주민주화운동에 관심을 갖게 된 것처럼, 그는 20대들이 영화·책·드라마 등 자신이 좋아하는 것을 즐기는 과정에서 자연스럽게 역사에 관심을 가지기를 바라고 있었다.

가슴 뛰는 동기를 따르라

텔레비전에서나 보던 배우를 만난다고 생각하니 설레기도 했지만 긴장감이 더 앞섰다. 하지만 실제 만나본 박철민은 극중 역할처럼 유쾌하고 재치 넘치는 사람이었고, 진지한 면도 지니고 있었다. 20대에게 "하고 싶은 것을 하면서 재미있게, 엔도르핀이 팍팍 돌게 살라."고 말할 때는 호탕하고 친근했다. 염상구를 꼭 연기해보고 싶다며 강한 의욕을 내비칠 때는 여전히 젊고 열정에 넘치는 '배우'였다. 그런가 하면, "타인과 더불어 살아가라."고 조언하는 모습에서는 자신만의 확고한 지향과 신념을 갖춘, 인생 선배로서의 지혜가 엿보이기도 했다.

오늘날의 젊은이들이 일도, 역사 공부도, 삶을 살아가는 것도 '억지로'가 아닌 자연스럽게 이루어 나갔으면 좋겠다는 박철민은 물 흐르는 대로 사는 '자연스러운' 삶을 역설한다.

내가 무엇을 더 잘할 수 있는지, 내가 좋아하는 일과 잘하는 일 사이에서 무엇을 택해야 좋은지 등을 끊임없이 고민하는 20대들에게, 머리로 계산해낸 결과보다는 자신의 가슴이 뛰는 쪽을 따르라고 충고하는 박철민. 그에게서 젊은이 못지않은 패기와 열정, 이미 갈등의 시기를 통과한 어른으로서의 연륜이 동시에 느껴졌다.

태백산맥 조정래

한반도가 해방과 분단을 맞은 1948년부터 6·25전쟁, 휴전 후 분단이 고착화된 1953년까지를 배경으로 한 조정래 대하소설. 분단 문제에 정면으로 도전한 가슴 아픈 역사 의식, 탁월하게 묘사한 인물들, 감칠맛 나는 전라도 사투리 등이 매력인 이 작품은 '해방 이후 최고의 걸작'으로 꼽힌다.

나는 무엇에 탁월하지?

서울대 사회학과 졸업 후 KBS 아나운서로 입사했다. 〈KBS 뉴스 9〉 〈열린 음악회〉를 오랫동안 진행했다. 프리랜서 선언 후 연세대 신문방송학 석사, 서울대 행정대학원 박사 과정을 수료하고 모교인 서울대에서 5년간 '말하기' 강의를 맡고 있다. 현재 행정대학원 초빙연구원으로 재직 중이다. 지은 책으로 《유정아의 서울대 말하기 강의》와 클래식 에세이인 《마주침》이 있다.

서울대 사회학과 졸업, 연세대 신문방송학 석사, 서울대 행정학 박사 과정 수료, 대학생이 가장 선망하는 직업 중 하나인 KBS 아나운서 수석 입사까지 유정아의 프로필은 화려하기 그지없다. 1989년 KBS에 입사해 1997년 프리랜서로 전향하기까지 〈9시 뉴스〉와 〈열린 음악회〉 등을 진행한 그녀는 KBS 간판 아나운서였다. 그리고 현재는 서울대에서 가장 빨리 마감되는 강의 중 하나인 '말하기' 강의의 교수이자 프리랜서 방송인이며 동시에 《마주침》과 《유정아의 서울대 말하기 강의》를 펴낸 작가이기도 하다.

그녀는 지성, 미모, 교양, 명예 등 사람들이 선망하는 것들을 모두 가진 '완벽한 사람'일 것만 같았다. 그러나 인터뷰가 시작되자 그녀 또한 중심을 잃고 방황했던 20대가 있었다고 고백했다. 대체 무엇 때문에 남부러울 것 없어 보이는 그녀가 20대 시절 혼란에 빠져 있었을까? 그리고 그녀는 20대에게 무슨 이야기를 해주고 싶을까?

혼돈 속에서 허우적거리다

그녀의 이미지는 혼돈과는 거리가 멀어 보였다. 언론인이었던 외할아버지와 클래식을 사랑하는 아버지 밑에서 비교적 편안하게 자랐다는 유정아의 20대는 완벽하고 순탄한 '알파걸'의 삶이었을 것만 같았다. 그러나 그녀는 자신의 20대를 되돌리고 싶지 않은 혼돈의 시기로 기억하고 있었다. 그녀가 대학에 입학했던 시기인 1985년은 민주화 이전의 사회라 아직 혼란스러웠고 캠퍼스에는 학생운동의 물결이 일던 때였다. 그러한 시대 속에서 그녀는 공부에 매진하지도, 마음 편히 놀지도 못한 채 '내가 진정 하고 싶은 것은 무엇일까?', '이러한 상황에서 나는 무엇을 해야 할까?'와 같은 고민을 했다고 털어놓았다. 스스로 무게중심을 잡기에는 너무 어렸던 20대, 대학에 들어와 처음 접한 학생운동과 사회적 혼란 속에서 그녀는 정처 없이 흔들렸던 것이다.

유정아는 치열한 심적 번민 속에서 20대를 보냈지만 불혹을 넘긴 지금은 20대의 혼돈을 긍정적으로 바라볼 여유가 생겼다. 20대는 한 번쯤 혼란을 겪을 수밖에 없는 시기이기 때문에 그녀는 자신이 빠져 있는 혼란에 대해 너무 부정적으로만 생각하지 않았으면 좋겠다고 했다. 그러나 도저히 생각이 정리되지 않는 무질서 상태, 이것과 저것 사이에서 갈팡질팡하는 삶의 혼란기라면 어떻게 긍정적으로 받아들일 수 있을까?

그녀는 고등학교 시절 영어 사전에서 카오스(chaos, 혼돈)라는 단어를 발견하고 위안을 느꼈던 일화를 들려주었다. 우리가 살고 있는 코스모스(cosmos,

우주) 이전에 혼란스러운 대(大) 암흑기가 있었는데 사람들은 그 시기를 '카오스'라 불렀다고 한다. 이 내용을 발견하고서 그녀는 혼란 속에서 고민하던 자신을 추스렸다고 말한다.

"저는 카오스라는 단어를 좋아해요. 카오스, 즉 혼돈이라는 말은 부정적으로 생각하기 쉽지만 카오스가 없다면 조화로운 코스모스의 상태도 있을 수 없어요. 조금 어려운 이야기이지만 카오스 안에는 코스모스가, 코스모스 안에는 카오스가 내재되어 있다고 해요. 어떻게 보면 카오스는 코스모스로 나아가는 전 단계로도 볼 수 있죠."

그녀는 카오스 속에 있는 자신 역시 언젠가는 코스모스라는 이상에 도달할 수 있으리라는 어렴풋한 희망을 느낀 듯했다. 그러면서 그녀는 카오스와 코스모스가 반복되는 것이 세상의 이치인 만큼, 지금의 20대 역시 카오스에 있든 코스모스에 있든 현재가 언제든지 변할 수 있다는 겸손한 마음을 지녔으면 좋겠다고 당부했다. 그녀의 말대로 카오스에 빠져 있을 때 그것 역시 조화와 안정으로 나아가는 과정의 일부라고 생각한다면 20대는 고통스러운 혼란기를 조금 더 긍정적으로 받아들일 수 있을 것이다.

직업은 꿈이 아니라 수단이다

유정아는 부러움을 살 만한 직함들을 여러 개 가지고 있다. 전 KBS 아나운서, 프리랜서 방송인, 교수 그리고 두 권의 책을 쓴 작가까지. 그녀는 올해부터 서울대 행정대학원 초빙 연구위원직도 맡게 되었다.

1997년 방송사를 떠나 프리랜서로 전향한 지 13년이 지났지만 사람들은 아직도 그녀를 〈9시 뉴스〉의 앵커이자 〈열린 음악회〉의 진행자로 기억한다. 그렇다고 해서 그녀의 꿈이 처음부터 아나운서였던 것은 아니다. 언론인이었던 외할아버지를 존경했고 여기자라는 직업에 막연한 동경을 품고 있었지만 대학 시절 그녀의 꿈은 영화감독이었다. 졸업 후 약 10년간 아나운서로 활동하며 명성을 얻었지만 그녀는 아나운서 생활에 허탈감을 느낀 적도 많았다고 했다. 첫 아이를 낳은 후 연세대 신문방송학 대학원에 진학한 것도 방송 생활을 하며 느낀 허탈감 때문이었다. 허탈해하더라도 뭘 알고 허탈해하자는 생각에서였다.

말하기를 업으로 삼았던 아나운서 시절보다 학생들에게 말하기를 가르치는 지금, 지난 10여 년간 자신이 해온 '말하는 일'이 헛되지 않았음을 느낀다는 유정아. 그녀는 발표를 하고 나서 깊어지는 학생들의 눈빛을 볼 때 가장 큰 보람과 만족을 얻는다며 가르치는 일에 깊은 애정을 품고 있었다. 한편으로 글을 쓰는 일에도 무한 애정을 표현했다. 말하는 일을 직업으로 삼았지만 사실 말할 때보다 글을 쓸 때 더 행복하다고 고백하는 유정아는 글을 쓰려고 책상 앞에 앉는 순간이 가장 기쁘다고 했다. 그러면서 1년에 1권씩 책을 내는 것이 꿈이라고 당당하게 포부를 밝혔다.

"다작을 하는 게 좋은 것은 아니지만 1년에 책 한 권을 쓸 수 있을 정도로 많은 것을 느끼고 습득했으면 좋겠어요. 그린 의미에서 저는 '필자'로 불리고 싶어요."

어떻게 그렇게 다양한 학문과 직업을 접하게 되었느냐는 질문에 '단지 하고 싶은 일을 했을 뿐이다.'라고 답하며 '직업은 꿈에 도달하는 수단일 뿐'이라고 덧붙이는 그녀. 꿈이라고 하면 으레 변호사, PD, 회계사 등을 떠올려온 내게 '더 큰 삶의 목표를 위해 살라.'는 그녀의 충고는 나의 직업관을 바꾸기

에 충분했다. '나는 과연 어떤 모습으로 살
기 원하는가?' 무작정 사회에서 대접받는
직업, 돈 많이 버는 직업을 좇기에 앞서 그
직업을 통해 내가 진정으로 얻고 싶은 것은
무엇인지 한 번쯤 고민해볼 일이다.

후회 없는 선택을 하라

유정아는 20대에게 자신만의 아레떼
(arete)를 찾으라고 조언했다. '덕' 혹은 '탁
월함'으로도 번역되는 '아레떼'는《소크라
테스의 변명》에 등장하는 용어로, '모든 존재가 나름대로 가지고 태어난 자신
만의 탁월함'을 의미한다. 이 말대로 그녀는 모든 사람이 탁월한 면을 지니고
있다고 주장했다. 그녀는 말하기 수업을 하면서도 그런 점을 느낀다고 했다.

"말을 할 때도 자신만이 지닌 탁월한 부분이 있어요. 어떤 사람은 투박하게
말하지만 그 속에서 진정성을 보여주며, 어떤 사람은 어눌하게 말하지만 재
미가 있고, 어떤 사람은 성실하게 말하고, 또 어떤 사람은 간결하게 말하지
요. 그중 어느 것이 가장 훌륭하다고 말할 수는 없어요. 각각의 화법마다 저
마다의 느낌을 가지고 있으니까요."

직업을 선택하고 삶을 살아가는 데 있어서도 타인의 가치를 따르기보다는
자신만의 아레떼를 발휘하라고 유정아는 조언했다. 또한 자신만의 아레떼는
진정 좋아하는 일을 할 때 발견된다고도 덧붙였다.

"자기가 하고 싶은 일을 하면 실패하더라도 후회가 없어요. 그런데 남이 하

라는 일을 하면 실패할 경우 모든 걸 놓쳐버리죠. 돈, 성공, 명예 때문에 직업을 선택하기보다는 자신이 잘하고 좋아하는 일을 하면 절대 후회하지 않아요.”

그러면서 러시아의 연극 연출가인 레프 도진의 이야기를 소개했다. 몇 해 전 한국을 방문했던 도진(올해 체홉의 연극 〈바냐 아저씨〉를 들고 다시 한국을 찾았다)은 자신의 작품 팸플릿에서 '내가 정말 좋아하는 연극을 무대에 올리면 관객들 중 누군가는 그 진정성을 깨닫고 좋아할 수 있다. 하지만 남들이 좋아할 것 같은 일을 하면 그건 누구도 좋아하지 않을 수 있다는 것을 알아야 한다.'라고 말했다. 자신의 욕구가 아닌 타인의 시선을 의식해 내린 결정이 오히려 타인에게조차 외면 받을 수 있다는 도진의 말은 사회적 요구에 맞춰 스스로를 재단하는 일이 결코 성공에 이르는 길이 아님을 시사한다.

유정아는 후회 없는 삶을 이야기하면서 독서의 중요성도 강조했다. '우울함에서 탈출하게 하는 경로', '헌책방에서 건진 기쁨'이라 이야기할 정도로 독서는 그녀에게 큰 의미를 지니고 있었다. 실제로 삶이 힘들 때마다 책을 펼친다는 유정아. 책을 읽다보면 어느 순간 지금 처한 상황에 딱 들어맞는 구절을 발견하곤 하는데 그럴 때마다 마음의 위안을 얻는다고 했다.

“책을 읽다보면 지금 상황에 위안이 되는 구절을 만날 때가 있어요. 마치 교회에 갔는데 이번 주 내내 고민하던 내용에 대해 목사님께서 설교하실 때를 발견한 기분 같다고나 할까요? 그런 의미에서 책은 저에게 종교 같기도 해요.”

책을 읽으며 마음의 위안을 얻고 글을 쓰면서 깨달음을 얻는다는 유정아의 이야기를 들으면서 나는 그녀가 책을 얼마나 사랑하는지 실감할 수 있었다. 또 한편으로 책 읽기 자체를 즐기기보다 지식이나 요령을 습득하기 위해 책을 읽기 시작한 나 자신이 떠올라 부끄러웠다.

나다운 나를 찾도록 돕는 책
《마음의 사회학》

유정아는 김홍중 교수가 쓴 《마음의 사회학》을 20대에게 추천했다. 그중 1부 〈마음의 레짐〉의 '진정성' 부분에서 그녀는 수없이 망설이고 주저하던 과거 자신의 모습을 떠올리며 '적어도 내게는 진정성이 있었구나.'라는 위안을 가졌다고 고백했다.

그러나 그녀가 단지 마음에 위로가 되었다는 이유만으로 이 책을 추천한 것은 아니다. 〈마음의 레짐 – 진정성의 운명〉〈마음의 풍경 – 문화적 모더니티〉〈마음의 징후 – 사회학적 비평의 가능성〉의 3부로 이루어진 《마음의 사회학》은 '마음'이라는 프레임을 통해 사회 · 문화 다방면의 구조와 흐름을 분석하는 사회학서이다. 짧은 논문 형식이면서도 비교적 이해하기 쉬운 언어로 쓰여 있어 일반 독자들도 어렵지 않게 읽을 수 있는 이 책은 과거에서 현재까지 사회가 변화해온 모습과 앞으로 변화해나갈 모습에 대한 통찰을 담고 있다.

특히 홍상수 영화를 예로 들며 현대사회의 속물화를 다룬 부분이나 '성찰', '진정성'에 대한 담론조차도 하나의 키치가 되어버린 현실을 지적하는 것들은 내가 이제껏 생각해보지 못한 주제여서 무척 참신했다. 피상적으로만 생각했던 사회 현상들을 친숙한 문학 작품이나 영화와 연결 지어 바라보는 작가의 시각은 사회에 대해 조금 더 쉽게 고민하도록 돕고 있었다.

그녀는 대학에서 사회학을 공부하면서 '사회를 보는 눈'을 가질 수 있었다고 말했다. 오늘날 20대 역시 자신의 앞날이나 삶에만 집중할 것이 아니라 사회 전체의 흐름에 관심을 가져야 한다는 애정 어린 소망을 밝히며 그녀는 《마음의 사회학》이 왜 20대에게 반드시 필요한 책인지 이야기했다.

《마음의 사회학》의 작가는 현대사회를 위태롭게 만드는 부류가 조지 오웰의 《1984》에 등장하는 빅 브라더(big brother : 정보의 독점으로 사회를 통제하는 관리 권력, 혹은 그러한 사회 체계), 즉 독재 권력이 아니라 무라카미 하루키의 《1Q84》에 나오는 리틀 피플(little people : 현실 세계와 나란히 존재하는 신비한 세계를 지배하는 난쟁이들)이라고 지적한다. 아무런 생각도 의문도 없이 사회의 작은 톱니바퀴가 되어 굴러가는 리틀 피플이야말로 알게 모르게 사회를 도태시키는 '보이지 않는 힘'이라는 것이다.

유정아는 개인 문제에만 집중하면 자신을 둘러싼 사회의 더 큰 힘은 간과한 채 리틀 피플로 전락할 수 있다고 충고했다. 사회가 강압하는 가치관을 혹여 나의 진짜 욕망으로 착각하는 실수를 범하지 않도록 계속 노력해야 한다는 것이다.

리틀 피플에서 벗어나 용기를 가지라는 그녀의 이야기를 들으며 여태껏 난 지나치게 말 잘 듣는 아이는 아니었는지 반성해보았다. 사회는 규칙을 강요하면서 동시에 통념을 전복시킬 기발한 인재를 기대한다. 물론 사회의 안정을 유지하기 위해 지켜져야 하는 소중한 규칙들이 있다. 그러나 과감히 줄을 끊고 날아가 새로운 사회를 일굴 수 있는 용기 있는 이들이 보다 많이 필요한지도 모르겠다.

당당하고 솔직하게 속물이 되어라

'스놉(snob)'이란 속물이란 뜻이다. 과거에 속물이란 표현은 일종의 욕이었다. '넌 정말 속물이야.'라는 말을 듣고 기분 좋아할 이는 없을 것이다. 그러나 현대사회에서 스놉은 조금 다른 대접을 받게 되었다. 최근 인기를 끌고 있는 칙릿 소설들과 처세서들은 당당하고 솔직하게 속물이 되라고 외친다. '스스로 번 돈으로 사고 싶은 물건을 사고, 일과 사랑에 대한 자신의 세속적인 욕구를 적극적으로 인정하며 사는 것이 무엇이 나쁘냐.'라는 속물 옹호론이 현대인들에게 설득력을 얻고 있다.

이에 대해 유정아는 재미있는 제안을 했다.

"스스로의 욕구를 인정하고 드러내는 것은 나쁘지 않아요. 다만 그것이 다른 사람의 욕망을 투영한 것이 아니라 진정 나의 욕구인지, 그리고 지금 이때가 지나면 허황된 것은 아닌지에 대해 고민해야 해요. 자기 자신이 먼 옛날 구석기 시대에 산다고 상상해보세요. 그리고 '내가 지금 가지고 있는 것들을 모두 내버려둔 채 돌도끼를 두드리며 살아도 즐겁고 솔직하게 살 수 있을까?' 하고 스스로에게 질문해보는 것도 좋을 것 같아요."

소유는 언제든 사라지거나 변해버리기 때문에 시대가 바뀌어 지금 가지고 있는 것들이 전부 무용지물이 될지라도 자부심을 갖추어야 한다고 말하는 유정아. '내가 가진 것이 곧 나'는 아니라는 유정아의 말은 그녀를 둘러싼 화려함에만 주목했던 나에게 새로운 시각을 보여주었다.

전 KBS 아나운서나 서울대 교수와 같은 화려한 수식어들을 접어두고라도 그녀는 끊임없이 반성하고 주위에 대한 관심의 끈을 놓지 않는 '성찰하는 인간'이었다. 구석기 시대에 사는 상상을 해보라는 그녀의 제안은 유쾌했지만 '지금 가지고 있는 소유물들이 없어도 나 자체로 즐겁고 당당할 수 있는 사람'에 과연 나 자신은 해당하는지 곱씹어보며 조금 쓸쓸해졌다.

제도가 사람을 모욕하지 않는 사회를 꿈꾸며

현대의 신자유주의 사회는 흔히 '무한 경쟁 사회'로 불린다. 더 좋은 학교에 가기 위해, 더 좋은 직장에 다니기 위해 우리는 사람들과 끊임없이 경쟁하고 또 승리해야 한다. 도대체 인생에서 경쟁은 언제까지 계속되는 것인지 가끔은 무섭기 그지없다. 《마음의 사회학》에서도 언급하듯 현대사회는 진정성이 아닌 생존이 우선시되는 시대이다. 이러한 사회 분위기 속에서 사람들은 개인적인 꿈보다는 안정과 실용을 선택하게 된다.

유정아는 치열한 경쟁을 해야 하는 20대의 현실을 안타까워하면서도 현실의 문제가 갖는 원인에 보다 관심을 가져야 한다고 말했다. 그렇다면 그녀는 사회가 어떻게 변하기를 희망하는 것일까? 그녀는 누구든 자신의 탁월함을 아무런 모욕감 없이 발휘할 수 있는 사회를 꿈꾸고 있었다. '제도가 사람을 모욕하지 않는 사회'를 좋은 사회라고 표현하는 그녀. 특정 학문을 공부하거나 특정 직업을 선택하지 않아도 자신이 잘하고 좋아하는 일을 하면서 먹고 살 수 있는 사회, 자신이 무슨 일을 하며 살든 모욕감을 느끼지 않는 사회.

유정아는 지금의 사회가 좋은 사회의 모습을 갖추지 못한 원인으로 학벌, 돈, 명예, 권력 등으로 연결되는 잘못된 고리를 지적했다. 또한 그러한 연결 고리가 끊어져야 좋은 사회로 나아갈 수 있다고 밀했다. 공부를 질하는 사람은 좋은 학교에 들어가 돈, 명예, 권력을 얻는데 공부에 소질이 없는 사람은 그중 어느 것 하나도 얻기 힘든 대한민국 사회. 그녀는 자신의 아레떼는 생각지도 않고 공부의 길만을 걷게 되니 경쟁이 치열해질 수밖에 없다고 보았다. 유정아는 자신의 아레떼를 찾고 또 그것을 마음껏 발휘할 수 있는 사회가 탄생하길 꿈꾼다.

내적 성숙을 멈추지 마라

유정아와의 인터뷰는 결코 쉽지 않았다. 예상했던 것보다도 훨씬 더 진지하고 철학적이었기 때문이다. 애초 그녀의 화려한 프로필을 너무도 부러워했던 나는 그녀가 던진 말들을 하나하나 곱씹어보며 그녀의 사고에 감탄할 수밖에 없었다. 인터뷰가 끝난 지금 나는 유정아의 화려한 직함보다 영어사전을 뒤적이다 우연히 발견한 단어에서 깨달음을 얻었다며 일상의 사소한 경험조차도 삶을 바라보는 통찰로 연결시키는 그녀의 예민한 감수성이 부러웠다.

무엇보다 이토록 '사(思)적인 인간'인 그녀가 내면세계에만 침잠하고 있는 것이 아니라 사회에도 깊은 관심을 가지고 있다는 사실이 흥미로웠다. 그래서 그녀는 지금도 내적 성숙을 멈추지 않고 있다고 한다. 카오스의 시기가 지나면 언젠가는 코스모스의 시기가 온다는 그녀의 말처럼 아직은 혼란한 나의 머릿속도 언젠가는 나만의 질서와 지혜의 틀을 갖출 수 있지 않을까 싶다.

마음의 사회학 김홍중

80년대 이후 진정성의 시대에서 속물주의의 시대로 이행하기까지의 한국사회를 파헤친 사회과학서이자 이상, 김수영, 하루키, 홍상수, 오즈 야스지로 등을 섭렵하는 문화비평서. 사람의 마음이 담긴 문학과 예술 작품들을 통해 사회의 마음을 들여다보고자 하는 색다른 시도를 보여준다.

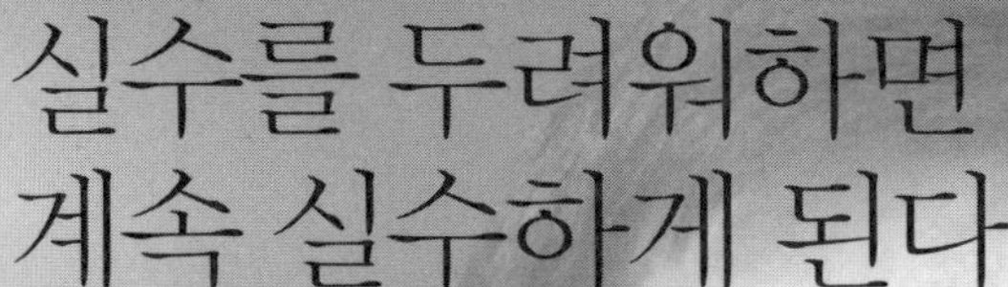

초등학교 중퇴 후 생활 전선을 전전하다가 고려대 앞에서 1,000원짜리 버거를 파는 노점상으로 시작하여 현재 영철버거 프랜차이저를 일구어냈다. 매년 고려대에 장학금을 쾌척하며 대학생들의 든든한 후원자가 되어주고 있다. 세상에 희망을 심어주고자 《내가 굽는 것은 희망이고 파는 것은 행복입니다》를 썼다.

영철버거 CEO 이영철

2010년 안암동 고려대 졸업식에는 색다른 광경이 연출되었다. 겨울비가 부슬부슬 내리는 가운데 학사모와 검정 가운을 차려입고 기념사진을 찍는 졸업생들의 손에 꽃다발과 졸업장 그리고 버거 봉투가 하나씩 들려 있었던 것. 졸업식장에 등장한 버거의 정체는 고대생들 사이에서 모르면 간첩으로 통한다는 영철버거.

노점상에서 시작해 고려대 앞에 작은 점포를 연 지 올해 10년째인 영철버거는 명실상부한 고려대의 명물이다. 1,000원짜리 버거를 팔아서 매년 가정형편이 어려운 학생들을 위해 2,000만 원의 장학금을 쾌척하는 영철버거의 이영철 대표 역시 그가 만든 버거 못지않게 학생들 사이에서 유명한 존재이다. 초등학교 중퇴뿐인 학력으로 막노동, 노점상 일을 거쳐 맨손으로 영철버거를 일궈낸 자수성가의 산증인인 그는 10년 전과 변함없이 빨간색 앞치마를 두른 채 버거를 굽는 손을 바쁘게 놀린다.

나도 하는데 도대체 뭐가 두려워?

고려대 졸업식이 있기 두 달, 이영철 대표를 만났다. 저녁 무렵 찾아간 안암동 영철버거 본점은 요기를 하러 온 학생들과 버거 굽는 냄새로 가득 차 있었다. 서너 사람만으로도 꽉 차버리는 가게 안쪽의 자그마한 방에서 진행된 인터뷰는 그의 과거와 미래를 거침없이 파헤치는 자리였다.

이영철의 20대는 상상조차 힘들 정도로 치열했다. 워낙 고생을 많이 해서 아내가 70대인 장인보다 더 고생을 많이 했다며 안쓰러워한다고 했다. 초등학교 4학년 때 아버지를 여읜 그는 학교도 채 마치지 못하고 상경해 생활전선에 뛰어들었다. 막노동부터 중국집 보조, 웨이터, 각종 노점상까지 생계를 위해 닥치는 대로 일했다.

"그때는 삶이 벼랑 끝에 놓여 있었어요. 여러분은 취직했는데 직장이 마음에 들지 않으면 그만두고 나올 수 있지만 초등학교 중퇴인 제게는 선택의 여지가 없었죠. 끼니와 잠자리만 해결되면 다행이었죠."

이렇게 고통스러운 시기를 거쳤지만 그는 천진난만할 정도로 밝게 지냈다.

"저는 타고난 성격이 낙천적이에요. 제가 생각해도 20대는 돌이키고 싶지 않을 만큼 힘들었지만 성격 탓인지 참 밝게 지냈어요. 어려운 일이 닥쳐도 늘 긍정적으로 생각했으니까요."

낙천적인 성격 덕분에 그는 수많은 어려움을 겪으면서도 꿋꿋이 버텨낼 수 있었다. 노점상을 할 때에도 '언젠가는 내 점포를 갖겠다.'는 꿈을 잃지 않았으며 영철버거를 차렸을 때도 친근한 '영철버거 아저씨'로 사랑받을 수 있었다.

오랫동안 대학교 앞에서 장사를 하며 학생들이 졸업하는 모습을 하나하나 지켜본 그는 20대에게 긍정적이면서 적극적인 자세를 당부했다.

"자기 실수를 인정하며 항상 긍정적인 친구가 사회에 나가서도 잘되더라고요. 꼭 명문대를 나왔다고 성공하는 것이 아니었어요. 실수를 두려워하고 소심하면 능력에 상관없이 계속 힘들게 사는 것 같아요. 당당하고 긍정적인 친구들은 실패를 해도 금방 극복해내고, 오히려 실패를 계기로 더 발전하는 경우도 많지요."

매일 늦은 밤까지 야근을 해도 좋아하는 일을 하고 있기 때문에 항상 즐겁다는 그는 작은 일에도 불평하며 툴툴거리는 나 자신을 한없이 부끄럽게 했다.

인터뷰 내내 이영철은 학생들에게 남다른 애정을 보였다. 처음 안암동에서 장사를 시작할 때 '초등학교 중퇴인 내가 고려대라는 명문대 학생들을 상대할 수 있을까?'라고 걱정했다는 그는 특유의 밝은 성격과 센스로 학생들과 빨리 친해졌다. 실제로 버거를 먹으러 오기도 하지만 영철버거 아저씨를 보러 오는 학생들도 많을 만큼 그는 고려대생들 사이에서 인기가 높다. 그 역시 학생들을 통해 처음으로 사랑을 받아보았다고 고백한다.

"내 나이 서른둘에 처음 사랑이라는 것을 받아보았습니다. 그때는 너무 가난해서 하루하루가 살얼음판을 걷는 것 같았는데 학생들에게 사랑을 받게 되면서 다시 태어난 듯한 행복을 느꼈어요. 그래서 학생들과 함께 살아가자고 다짐했지요."

그는 대학생들을 대하면서 생각도 바뀌었다고 한다.

"예전에는 딸이나 아내가 타이트한 바지나 미니스커트를 절대 못 입게 했어요. 너무 보수적이었지요. 당시 초등학생이었던 딸아이도 아빠를 어려워할 정도였으니까요. 그런데 대학생들과 만나면서 생각을 바꾸기 시작했습니다. 딸아이도 더 이해하게 되었어요. 덕분에 지금은 딸과 사이가 아주 좋아졌어요."

학생들에게 많은 것을 배우는 만큼 그들에게도 삶의 지혜를 전해주고 싶다는 이영철. 그는 성공에만 집착하는 20대에게 자신이 겪은 수많은 실패담을 들려주고 싶어했다.

"취업을 하지 못해 축 처진 어깨를 한 채 자취방으로 올라가는 학생들을 보면 마음이 무거워요. 때로는 그들에게 '초등학교 중퇴인 나도 이렇게 해냈는데 너희가 왜 포기하냐.'고 쓴소리도 해주고 싶습니다."

부자여서 기부하는 게 아니라 기부하니 부자가 되더라

그는 1,000원짜리 버거를 판매한 돈을 모아 매년 고려대에 2,000만 원의 장학금을 쾌척하는 것으로 유명하다. 어떤 이는 이를 '천사 마케팅'이라고 비난한다. 그러나 그는 마케팅을 모른다며 손을 내저었다. 자신에게 따뜻한 관심과 사랑을 느끼게 해준 학생들이 고마워서 시작했을 뿐이란다. 그렇게 시작한 기부는 2004년 이래 꾸준히 이어져 매년 형편이 어려운 고려대생들이 영철버거 장학금을 받고 있다.

그는 영철버거 프랜차이즈 점주들에게도 기부를 권하겠다고 했다. 영철버거 분점을 운영하는 사람들이 그 지역 학교, 복지관 등에 매년 일정 금액을 기부하면서 보람과 즐거움을 느꼈으면 해서다.

"기부하지 않겠다고 하면 제가 그분들 명의로 기부해야죠. 작은 정성이 모여 지역 사회에 도움이 되는 모습을 보면 결국 제 뜻을 이해하시겠지요."

이영철은 기부를 시작하면서 자녀들에게 더 존경받는 아버지가 될 수 있었다며 기부 예찬론을 펼쳤다. 힘겨웠던 시절을 잊지 않고 남에게 베푸는 그의 넉넉한 마음에서 '기부를 하면서 부자가 된다.'는 그의 말이 거짓이 아님을 느낄 수 있었다.

인내와 진실함을 깨닫게 한 책
《설득의 논리학》

영철버거 가게 안쪽의 비좁은 사무실 책상에는 이영철의 추천 도서인 《설득의 논리학》을 비롯해 여러 책들이 꽂혀 있었다. 책을 자주 읽느냐는 질문에 그는 자주 읽지는 못하지만 쉬는 시간에 담배를 피우며 틈틈이 읽는다면서 활짝 웃었다.

"우리 막내가 이제 36개월인데 제가 쉰 살이 넘으면 같이 책가방 메고 공부하고 싶어요. 언젠가 고려대 대학원생이 되어 어릴 적 못다 한 공부를 해보는 것이 제 소망입니다."

쉰 살 이전에는 학생들에게 푸짐하고 질 좋은 버거를 파는 영철버거 아저씨로, 그 이후에는 학생이 되어 학생들에게 더 가까이 다가서고 싶다는 그는 불혹의 나이에도 시들지 않는 열정을 지니고 있었다. 수중에 2만 2,000원뿐이던 상황에서 기적 같은 창업 신화를 일궈낸 그에게 한국 최고의 버거와 만학이라는 두 가지 꿈은 요원해 보이지 않았다.

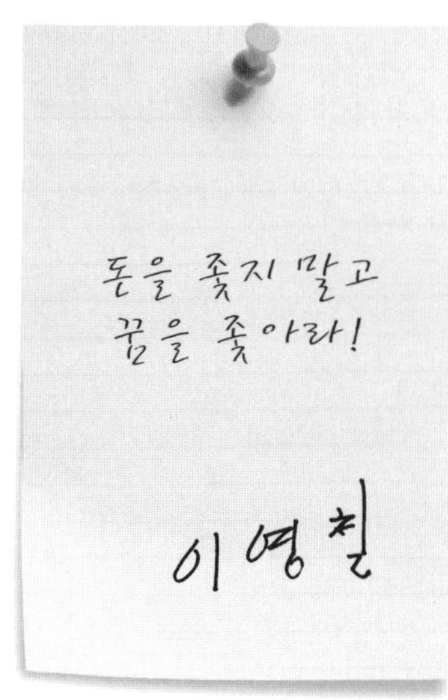

이영철은 대한민국 20대에게 《설득의 논리학》을 추천했다. '말과 글을 단련하는 10가지 논리도구'라는 부제에 걸맞게 논리 정연하게 사고하는 방법, 상대방을 설득하는 기술을 담은 논리학 책이다. 예증법과 삼단논법, 귀납법과 연역법, 이치논리와 퍼지논리 등 자칫 딱딱할 수 있는 내용을 쉬운 예시들로 풀어 쓴 이 책은 상대를 설득하는 데 성공하기 위한 팁을 제공하면서 동시에 나를 설득하려는 상대의 의견을 비판적으로 바라보는 힘도 길러준다.

나는 이 책을 읽으며 그가 추천한 이유를 생각해보았다. 그는 막노동, 노점상 운영과 같은 고된 일을 거치면서 항상 누군가를 설득해야 하는 입장에 놓여 있었던 것이다. 그의 결정을 신뢰하지 못하는 사람들, 진심을 몰라주는 사람들을 때로는 말로, 때로는 행동과 마음으로 설득해야 했던 때가 수없이 많았으리라.

논리보다 중요한 설득의 비결

우리는 늘 누군가를 설득하거나 누군가에게 설득 당하며 살아간다. 작게는 물건 값을 깎으려고 가게 아주머니와 벌이는 실랑이도 설득이다. 원하는 학교나 회사의 면접을 보는 것도 '나를 채용해달라.'는 설득의 과정으로 볼 수 있다. 타인을 설득하고 그들에게 설득 당하는 환경 속에 사는 우리에게 '어떻게 하면 다른 사람을 효과적으로 설득시킬 수 있을까?'는 늘 중요한 고민거리이다.

이영철의 지난했던 인생에서도 누군가를 설득해야만 했던 일들은 여러 차례 있었다. 통장 잔고가 2만 2,000원뿐이던 시절 그는 창업 자금 50만 원을 빌리기 위해 가족들을 설득해야 했다. 회기동에서 노점상을 할 때는 텃세를 심하게 부리는 인근 가게 주인들을 설득하기도 했다. 1,000원을 유지해오던 버거 가격을 1,500원으로 올려야 했을 때도 손님들을 설득해야 했다.

그렇다면 이렇게나 많은 설득의 상황에서 타인을 설득시키는 그만의 비결은 무엇일까? 그는 《설득의 논리학》에서 제시하는 여러 가지 기술에 앞서 '인내'와 '진실함'을 꼽았다.

"회기동에서 노점상을 시작했을 때 인사조차 받아주지 않던 가게 상인들에게 꼬박 3개월을 인사했어요. 그렇게 3개월이 지나자 그 일대에서 냉정하기로 소문난 문구점 주인조차도 '우리 집에서 물 갖다 써라.', '짐 놓을 것 있으면 여기에 놓아라.' 하며 친절하게 대해주셨죠. 상대의 마음을 움직이는 데는 《설득의 논리학》에서 언급한 것과 같은 논리적인 말하기도 물론 중요하지만, 그에 앞서 인내와 진실함으로 자신의 진심을 보여줘야 합니다."

논리 정연한 말솜씨와 글솜씨는 분명 사람의 마음을 혹하게 한다. 그러나 상대의 닫힌 마음이 열릴 때까지 참고 기다리며 번지르르한 말만 늘어놓는다면 상대를 일시적으로는 설득할 수 있을지 몰라도 그에게 지속적인 신뢰를 줄 수는 없다. 인내와 진실함이 논리보다 중요한 설득의 기술이라 주장하는 이영철은 타인을 설득하는 비법에만 주목했던 나에게 마음가짐의 중요성을 깨닫게 했다.

진정한 성공의 의미?

어린 시절부터 우리는 '결과보다 과정이 중요하다.'든가 '최고보다 최선을' 같은 교과서적인 말들을 많이 들어왔다. 그러나 일류 대학에 입학하기 위해 입시 경쟁에 시달리고 대학에 와서는 취업에 성공하기 위해 스펙 쌓기에 목매야 하는 현실에서 과정의 중요성은 슬그머니 뒷전이 되어버린다. '일등만 기억하는 더러운 세상'에서 과정은 결과에 의해 정당화될 뿐이다.

학력 위조, 뇌물 수수 등 각종 비리를 저지르고도 높은 자리에 멀쩡하게 머물러 있는 일부 고위층의 모습을 보면 실용주의적 사고가 우선시되는 사회에 우리가 살고 있음을 새삼 깨닫게 된다. 이제 '결과보다 과정이 중요하다.'는 말은 현실과는 너무나 유리된 이상주의로만 들릴 뿐이다.

그럼에도 이영철은 오늘날 20대에게 항상 과정의 정당성을 염두에 두라고 당부한다.

"오늘날 이 자리까지 올 수 있게 한 것은 과정이지 결과가 아닙니다. 사실 제가 일궈낸 결과만으로는 남들에게 인정받을 만하지 않습니다. 매년 고려대에 장학금을 기부하고 있지만 그만한 액수를 기부하는 사람은 저 말고도 많습니다. 그러나 대기업에서 몇천만 원을 기부하는 것과 1,500원짜리 버거를 파는 제가 몇천만 원을 기부하는 것이 실질적으로는 다른 의미를 갖기 때문에 사람들이 제 기부에 관심을 갖는 것 아니겠어요?"

그는 올바른 과정을 거치지 않고 성공한 사람은 결코 남들에게 존경받을 수 없다며 목소리를 높였다. 진실은 반드시 드러날 것이기 때문에 떳떳한 부모가 되기 위해서라도 눈앞의 결과보다는 원칙을 중시해야 한다는 것이다. 그러면서 그는 지나치게 물질에 집착하는 20대에게도 조언을 남겼다.

"요즘 젊은이들은 겉모습에 너무 집착하는 경향이 있어요. 돈 많은 사람이 겉으로는 화려하고 풍요로워 보일지라도 더 행복하다는 법은 없습니다. 다른 사람의 마음을 얻지 못하면 겉모습이 아무리 화려해도 내면은 외로울 수밖에 없지요. 돈이 아니라 행복을 성공의 기준으로 삼는다면 결과보다는 과정을, 외양보다는 내면에 주목하는 사람이 성공할 것입니다."

갖은 세상 풍파를 겪은 그에게 듣는 '과정의 중요성'은 진부한 잔소리가 아니라 신뢰할 수 있는 인생의 지혜로 다가왔다.

후회에 대한 두려움을 이겨내라

어느 심리학자에 따르면 인간의 의사 결정에 가장 큰 영향을 미치는 요인 중 하나는 '후회에 대한 두려움'이라고 한다. 우리 20대도 마찬가지이다. 끊임없이 타인과 경쟁하고, 과정보다 결과로 평가받는 상황에 처해 있기 때문에 실패의 위험을 무릅쓰고 모험을 택하기란 쉽지 않다. 실패했을 때 느끼게 될 뼈저린 후회에 대한 두려움이 모험보다는 안정을, '고(Go)'보다는 '스톱 (Stop)'을 외치게 하는 것이다.

노점상에서 시작해 전국 체인점을 관리하는 CEO가 된 이영철에게도 실패와 후회의 순간들이 분명 있었다. 그러나 그는 선택의 순간마다 '스톱'보다는 '고'를 외치며 잃는 것에 대한 두려움을 떨쳐냈기 때문에 실패에 대한 두려움도 크지 않았다고 한다.

"나는 스스로를 가난한 사람이라고 생각하며 살았기 때문에 잃는 것에 대한 두려움이 별로 없는 편이에요. 어떤 결단을 내릴 때 '추우면 따뜻한 난로를 피울 수 있고 급하면 화장실에 갈 수 있으니 나는 얼마나 행복한가.'라고 생각합니다. 노점상 할 때는 화장실 가기도 힘들었으니까요. 2004년부터 2005년까지 영철버거는 아주 잘되었죠. 하지만 늘 그때만 생각하면 '얼마나 힘들게 번 돈인데 절대 잃을 수 없다.'는 생각이 들어 도전을 시도하지 못했을 거예요. 그런데 저는 본디 가난한 사람이었으니 잃는 것에 덜 집착할 수 있었어요."

마찬가지로 그는 20대가 '모든 인간은 발가벗은 채 태어나서 빈손으로 돌아간다.'는 평범한 진리를 되새겼으면 좋겠다고 했다. 또한 현재 가지고 있는 것들이 처음부터 '내' 것이 아니었으며 영원히 '내' 것이 될 수 없다는 사실을 깨닫는다면 얼마든지 용기 있게 '고'를 외칠 수 있을 것이라고도 조언했다.

젊어 고생, 사서라도 해라

나는 이영철에게서 뒤통수를 탁 치는 듯한 이야기를 듣고 싶었다. 숱한 고난을 이겨내며 살아온 만큼 일반인과는 다른, 색다르고 신선한 철학을 지니고 있을 거라 생각했던 것이다. 동시에 세상 풍파에 맞서왔으니 자기연민에 빠져 있거나 엄청난 자부심으로 똘똘 뭉쳐 있을 거라는 편견도 은근슬쩍 갖고 있었던 것이 사실이다.

그러나 인터뷰를 끝내면서 모든 편견은 여지없이 무너졌다. 솔직 담백한 인터뷰를 약속했던 이영철. '튀는' 인터뷰에 대한 나의 기대감은 높았지만 그가 던진 메시지들은 다분히 교과서적이었다. '고생을 많이 해서 자기연민이 있지 않을까.'라고 생각했던 나의 예상 역시 보기 좋게 빗나갔다. 그는 결코 자신의 인생을 엄청난 것으로 포장하지도, 고생 이야기를 훈장처럼 늘어놓지도 않는 사람이었다. 더없이 솔직하고 거침없는 말투로 겸손함과 낙천성, 도덕과 원칙의 중요성을 강조하는 이영철! 인터뷰를 마친 뒤 나는 그의 교과서적인 모범 대답들에 오히려 안도하고 있었다.

'결과보다는 과정이 중요하다.'
'실패할 것을 두려워하지 말고 도전하라.'
'항상 긍정적으로 생각하라.'
'사서 고생하라.'
'인내하는 마음가짐으로 설득하라.'

20대에게 전하는 그의 메시지들은 전혀 새로운 것이 아닌지도 모른다. 그러나 수십 년간 굴곡 많은 인생을 거치며 자수성가한 그가 아무런 가식이나 허세도 없이 과정과 도전, 고생과 인내의 중요성을 강변하는 모습을 보며 우리 사회의 도덕적 원칙들이 지켜져야만 하는 충분한 가치를 머리가 아닌 가슴으로 이해할 수 있었다.

설득의 논리학 김용규

위대한 지성들의 논리학과 그에 따른 글쓰기와 말하기를 설득이라는 코드에 맞추어 구성한 새로운 개념의 교양서. 광고나 논술문, 보고서, 프레젠테이션 등 주변에서 쉽게 접할 수 있는 예시들을 통해 논리학을 설득의 도구로, 합리적인 사고력으로 활용하는 실질적인 방법을 제시한다.

책,
창조의
에너지
#5

언론인 **홍세화**
《자발적 복종》_에티엔느 드 라 보에티

축구 해설가 **박문성**
《시골의사의 아름다운 동행》_박경철

뮤지컬 연출가 **이지나**
《서유기》_오승은

무엇 때문에
그렇게 바빴던 거지?

_양지은(덕성여대)

1.

사람들은 나에게 여유가 없다고 말한다. 바쁜 척한다고도 하고 욕심이 많다고도 하고 자기관리가 철저하다고도 한다. 때론 내가 대학생 스펙 관리의 최접점에 있는 것처럼 비춰지기도 한다.

사람들 말처럼 나는 뒤를 돌아볼 여유도 없이 살고 있다. 주3파를 하면서도 23학점을 꼬박 채웠고, 나태해지지 않으려 밤잠을 줄여가며 독하게 견뎌냈다. 여기저기서 맡고 있는 대표직도 그럭저럭 잘해냈고 학업과 대외 활동이라는 두 마리 토끼를 한꺼번에 잡기 위해 절치부심하며 노력했다.

난 이 출판 프로젝트에 참여할 당시 교생 실습 중이었다. 그리고 공모전을 준비하고 있었으며, 영어 공부에 아르바이트까지 빠짐없이 해내야 했고, 인맥 관리와 연애와 문화생활까지 챙겼다. 나의 스케줄러는 매일같이 빼곡한 계획과 일정으로 가득했다.

2.

열심히, 정말 열심히 살았다. 그러다 어느 순간, 현실에서 순조롭게 맞물려 돌아가는 것 같던 '나'라는 작은 톱니가 점점 삐거덕거리기 시작했다. 벅찬 과업을 멀티태스크하기에 지친 나는 결국 병이 나서 앓아누웠으며 아르바이트는 보기 좋게 퇴짜 맞았다. 그 이후부터 약속 시간에는 늘 지각하기 일쑤였고 주말에는 늘어지게 쉬어야만 간신히 피로를 풀 수 있었다.

바쁘기만 했던 삶은 아무런 지향점도 남기지 못한 채 멈춰버리고 말았다. 내 삶의 속도는 아무런 예고 없이 급정거했고 나는 전에 없던 혼란을 겪어야 했다. 무엇인가 잘못되었다는 것을 직감했다. 난 그저 몸만 바빴을 뿐 머리와 심장은 차갑게 식어가고 있었던 것이다. 그것에 대한 뒤늦은 자각은 허망하다 못해 잔인하게 다가왔다.

3.

최근 한 여대생의 탈 대학 선언을 접했다. 이 일은 엄청난 파장을 일으켰고 사회는 공론화에 불을 붙였다. 작은 톱니로 순조롭게 하루하루를 살아가던 나는 충격과 혼란에 휩싸였다. 망치로 뒤통수를 강하게 맞은 것 같았다.

대기업의 간택을 받느니 인간의 삶을 선택하겠다는 그녀를 바라보며 현실과 타협하고자 스스로 패배를 선언해온 내 고개는 떨구어질 수밖에 없었다. 자본주의라는 거대한 기계에서 하나의 작은 부속물에 불과했던 나의 우둔함에 깊은 탄식이 흘러나왔다.

4.

어떻게 살아가야 할까? 어떤 삶이 진정 가치 있는 삶일까? 나는 경쟁만을 강요하는 자본주의 사회에서 어떤 사람일까? 공부를 하고 싶어서 대학에 왔을까, 대학에 오고 싶어서 공부를 했을까? 나 자신에게 끊임없이 자문했다. 삶의 본질에 다가가지 못하고 그저 목표가 아닌 수단에만 천착하던 내게 진정한 삶의 본질이 무엇인지 되묻고 또 되물었다.

현실을 부정하려는 의지보다 낙오자로 낙인찍히고 싶지 않은 마음이 굳건했던 과거에는 나의 소심한 현실 타협이 치명적인 허물이었음을 알지 못했다. 솔직히 그 사실은 성숙한 식견과 성품을 지닌 여러 명사들과의 인터뷰를 통해서 절실히 깨달았다. 그동안 내가 너무 앞만 보고 달려왔다는 생각에 미치자 알 수 없는 공허함이 몰려왔다. 숨을 쉴 수 없을 만큼 강력한 아픔도 찾아왔다. 내가 추구하는 이상과 사회가 나에게 요구하는 것 사이에서 나는 심각한 분열을 겪고 있었다. 머리와 심장은 여기 있는데 몸은 다른 곳을 향해 쉴 새 없이 달려가고 있었던 것이다.

5.

홍세화, 박문성, 이지나를 인터뷰하면서 내 삶을 돌아봐야만 했다. 그들은 나보다 먼저 인생을 산 대선배들이었다. 그들의 한마디 한마디에서 커다란 울림을 얻었다고 하면 누군가는 판에 박힌 말이라며 비난할지도 모른다. 하지만 멘토는 작은 것으로 큰 울림을 주는 사람이 아니던가? 분열 속에서 고민하고 힘들어하던 내게 그들의 메시지는 희망이자 열정 그 자체로 내 가슴에 꽂혔던 것이다.

6.

그들과의 인터뷰는 바쁜 내 삶에 주어진 갑작스런 여유였지만 난 매우 진지한 자세로 인터뷰에 임했었다. 그들이 나에게 허락한 시간과 메시지는 나를 더욱 단단하게 만들어주고 있었던 것이다. 내가 부단히 성장하기 위해서는 삶의 속도가 아니라 삶의 깊이를 더해야 한다는 사실을 나는 뒤늦게야 깨달았다. 치열했던 욕심의 무게는 한결 가벼워졌고 객관적인 성취가 아닌 주관적인 지향에 내 삶의 목적을 맞추는 여유마저 갖게 되었다.

많이 고민하고, 많이 실패하고, 많이 슬퍼해야겠다고 다짐했다. 그리고 많이 절망하고, 많이 아파하고, 많이 괴로워해야겠다는 다짐도 잊지 않았다. 그러나 절대 포기는 하지 않겠다. 여유롭게, 그러나 치열하게 살아가는 이들의 메시지가 내 가슴을 울렸기 때문이다.

INTERVIEWER **양지은**

덕성여대 문헌정보학과/국어국문학과 4학년. 글쓰기를 좋아하며 좋은 사람들과 갖는 티타임을 사랑하는, 약간의 푼수기와 약간의 빈틈을 지닌 평범 단순 여대생이다. 책상 위 책꽂이에 꽂힌 토익 문제집을 보고서 20대에 대한 측은함과 서글픔이 느껴져 책꽂이 모임에 동참했다. 이 한 권의 책이 대한민국을 온전히 바꾸는 데 큰 힘이 될 것이라는 희망과 기대를 안고 강의실로, 도서관으로, 학원으로 이동 중이다.

진정한 자유를 찾는 젊은이로 살아라

서울대 졸업 후 무역회사 해외지사 근무 차 유럽을 방문했다가 남민전 사건에 연루되어 귀국하지 못하고 파리에 정착했다. 한겨레신문 기획위원을 거쳐 현재 르몽드 디플로마티크 한국어판 편집인으로 활동 중이다. 망명 생활 중 쓴 《나는 빠리의 택시운전사》를 통해 '똘레랑스'라는 표현을 국내에 알렸으며 《쎄느강은 좌우를 나누고 한강은 남북을 가른다》 《생각의 좌표》 등을 썼다.

언론인 홍세화

우리는 나와 '다름'을 너무나도 쉽게 '틀림'으로 매도한다. 우리 내면에는 '나와 다르면 곧 틀린 것'이라는 DNA가 깊숙이 흐르고 있기 때문에 '다름'을 이해하고 포용하는 데 매우 인색하다. 내 가치와 내 신념이 중요한 만큼 나와 견해를 달리하는 타인의 가치와 신념 또한 지극히 중요한데 말이다.

하지만 이제 우리나라에도 유럽의 '똘레랑스(관용)' 사상이 널리 퍼져 사람들은 서로의 '다름'을 이해하고자 노력하는 중이다. 자신의 의견과 신념만을 보편타당한 것으로 독단하지 않고, 다름과 차이를 인정하며 함께 어울리자는 의미를 담고 있는 이 단어는 《나는 빠리의 택시운전사》의 저자이자 진보 논객의 대표 주자인 홍세화가 들여왔다.

그의 삶은 파란만장했다. 학생운동으로 순탄치 않았던 대학 생활을 마친 후 한 무역회사의 해외 지사 근무 차 유럽에 갔다가 남민전 사건에 연루되어 귀국하지 못하고 파리에 망명, 관광 안내, 택시 운전 등 여러 직업을 전전했다. 20여 년간의 이방인 생활을 담담하고 솔직하게 고백한 그의 자전적 에세이 《나는 빠리의 택시운전사》는 베스트셀러가 되었다.

공소시효가 만료되어 영구 귀국한 그가 쏟아내는 이야기들은 하나같이 한국 사회의 단면을 날카롭게 꼬집어주었고 미래 사회의 방향에 대한 가치 정립의 기회를 제공했다.

나의 20대는 사회와의 치열한 긴장이었다

홍세화는 어떤 20대를 보냈는지 궁금했다. 그는 약간의 망설임 끝에 "한마디로 쉽지 않았다."며 긴 이야기를 털어놓았다.

"저의 20대는 정치, 사회, 환경적으로 대단히 노골적인 독재 시기였습니다. 지금처럼 부드러운 시장 독재의 성격이 아니라, 국가 권력에 의한 일상적인 고문, 정치적 억압, 국가의 물리적 폭압이 공공연하게 존재했었죠."

당시 대학생들은 어지러운 세상을 변화시키고자 끊임없이 방법을 찾으면서, 동시에 자기 자신을 변화시키려는 노력도 게을리 하지 않았다고 한다. 그들은 계층 상승의 욕구와 세상을 바꾸는 데 참여하고자 하는 열망 사이에서 끊임없이 고민하고 성찰했던 것이다.

그러한 실존적 선택 앞에서 그를 비롯한 대부분의 대학생들은 사회 참여 쪽에 설 수밖에 없었다. 피 흘리고 욕먹고 불리해도 올곧은 사회를 만들기 위해 싸웠고, 기득권에 반대하며 변화를 부르짖었던 홍세화와 20대들. 민주와 반민주의 구분이 명확했던 시기였기 때문에 20대로서 자기 위치 정립이 보다

편했다며 홍세화는 과거를 회상했다.

왜 우리는 스펙 쌓기에 목숨을 거는가

20대는 바쁘다. 꼬박꼬박 수업 챙겨 들으며 학점도 관리해야 하고, 토익 점수를 따기 위해 학원도 다녀야 하며, 이력서 한 줄을 더 채우기 위해 쌓아야 할 스펙이 셀 수 없이 넘쳐난다. 과거에 사회를 변화시키는 가장 강력한 동력이었던 젊은이의 패기는 스펙 쌓기에 밀려 저 멀리 사라졌다. 그렇다면 왜 우리는 학점과 스펙의 노예가 돼버린 것일까? 학점과 스펙에 얽매이지 않고도 두둑한 배짱과 젊음만으로 자유롭게 토론하고 데모했다던 홍세화의 이야기는 우리와는 무관한 케케묵은 옛날이야기인 걸까?

"요즘의 20대는 구조적으로 이해하는 부분이 부족합니다. 사회구조적인 문제를 사회구조적으로 해결하려 하지 않고, 자신의 계층 상승을 통해 해결하려고 하니 사태는 더욱 악화되는 것이죠."

동시에 그는 지금은 침체기일 뿐 20대도 어느 시점이 오면 구조적 문제를 차츰 인식할 거라며 희망적인 전망을 내비쳤다. 오늘날 20대는 취업난과 등록금, 탈정치화의 문제를 단순히 개인의 문제로만 치부하고 사회 전체 문제로 보지 않는다. 그러나 이제는 생존과 스펙에만 몰두할 것이 아니라 사회에 대한 구조적인 인식을 해야 할 때이다.

홍세화는 개인적인 문제로 20여 년간 프랑스에서 망명 생활을 해야 했다. 물론 오늘날 20대가 겪는 문제와는 달랐지만 많은 깨달음과 비판적 안목을 키울 수 있었다며 유럽의 대학생과 대한민국 대학생의 차이점을 이야기하기 시작했다.

"가장 기본적인 차이는 '자기 생각의 유무'입니다. 한국의 20대는 자기 생각을 정리하고 가지려고 노력하기보다는 항상 정답을 찾으려고만 하는 함정에 빠져 있어요. 모든 정치, 사회, 문화적 현상을 바라보는 자기 생각이 없다는 의미죠. 한 번도 자기 생각을 갖도록 요구 받아본 적이 없기 때문일 거예요."

우리는 제도 교육을 통해서 참 많은 것을 주입 당했다. 학생들을 좁은 공간에 가두어놓고 정답만 머릿속에 집어넣도록 강요하는 대한민국 교육의 현실. '쟤, 지금 뭐라는 거야? 그래서 시험에 나온다는 거야, 만다는 거야?' 이런 말이 대학교에서도 심심치 않게 들린다. 오직 시험에 쓸 수 있는 정답만을 찾는 대한민국 20대의 처절한 현실. 아는 것보다 깨닫는 것이 더 중요하다는 사실을 20대는 간과하고 있다.

홍세화는 20대가 자기 생각을 표현하는 의식 세계를 갖지 못했다고도 지적했다. 치부가 낱낱이 드러난 듯하여 얼굴이 화끈거렸다. 자기 생각을 피력하지 못하고 글쓰기를 두려워하며, 내 생각이 아니라 정답을 써야 한다는 강박 관념에 빠져 있어 지극히 아쉽다고 한 홍세화.

"지금 떠오른 생각은 자신이 창조한 것인가요, 선택한 것인가요, 주입 받은 것인가요? '내 생각'은 어떻게 '내 생각'이 되었나요?"

그는 '내 생각'에 관해 쏙 되물어보길 바란다고 낭부했다. 우리가 가진 생각은 제도권 교육과 미디어가 주입한 것일까? 혹은 독서와 토론, 경험과 사유를 통해 스스로 길러온 것일까? '내 생각'이 어떤 것인지를 물을 곳은 나 자신밖에 없다. 우리에게 필요한 것은 암기가 아니라 사고이며, 주입식 교육이 아닌 주체적 의식이다.

독서는 세상과 만나는 창이다

대학 진학률이 10퍼센트 대에 불과했던 70년대 대학생들은 오늘날과 달리 철학과 인문학에서 지적 헛헛함을 해소했다고 한다. 하지만 오늘날 대학생들의 대화는 취업이나 연예인과 같은 가십거리에 그치고 있다. 지적 허영은 있을지언정 지적 허기는 없다는 뜻이다. 취업에 도움이 되지 않는 인문학은 멀리하고 실용 학문에만 몰두한다. 인문학 강의는 줄줄이 폐강되는 수준을 넘어 관련 학과가 폐쇄될 위기에까지 처해 있다. 홍세화는 이러한 한국의 현실을 안타까워하며 인문학을 알아야 하는 이유에 대해 알기 쉽게 설명해주었다.

'인간은 사회적 동물이다.' 너무도 익숙한 아리스토텔레스의 명제에서도 알 수 있듯이 인간은 타인과 유기적 관계를 맺으며 공동체 사회를 살아간다. 그러니 사람과 사회가 무엇인지 알아야 한다. 인간을 알기 위해서는 인문학을 알아야 하고, 사회를 알기 위해서는 사회과학을 알아야 한다. 인문학과 사회과학은 내가 속한 사회에서 어떻게 주체적인 자아로 살아갈지, 그 방법을 제시하는 학문이라는 것이다.

20대는 내 삶이 무엇이고, 인간은 무엇이고, 어떻게 살아갈 것인가에 대해 치열하게 고민해야 하는 시기이다. 전인적 인간으로서 해답을 찾으려면 인문학을 알아야 하고 책을 읽어야 한다.

그는 독서의 중요성에 대해서도 남다른 철학을 내비쳤다. 독서는 세상과 만나는 창이자 내가 주체적으로 사회에 참여할 수 있는 가장 좋은 방법이라는 것이다. 수천 년 전의 사람들을 어떻게 만나고 그들의 생각을 어떻게 동시대에 공유할 수 있겠는가? 책을 통해서만 만날 수 있다. 내가 쓰는 이 책도 훗날 누군가에게 읽혀 시대를 초월해 누군가에 의해 공유될 것이라 생각하니 가슴이 벅차올랐다. 그래서일까? 수많은 사람들의 이야기를 더 많이 접하고 공유하고 싶은 욕구가 피어올랐다.

자유를 찾아 떠나는 당신을 위한 책
《자발적 복종》

똘레랑스 만큼이나 홍세화에게 각별한 표현이 있다. 그가 추천한 책의 제목이자 그가 인터뷰나 칼럼에 수없이 언급하는 바로 그 표현, 자발적 복종!

《자발적 복종》은 프랑스의 지식인 에티엔느 드 라 보에티가 1530년에 쓴 책이다. 집필 당시 그의 나이는 불과 열여덟 살이었다.

어린 나이임에도 수많은 책들을 섭렵한 라 보에티와 달리 오늘날 한국의 대학생들은 취업 준비라는 미명 아래 한 달에 한 권의 책도 읽지 않는 경우가 부지기수이다. 라 보에티가 놀라울 만큼 조숙한 재능을 보였다는 점은 차치하고라도 열여덟 살에 쓴 이 책을 읽는 내내 나는 큰 충격에 휩싸였고 지난 삶을 되돌아보려고 무척 애썼다.

그는 일찍부터 고대문학을 접했으며 열여섯 살에 크세노폰과 플루타르코스의 여러 작품들을 번역하고 라틴어와 그리스어로 시를 쓸 만큼 비범한 재능을 갖고 있었다. 1548년 당시 계몽사상의 중심이었던 오를레앙 대학에 입학해 법학을 공부했고, 보르도 지방의회 의원에 발탁되어 정치에도 관여했던

라 보에티는 그곳에서 몽테뉴와 우정을 맺기도 했다. 당시는 종교전쟁의 기운이 휘몰아치던 때였는데 그는 분쟁을 막는 와중에 서른세 살의 나이로 사망하고 만다. 그가 남긴 여러 편의 시와 〈자발적 복종〉, 〈1월 칙령의 회고〉와 같은 글들은 몽테뉴에 의해 알려졌다.

《자발적 복종》은 16세기 혁명적 지식인 라 보에티의 자유와 독재에 관한 고찰을 담고 있다. 그는 군주라는 힘의 실체에 대한 항복이 아니라, 군주라는 힘의 실체와 무관한 차원에서 인민들 스스로 하는 항복을 일컬어 자발적 복종이라 정의했다. 이 책은 특히 프랑스에서 마키아벨리의 《군주론》에 버금가는 작품이라 평가받고 있다.

노예로선 편안하지만 인간으로선 죽어간다

"인간은 자유를 지향합니다. 억압에 의한 복종은 자신이 노예임을 인식하여 저항하기도 하고 벗어나기 위해 싸우기도 하고 반란을 일으키기도 하지만, 자발적 복종은 자신이 노예임을 모른 채 편안하게 죽어간다는 의미죠."

그는 젊은이들이 이 책을 읽고 자발적 복종이라는 개념만이라도 품고 살기를 바란다고 호소했다.

사실 노예 상태이면서도 노예임을 인식하지 못할 때 가장 두렵지 않겠는가? 다시 말해 선악은 명확하게 눈에 띄지 않기 때문에 강압적으로 통치되는 비자발적 복종보다 스스로 억압을 자청하는 자발적 복종이 시민 사회에 더 큰 위협이 된다는 것이다. '편안하게 죽어간다.'는 역설적 표현이 더욱 깊이 와 닿았다.

그는 우리가 스스로 자본에 굴종하여 노예로 죽어가고 있는 것은 아닌지 되묻기를 바란다고 강조했다. 왜 우리는 항상 독재자를 용서하고 자유를 포기한 채 자발적으로 굴복하는 것인가? 왜 노예 상태를 천부적이고 필연적인 것으로 받아들이는가? 이는 매우 심각하고도 절실한 자문이다. 이에 대한 해답은 우리 자신에게서 찾을 수 있다.

사실 그의 힐난에도 불구하고 나의 궁극적인 관심은 '어떻게 먹고 살 것인가?'였다. 편하고 쉬운 길로 가기 위한 정답이라도 되는 양 처세술과 실용서를 가까이 했다. 행복의 척도는 어느새 물질에 맞추어져 있었고, 자발적으로나 스스로를 경제 동물로 격하시켜버렸다.

홍세화는 오늘날 한국 사회가 자본에 자발적으로 복종하고 있는 현상을 명확하게 포착해냈다. 노예로선 편안하지만 인간으로선 죽어가는 자발적 복종의 이야기는 비단 16세기 프랑스 사회에서만 통용되는 것은 아니었다. 바로 지금 이곳 대한민국에서 생생하게 펼쳐지고 있는 이야기이기도 했다.

자발적 복종이 과거보다 오늘날 더욱 강력히 관철되고 있다면서 그는 대한민국 지배 세력이 교육과 미디어를 통해 20대의 의식 체계를 더욱 통제한다고 말했다. 우리 안에 깊이 안착되어 있는 자발적 복종은 우리 스스로가 노예 상태임을 인식조차 하지 못하도록 조종하고 있다는 것이다.

20대는 꿈을 잃었으며 동시에 잊었다. 시인, 개그맨, 소방관, 요리사의 꿈은 어느새 대기업 직원이나 공무원으로 바뀌었다. 뿐만 아니다. 20대는 타인의 사고에도 복종한다. 리포트 사이트를 기웃거리며 타인의 지식을 저가에 쉽게 구입하고 심지어 표절한 리포트로 공모전에서 입상하기도 한다. 접근이 쉬운 인터넷을 활용해 타인의 사고를 훔친다. 자신만의 생각을 갖지 못하고 사고의 노예로 전락하고 마는 것이다.

이것이 바로 홍세화가 역설하던 자발적 복종을 단적으로 보여주는 우리의 슬픈 자화상이 아닐까? 16세기의 인물인 라 보에티가 말한 자발적 복종은 21세기 한국 사회에 그대로 적용되고 있었다.

우리는 복종하지 않을 권리가 있다

이쯤에서 한 가지 의문이 들었다. 인식하고 있는 비자발적 복종이야 반항도 하고 맞서 싸울 수도 있지만 자신조차 알지 못하는 사이에 벌어지는 자발적 복종을 어떻게 인지하고 거기서 벗어날 수 있단 말인가? 그러니 홍세화는 이 책을 읽어보라고 했다. 자발적 복종이 무엇인지만이라도 알아야 한다는 것이다. 독재자의 은밀한 유혹이 얼마나 만연해 있는지, 얼마나 무서운 것인지 철저하게 인지해야 한다.

그럼 자유를 능동적으로 얻기 위해서는 어떻게 해야 할까? 권력에 저항하여 짱돌이라도 들어야 하는 걸까?

"20대는 무엇에든 굴종하는 자세를 버려야 합니다. 존엄한 인간으로 태어났음에도 존엄성을 지킬 수 없어 추락할지도 모른다는 가능성을 줄여 나가는 것이 자신을 해방시키는 길입니다."

홍세화는 자유의 가치도 거듭 강조했다.

"인간은 자유 지향적 본성을 가지고 있습니다. 여러분은 최종적으로 자유인이 되어 자아실현을 해내야 합니다. 저는 책도 쓰고 칼럼도 발표하고 젊은이들과 만나 소통하며 자아실현을 합니다. 이것이 제가 사회에 적응하는 방식이며 사회에 저를 작용시키는 방식입니다. 저는 생각을 공유하고 소통하고 사회 변화를 위해 적극적으로 참여하며 큰 보람을 느낍니다."

자신을 떳떳하게 자유인이라고 말하는 그의 당당함에 절로 고개가 끄덕여졌다.

20대가 누리는 자유를 찾아라

홍세화는 더 많은 젊은이들과 만나서 소통하고 싶어했다. 그렇기에 흔쾌히 인터뷰에 응해주었고, 순탄치 않았던 인생의 역경과 사색을 부드럽지만 예리하게, 그리고 힘 있게 들려주었다.

그와의 인터뷰는 새로운 생각이나 견해를 듣기보다 내 생각이 무엇인지, 그것이 왜 내 생각이 되었는지에 대한 사유를 가늠해볼 수 있는 시간이었다. 그러한 깨달음은 실천하는 행동으로 나타날 때 진정한 생명력을 얻게 될 것이다. 아직 오지 않은 미래에 대한 불안 때문에 현실에 복종하고, 오늘을 빼앗겼던 나의 과거를 반성한다. 끝없이 다가오는 오늘에 최선을 다할 때 삶은 비로소 자유의 빛깔을 띠게 될 것이다.

대한민국 20대에게 아무런 희망이 없어 보일 수도 있다. 하지만 우리는 20 대에게도 희망이 있다는 사실을, 20대도 가슴과 가슴을 나눌 수 있음을 몸소 보여주어야 한다. 일생을 바쳐 대한민국을 올곧은 민주사회로 만드는 데 이 바지하고 있는 홍세화의 자아실현은 비단 그 혼자만의 일이 아니다. 이제 그 것은 우리의 몫이 되어야 할 것이다.

자발적 복종 에티엔느 드 라 보에티

불과 18세라는 나이에 프랑스 혁명, 아나키즘, 비폭력 저항 운동에 큰 영향을 끼친 책을 쓴 에티엔 느 드 라 보에티. 인민이 군주에게 권력을 부여했다고 볼 만큼 시대를 앞서 있던 그는 '자발적 복 종' 이라는 개념을 통해 독재의 해악을 불러일으키는 매커니즘을 제시했다. 마키아벨리의 《군주론》 에 버금가는 저서라 평가받는 대작.

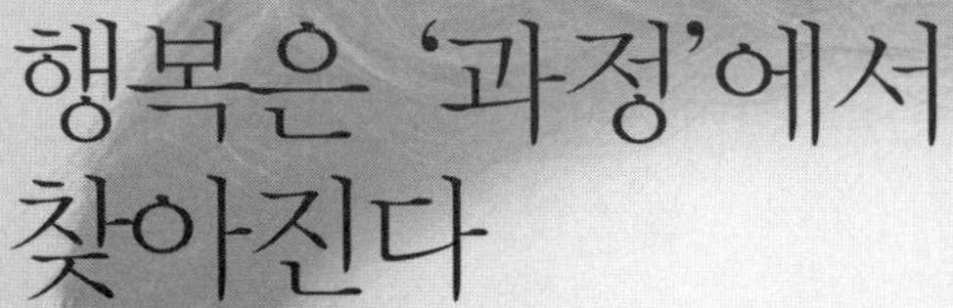

행복은 '과정'에서
찾아진다

오직 축구를 향한 열정만으로 축구매거진 〈베스트일레븐〉에 취재기자로 입사하여 편집장까지 올랐다. iTV(경인방송) 해설위원을 시작으로 KBS 라디오 스포츠 하이라이트, MBC ESPN 등에서 축구 해설을 맡았으며 2006년 독일월드컵을 시작으로 SBS 축구해설위원으로 활동 중이다. 지은 책으로 《사랑한다 내 꿈아》가 있다.

대한민국 20대, 우리는 행복한가? 'Under the C'로 점철되는 학점에 우울해지고, 빵빵한 스펙을 갖춘 친구들 앞에서 초라해지고, 점수에 급급해 토익 학원을 기웃거릴 뿐이다. 이력서는 횅한 여백의 미를 자랑하고, 하늘 높은 줄 모르고 치솟는 등록금 앞에서 졸지에 빚쟁이로 전락한다.

치열한 경쟁에서 살아남기 위해 고군분투하느라 행복을 느낄 여유조차 상실한 대한민국 20대에게 끊임없이 행복을 논하는 이가 있다. 그는 바로 얼굴보다 목소리가 더 익숙한 축구 해설가 박문성이다.

맛깔스런 말과 글로 대한민국 축구팬들과 소통하는 박문성은 때론 축구 해설가로, 때론 축구 칼럼니스트로 공이 아닌 마이크와 펜을 쥐고 축구를 이야기한다. 그는 일방적인 소통에만 묶여 있지 않다. 책을 통해, 블로그를 통해,

TV와 잡지와 라디오를 통해 끊임없이 팬들과 소통한다. 자신이 좋아하는 축구에 대해 말하고, 쓰고, 공유하고, 소통할 수 있어서 행복하다는 그에게 축구는 평생의 동반자이다.

그러나 박문성이 처음부터 축구 해설가를 꿈꾸었던 것은 아니다. 축구를 좋아해 우리나라 경기를 꼬박꼬박 챙겨보던 평범한 소년기를 보낸 박문성은 우연히 축구 잡지인 〈베스트일레븐〉의 기자가 된 뒤 축구의 묘미를 알아갔다고 한다. 그리고 우연히 축구 해설가를 해보지 않겠냐는 제의가 들어왔던 것이다.

기자로 살아왔던 시간은 그가 축구 해설을 할 수 있을 만큼 탄탄한 전문성을 다지게 한 귀중한 시간이었다. 유럽 축구뿐 아니라 월드컵, 대륙간 컵 대회, K 리그, 청소년 축구, A 매치 등을 종횡무진 누비며 축구 해설가로 산 지 10년이 흘렀다. 그는 2010년 남아공월드컵 해설위원까지 맡아 명실상부 대한민국 최고의 축구 해설가로 등극했다.

결과가 아니라 과정에 길이 있다

누구나 행복을 꿈꾼다. 그러나 우리가 생각하는 행복의 기준은 천편일률적인 공통분모를 갖는다. 그것은 바로 행복을 '과정'이 아니라 '결과'에서 찾는다는 사실이다.

열심히 공부했던 과정은 까맣게 잊고 장학금과 취업이라는 결과에서만 행복을 찾으려고 한다. 우리에게 중요한 것은 성취나 달성에 따른 결과였지, 과정은 아니었던 셈이다.

박문성은 이에 문제를 제기한다. 행복은 결과의 산물이 아니라 과정의 산물이라고 말이다. 그러나 축구는 오직 결과로 판가름이 나는 스포츠이다. 최종 스코어만으로 승자와 패자가 극명히 나뉘고 호평과 혹평이 엇갈린다. 내가 의문을 품고 있다는 사실을 알기라도 하듯 그는 말을 덧붙였다.

"축구 역시 결과만으로 모든 것을 말하는 건 아니에요. 골, 16강이 전부가 아니듯이 말이죠. 축구를 축제로 좋아하고 즐긴다면 승자와 패자 모두 행복해질 수 있습니다."

어쩌면 우리는 내실과 실력보다는 오직 이겨야 한다는 집념만 불태우고 있는지도 모른다.

"20대가 꾸는 꿈은 막연합니다. 목표는 있지만 과정과 노력이 없기 때문이지요. 결과물을 얻어내기 위해 인내와 노력이라는 눈물을 더해서 행복을 찾으면 좋겠습니다."

자신의 꿈이 행복이라고 단언하는 그는 축구 해설가라는 이유만으로 행복한 것은 아니라고 강조한다. 좋아하는 일을 하고 있기 때문에 분명 행복하지만, 그 일을 하면서 보고 느끼는 소소한 일상들 속에서 예상치 못한 행복을 느낀다는 것이다. 그렇기 때문에 박문성은 성공이라는 종착지에 닿는 그날만 행복한 것이 아니라 어제도 오늘도 행복하고 내일도 행복할 것이다.

더 큰 도약을 위해 쉼표를 찍어라

너무도 좋아하고 사랑하는 축구로 먹고 사는 박문성.

"자기가 좋아하는 일을 하며 사는 사람은 매우 드뭅니다. 저는 좋아하는 일을 직업으로 가진 행운아죠. 무엇보다 생활과 직장이 함께 있으니까 정말 즐겁고도 행복합니다."

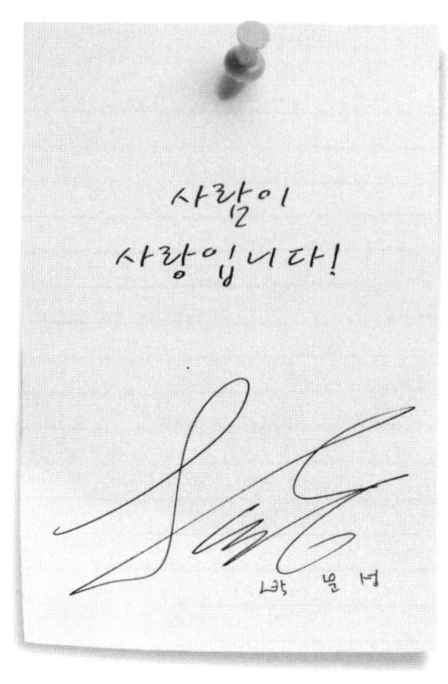

좋아하는 일을 하는 사람과 억지로 하는 사람의 성과는 다를 수밖에 없다. 미국 최대 아이스크림 회사인 벤앤제리스의 창업자인 제리 그린필드는 말했다. 'If it's not fun, why do it?(재미없는데 왜 해?)'라고.

"좋아하는 일을 하고 싶어도 준비가 되어 있지 않다면 기회가 찾아와도 잡을 수 없습니다. 그건 단지 '하룻밤의 꿈'에 불과하니까요. 꿈을 현실로 바꾸려면 익숙한 것과의 결별, 즉 기분 좋은 자기 배신을 할 줄 알아야 합니다."

자기 배신은 자기 관성을 어기고 깨부수는 데에서 시작한다고 그는 말했다. 이를테면 책을 잘 읽지 않는 사람에게 어려운 인문 사회 서적부터 권할 게 아니라 만화를 건네는 것은 어떨까? 책을 읽지 않는다는 자기 관성을 깨려면 쉬운 방법을 택하는 것도 중요하다.

덧붙여 박문성은 '꿈을 향해 차근차근 준비해 나가는 자만이 그 꿈을 이룰 수 있다.'는 메시지를 던졌다. 하지만 꿈에 대한 생각조차 하지 않는 오늘날의 20대를 걱정했다. 사실 꿈을 이루기 위해서 반드시 숨 쉴 틈도 없이 바쁘게 살아야 하는 것은 아니다. 그는 의도적으로 삶의 스피드를 낮추는 연습을 해야 한다고 당부했다.

"바쁜 머릿속과 심장의 박동 소리를 조금이나마 줄일 수 있는 여유가 필요해요. 그래서 전 여행과 독서를 즐깁니다. 여행은 '어떻게 살아갈 것인가?'를 사색할 수 있는 좋은 기회입니다. 하지만 직접적인 경험에는 한계가 있기 때문에 책을 통한 간접경험도 꼭 필요하지요."

여행과 독서를 통해 얻는 직간접 경험과 기억은 자신을 끊임없이 단련시킬 것이다. 그러니 분주하고 조급했던 삶에서 벗어나 더 큰 도약을 위한 쉼표를 찍어보자. 호흡을 가다듬고 힘차게 도움닫기를 해보면 세상은 분명 달라져 있을 것이다.

살아 있음에 감사하는 책
《시골의사의 아름다운 동행》

최고의 축구 해설가인 박문성은 가슴이 먹먹해지고 심장이 뜨거워지는 한 권의 책을 추천했다. 바로 《시골의사의 아름다운 동행》이었다. 여러 에피소드들이 옴니버스 형식으로 엮인 이 책은 박경철의 블로그 중 '인생'이라는 코너에 연재되었던 꼭지들로 채워져 있다.

눈부시도록 아름다운 예비 신부가 사고로 한쪽 다리를 절단해야 했던 이야기, 치매에 걸린 노인이 사랑하는 손자를 참혹한 죽음에 이르게 한 이야기, 제대로 피어나지도 못하고 떠나버린 어린 생명의 이야기, 가난 때문에 목숨을 포기해야 했던 사람들의 이야기 등 인생의 희로애락을 감정의 격정도, 지나친 침착함도 없이 담담하게 풀어낸다. 코끝이 시큰해지는 이야기부터 페이지를 넘기는 것이 두려울 만큼 참혹한 이야기와 웃음이 묻어나는 즐거운 이야기에 이르기까지 책 한 권이 인생의 축소판처럼 펼쳐진다.

이 책을 추천한 박문성은 박경철이 의사임에 주목했다.

"의사라는 직업은 물론 전문직입니다. 그러나 이 책은 의학 서적이 아니죠. 오직 '사람'에 포커스를 맞추고 있습니다."

그의 말처럼 이 책은 의학서도 아니고 과학서도 아니다. 오로지 사람만을 향하고 있다. 사람의 감정에 초점을 맞추어 독자와 소통하고자 했기 때문에 추천했다는 박문성. 그는 사람이 살면서 느낄 수 있는 절망, 고통, 희망, 행복 등의 다양한 감정들을 세밀하게 묘사하는 작가의 관찰력에 놀라움을 금치 못하며 이 책을 추천한 것만으로도 행복하다고 했다.

박문성에게 글은 관찰이다. 마치 한 편의 풍경화를 그리듯, 현미경을 들여다보듯, 생생하게 삶의 행복과 슬픔을 관찰하고 있기에 감동이 배가된다는 것이다. 죽어 있던 세포가 살아나는 느낌을 받았다고 말하는 그의 추천 이유에 나도 함께 고개를 끄덕였다.

그는 이 책을 '삶에 대한 적나라한 보고서'라 칭하기도 했다. 우리가 발 딛고 있는 세상 이야기이지만 굳이 들추고 싶지 않은 사회의 아픈 단면을 적나라하게 고발하고 있다는 것이다. 애써 외면하려 했던 어두운 곳, 손을 뻗지 않으려 했던 외진 곳, 알면시도 피해 가고 싶어했던 적막한 곳에 디 가까이 침잠하여 불빛을 비춘 사람이 바로 박경철이었던 것이다.

책을 읽어가며 때때로 가슴이 먹먹하고 눈물을 뚝뚝 흘렸던 이유를 비로소 알 것 같았다. 시골의사의 눈을 통해 바라본 우리네 삶의 단면들이 참을 수 없는 애잔함으로 나의 가슴을 때렸기 때문이다.

감성과 교감을 추가하는 해설

의사라는 직업은 판에 박힌 듯 이지적인 이미지로 느껴진다. 애가 타는 환자와 보호자의 사정은 내 알 바 아니라는 듯한 몰인정한 태도와 환자를 더욱 공포와 근심으로 내모는 모습이 우리가 기억하는 전형적인 의사의 모습이다. 내가 직접 겪은 의사들 역시 환자를 사람이 아니라 돈으로만 보는 태도를 보였기에 나 역시 그들을 생각하면 불신과 분노뿐이었다. 히포크라테스 선서를 가슴 깊이 새기며 의술보다는 인술을 펼치는 훌륭한 의사는 그저 영화에나 나온다고 생각했다.

그러나 이 책을 읽으면서 의사에 대해 가져왔던 불신이 조금은 사라졌다. 감히 말을 하자면, 의사란 무릇 사람의 질병뿐 아니라 마음까지도 헤아릴 수 있어야 한다. 따라서 의사로 산다는 것은 인간에 대한 애정 없이는 쉽지 않은 일이다.

박경철은 가슴속에 환자를 향한 측은지심과 풍부한 감수성을 간직하고 있는 의사였다. '평생 나 때문에 죽은 환자가 한 명이라면 나 때문에 산 환자가 백 명쯤은 되어야 그래도 의사 짓 제대로 했다고 할 만하다.'라는 박경철의 자기평가가 이를 말해준다.

평생의 업으로 삼는 분야에서 만족할 만한 위치에 오른다는 것은 결코 쉬운 일이 아니다. 앞서 말했던 것처럼 축구 해설이라는 분야 역시 의술과 같이 대단히 전문적이고 합리적인 분야이다. 그러나 박문성은 자신의 축구 해설이 합리와 이성이 아니라 감성과 교감이라고 말한다.

"우리나라 선수건 해외 선수건 '잘한다.'는 긍정 바이러스로 독려하고 감싸주어야 합니다. 하지만 해설은 마냥 그럴 수가 없지요. 못하는 경기, 못하는 선수에게 쓴소리도 내뱉고 채찍질도 해야 하는 것이 해설가의 일입니다. 이 부분이 굉장히 힘들지요. 저는 세상 무엇이든 칼로 나누어 평가할 수는 없다고 생각합니다.”

흑과 백, 참과 거짓, 삶과 진실은 칼로 자르듯 나눌 수 있는 것이 아니다. 그러한 흑백논리를 가지고는 진정한 해설을 할 수 없다. 해설은 사람과 사람의 교감이자 소통이기 때문에 사람에게 이분법적 잣대를 들이밀 수는 없다는 것이 박문성의 생각이다.

2002년 한일월드컵에서 대한민국에 4강 신화를 안겨준 히딩크 감독은 ‘달리는 말에는 채찍질을 할 수 있지만 쓰러져 있는 말에는 채찍질을 하지 말라.’는 말을 남겼다. 박문성의 생각도 이와 같다. 해설은 선수를 죽이고 지적하고 비수를 꽂는 것이 아니라 쓰러진 선수를 위해 어깨를 빌려주고 함께 호흡하고 이해하고, 따뜻하게 용기를 북돋아주는 것이라고 말하는 그에게서 진정한 사람 냄새를 느낄 수 있었다.

“축구를 포함해 살아 있는 모든 것을 너무 머리로만 이해하는 것은 좋지 않습니다. 합리라는 것이 필요하지만 모든 것을 이성으로만 해석하면 세상은 너무 각박하게 변할 거예요.”

우리가 삶을 바라보는 시선의 온도에 따라 삶은 따뜻해진다. 그러니 사람의 마음, 감정, 느낌, 교류, 교감으로 고개를 돌려야 한다. 삶이 얼마나 소중한 것인지, 내 주변 사람들이 건강하게 살아 있다는 것이 얼마나 고마운지 느껴야 한다. 괜한 자존심으로 서로 상처를 주고받는 일이 얼마나 부질없는 것인지 깨달아야 한다.

편견에 대처하는 우리의 자세

축구 해설가인 박문성은 편견을 견뎌낸 인물이다. 풍부한 현장 경험을 가진 선수만이 날카로운 해설을 할 수 있다는 편견을 과감하게 깨뜨려버린 것이다. 축구계에도 선수 시절의 능력을 가지고 다른 일까지 평가하려는 편견이 있다며 그는 입을 열었다. 선수 시절 공을 잘 차면 다른 것도 뭐든지 잘하고 그렇지 않으면 뭐든지 못한다는 편견이 만연하다는 것이다. 심판이나 감독도 유명한 스타플레이어 출신이어야 신뢰하는 축구계의 대표적인 편견도 수정되어야 한다고 역설했다.

이러한 편견은 너무나 오랫동안 쌓여왔기 때문에 단번에 깨기는 쉽지 않다. 그러므로 자신에 대한 편견에 맞서 싸워 이기려는 자세는 지양하는 것이 좋다고 박문성은 말한다. 인정하고 감내해야 할 부분은 하되 스스로 준비해서 직접 보여주는 것이 편견을 타파하는 최적의 길이라는 것이다.

만약 그것을 보여주지 못했다면 그것은 편견이 아니라 올바른 지적이다. 그 역시 선수 출신이 아닌 해설가라는 핸디캡에서 벗어나기 위해 꾸준히 노력했던 시간이 있었다. 그러한 노력이 결실을 맺었고 편견은 일거에 사라졌다고 한다.

《시골의사의 아름다운 동행》에는 태어날 때부터 뇌성마비에 걸린 우식이의 이야기가 나온다. 우식이는 불가능에 가까운 의사라는 꿈을 꾼다. 지금도 바로 편견이라는 것이 드러나지 않는가? 우식이의 꿈이 불가능할 것이라는 전제 역시 편견에 불과하다.

이와 관련하여 박문성은 자신이 직접 겪은 일화를 털어놓았다.

"방송국에서 팬과의 만남을 주최한 적이 있어요. 거기서 언어장애인을 만났죠. 그분은 자신의 꿈이 축구 해설가라고 했어요. 저는 순간 불가능하다고 생각했습니다. 그래서 그분께 물어보았더니 농아방송에서 축구 해설을 하고 싶다고 말씀하시더라고요. 뉴스처럼 해설을 수화로 설명하는 것이지요. 망치로 얻어맞은 것 같았습니다. 부끄러웠지요.”

언어장애인들 역시 축구를 좋아하고 즐길 수 있다는 걸 간과한 것이 자신의 편견 때문임을 깨달은 그는 큰 충격에 휩싸였다고 한다. 사람들의 편견 앞에서도 당당했던 그분의 모습에 숙연함이 느껴졌다는 박문성. 그 당당함이 너무나도 아름답게 느껴졌다며 삶에서 결코 잊을 수 없는 사람이었다는 말도 덧붙였다.

자신의 꿈을 사랑하는 사람으로 살아라

오늘날 20대는 ‘꿈이 없는 세대’라고 한다. 그러나 꿈조차 꾸지 못한다면 더 이상 희망도 없다. 마음만 앞서서 허황된 꿈이나 꾸더라도 그런 꿈을 그리며 산다는 깃 자체가 희망이요, 행복이다. 삶에 목표가 있고 계딘을 오르듯 그것들을 하나하나 성취해가는 사람은 진정 행복하다.

나는 자신의 꿈을 사랑하는 한 남자를 만났다. 축구에 대한 사랑과 열정, 노력이 빚어낸 꿈을 쉬지 않고 실현해나가는 그가 부러웠다. 그에게서 깨달음을 얻어 아름다운 꿈을 꾸고 그 꿈을 이뤄가려고 발돋움하는 나도 만났다. 그리고 이 세상을 아름답다고 느끼게 하고 나 자신을 사랑스럽다고 생각하게 한 책을 읽었다. 사람 사는 냄새를 느끼며 삶의 희망을 노래하는 책을. 처음 볼 때는 눈으로 읽었지만 두 번째는 마음으로 읽었다. 그 책을 만나게 해준 이는 가뭄이 든 내 꿈의 밭에 희망을 심어준 박문성이었다.

20대에게는 꿈이 있다. 20대는 무수히 깨져도 되는 나이이다. 실패가 결코 두렵지 않기 때문이다. 더 많이 깨지고 쓰러지고 부딪치며 꿈을 더욱 단단하게 엮어 나가야 하는 나이가 바로 20대이다.

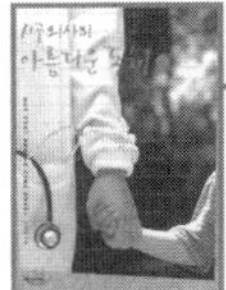

시골의사의 아름다운 동행 박경철

작가의 블로그 중 '인생'이라는 코너에 연재되었던 글들을 모은 에세이집. 시골의사라는 필명으로 더 알려져 있는 저자가 치열한 주식시장이 아니라 병원이라는 본연의 장소에서 따뜻한 시선으로 건져 올린 35개의 에피소드가 촘촘히 나열되어 있다. 의사이기 때문에 목도해야 했던 가슴 아픈 이야기들이 생생하게 펼쳐진다.

재능을 갖춘 승자는
행복하다

중앙대 연극영화과 재학 중 연극과 뮤지컬 배우로 활동했다. 영국 미들섹스대학교 대학원에서 공연연출학 석사 과정을 수료한 뒤 뮤지컬 〈록키호러쇼〉로 국내 데뷔했다. 대표작으로 〈그리스〉 〈헤드윅〉 〈대장금〉 〈바람의 나라〉 등이 있으며 제15회 한국뮤지컬대상 연출상을 수상했다.

자신을 욕심은 많은데 능력이 안돼서 불만이 가득한 《서유기》의 저팔계에 비교하는 이가 있다. 현재 연극과 뮤지컬을 오가며 공연계 최고의 연출가로 불리는 이지나.

〈헤드윅〉〈바람의 나라〉〈대장금〉〈컴퍼니〉〈밴디트〉〈텔미 온어 선데이〉〈조지엠코헨 투나잇〉〈펌프 보이즈〉〈인어공주〉〈그리스〉〈록키호러쇼〉 등 손에 꼽을 수도 없을 만큼 수많은 뮤지컬에서 〈버자이너 모놀로그〉〈굿바디〉〈귀신의 집으로 오세요〉〈메이드 인 차이나〉〈클로저〉〈아트〉〈태〉 등 작품성을 인정받은 연극에 이르기까지 그녀가 연출한 작품들은 한 편 한 편이 살아 숨 쉬는 듯한 매력을 지니고 있기 때문에 대중과 평론의 사랑을 듬뿍 받아왔다.

이지나는 예술 유전자를 타고난 사람 같다. 소꿉놀이 대신 콩트를 만들어서 놀았고, 잔치나 축제마다 쫓아다니며 노래하고 춤추는 것을 즐겼으며, 학교 학예회에서 단막극 연출과 연기를 맡아 선생님들과 친구들을 깜짝 놀라게 했으며, 어린이 방송국에서 성우로까지 활동했다고 하니 풋내기 소녀의 이력 치고는 입이 다물어지지 않을 만큼 화려하다.

예술가다운 유년기를 보낸 이지나는 사실 배우를 꿈꿨었다. 스태프에게 쏟아지는 관심보다 배우에게 쏟아지는 스포트라이트가 더 강렬하고 빛난다는 현실을 그녀도 부정할 수 없었던 것이다.

결국 중앙대에서 연기를 전공하여 1985년부터 1994년까지 연극과 뮤지컬을 넘나들며 재능을 인정받아온 이지나. 하지만 뛰어난 연기력에도 불구하고 외모로 재능까지 평가하는 연예계의 현실에 좌절해야 했다.

능력 부족이 아닌 다른 이유로 배우를 포기해야 했다는 그녀의 말에 나는 안타까움을 느꼈다. 그런 이유로 이지나는 타고난 능력이나 불확실한 행운보다는 노력한 만큼 주어지는 대가를 더 좋아한다.

배우로서의 삶을 그만두고 유학을 결심한 이지나는 영국으로 떠나 다국적 연극 그룹인 'YIGINA'를 결성해 활동했다고 한다. 런던 미들섹스 대학원에서 공연연출학 석사 학위를 취득한 그녀는 2000년 뮤지컬 〈록키호러쇼〉를 통해 국내에 연출가로 데뷔했으며, 성균관대 연기예술학과에서 교수로 재직하며 수많은 제자들을 키워내기도 했다. 공연을 향한 그녀의 뜨거운 노력과 열정은 결실을 맺어 2009년 제15회 한국뮤지컬대상에서 뮤지컬 〈대장금〉으로 연출상을 수상하는 영예를 안기도 했다.

연기가 아닌 연출을 통해 뒤늦게나마 적성에 딱 맞는 길을 찾게 되어 너무 기쁘다고 말하는 이지나는 꽤 오랫동안 걸어온 길을 벗어나 다른 길을 걷게 되었는데 그 길이 결국 성공으로 가는 길이었다고 말했다. 그래서인지 잠시도 쉴 틈 없는 바쁜 일정 속에서도 그녀는 늘 행복하다고 했다. 끊임없이 새로운 시도를 계속하는 그녀의 열정과 집념의 불씨는 꺼질 줄을 몰랐다. 이러한 노력이 한데 어우러져 그녀는 현재 대한민국 최고 스타 연출가로 이름을 날리고 있다.

준비하는 청춘은 아름답다

그녀는 자신의 20대를 그야말로 '멍청한 시기'였다며 안타까워했다. 이 말은 인생 선배가 겪었던 어리석은 20대를 지금의 20대가 답습하지 않길 바라는 애정 어린 자기 고백이다.

청춘은 아름답다. 그러나 청춘은 결코 영원하지 않다. 영원하지 않은 아름다움에 취해 미래를 내다보지 못하는 근시안적 시각에서 벗어나야 한다며 이지나는 목소리를 높였다.

"자신이 엄청난 부자이거나 절세미인이거나 세기적 천재가 아니라면, 다시 말해 자기가 가진 것이 1등이 아니라면 지금부터 미리미리 준비해야 합니다. 청춘은 한때의 아름다움이지만 능력과 교양을 갖추어야 보다 크고 성숙한 아름다움이 될 수 있다는 사실을 기억하길 바랍니다."

완벽한 성공을 이룬 듯한 그녀 역시 '좀 더 노력했다면, 좀 더 미래를 위해 투자했다면 잠재력을 좀 더 일찍 자각했다면.' 하고 후회한다는 말을 통해, 준비하지 않는 청춘은 결코 아름다울 수 없다는 냉정한 현실을 간접적으로나마 경험할 수 있었다.

오늘날 20대는 좁은 취업문 앞에서 '도전' 보다 '안정' 을 원한다. '평생 직장'이라는 개념이 사라졌기 때문에 안정적인 직업을 선호하는 것은 당연하다고 할 수 있다. 결국 사회 전체적으로 볼 때 창의적인 분야에서 실력을 발휘하는 인재가 부족해지는 현상을 우려하지 않을 수 없다. 그래서 예술계의 정점에 서 있는 이지나에게 따끔한 충고를 듣고 싶었다. 그러나 나의 예상은 빗나갔다.

그녀는 안정을 추구하는 것도 나쁘지 않다고 했다. 세상을 안정적으로 이끄는 사람들은 나라를 움직이고 발전시키는 사람들이라는 것이다. 세상엔 안정을 추구해야 하는 이들도 있고 변화를 추구해야 하는 이들도 있다.

하지만 자신과 같이 불안정한 일을 하고자 한다면 변화, 도전, 실패를 간과해선 안 된다고 강조했다. 남들이 하는 것만 따라 해서도 안 된다. 실패를 해도 남들이 해보지 않은 것을 하면서 자신만의 노하우를 배워가는 것이 중요하다고 강조하는 이지나. 그녀는 조화와 창조를 추구하는 사람이었다.

창의력을 갖고 싶다면 겁내지 마라

밀레니엄 이후의 시대는 단순하거나 누구나 알 수 있는 생각만을 주장하는 사람들을 받아들이지 않는다. 기발한 상상력, 번뜩이는 아이디어, 창조적이고도 혁신적인 사고로 똘똘 뭉친 사람을 인재리 지칭하며 수용히고 있다. 창의력이 경쟁력의 원천으로 떠오르고 있는 것이다. 사실 20대는 자기소개서에 스스로를 창의력 넘치는 인재라고 어필하지만, 사실 누구나 창의력을 가질 수 있는 것은 아니다. 그래서 이지나는 말한다.

"창의력은 용기입니다. 사람은 누구나 창의력을 지니고 있는데 남들 눈에 웃겨 보일까봐 주저하는 것뿐입니다. 아무도 하지 않는 일을 할 때 두려워하면 안 돼요. 욕먹어서 못 하는 것보다 남에게 묻어 가는 것이 더 불행하다는 진실을 20대가 알았으면 좋겠습니다."

이제 섣불리 자기소개서에 창의력을 운운하지 말자. 오히려 제멋대로인 우리의 상상력을 키울 수 있는 진정한 용기를 끄집어내어 제대로 보여줘야 한다. 우리 안에는 호기심, 융통성, 용기가 잠재되어 있다. 이러한 것들을 하나로 잘 엮어서 자신만의 창의력에 덧입힌다면 누구라도 시대가 요구하는 진정한 인재가 될 수 있다.

그 어떠한 직업 중에서도 창의력이 가장 요구되는 예술계, 그중에서도 연출가인 이지나가 맡았던 수많은 작품에는 그녀만의 열정과 애정이 듬뿍 담겨 있다. 하지만 그녀가 특별히 아끼는 작품은 따로 있을 것이다. 조심스런 이 질문에 그녀는 단번에 뮤지컬 〈바람의 나라〉를 지목했다. 이 작품은 그녀가 연출한 첫 번째 창작 뮤지컬이었다.

해외 라이선스 뮤지컬을 국내에서 연출할 경우 연출가는 가사 번역부터 무대 장치까지 수많은 부분에서 오리지널 크리에이티브 팀과 조율해야 한다. 좋게 표현하면 조율이지만 결국 다른 스태프들이 잘 협조하도록 무대 운영을 해야 하는 일종의 기술직으로 일해야 하는 것이다. 이는 국내 연출가의 독창성이 거의 발휘될 수 없다는 뜻이기도 하다. 그러나 창작 뮤지컬은 다르다. 연출가의 성향과 영혼이 투영될 수밖에 없기 때문에 진정으로 창조적인 연출 작업이 이루어진다. 그래서 첫 번째 창작 뮤지컬이었던 〈바람의 나라〉에 각별한 애정을 갖고 있었던 것이다.

창작 뮤지컬은 대중성을 담보할 수 없다는 단점을 지니고 있지만 연출가로서의 고뇌와 인내 그리고 열정을 쏟아 부을 수 있기 때문에 예술가적 모험이

가능하다. 하지만 국내 뮤지컬계에서 라이선스와 창작의 줄타기란 그리 쉽지 않다. 모든 연출가가 창작에만 애정을 쏟는 것은 아니기 때문이다. 즉 호불호가 나뉜다는 뜻이다.

그렇기 때문에 그녀가 〈그리스〉 〈헤드윅〉과 같은 라이선스 작품들을 무대에 올리면서 작품 자체가 지니고 있는 대중성 및 흥행성에 이지나만의 창의력을 덧입힐 수 있었던 것은 또 다른 기회였다고 할 수 있다. 이를 통해 배울 점들은 철저히 분석하여 창작 뮤지컬을 연출할 때 국내 정서에 맞게 적용해 본다는 이지나. 결국 대한민국 뮤지컬계는 창작을 밑바탕으로 라이선스 작품의 장점을 올바르게 수용할 때 건강한 문화 시장을 형성할 수 있다고 그녀는 말했다.

고전의 매력을 한껏 담은 책
《서유기》

어린 시절 일요일 낮 1시에 텔레비전을 틀면 귀에 익숙한 오프닝송이 어김없이 흘러나왔다. 호기심 많은 한 소녀는 거울을 빤히 쳐다보다가 머리카락을 한 움큼 뽑아 '후.' 하고 불곤 했다. 변신하는 것은 아무것도 없었지만 내 머리카락을 뽑게 만든 손오공은 나만의 슈퍼 히어로였다.

만화영화 〈날아라 슈퍼보드〉의 원작인 《서유기》는 500여 년 전에 쓰인 중국 고전 중의 고전이다. 게다가 원작에 등장하는 손오공은 슈퍼보드가 아니라 근두운을 타고 다닌다. 이지나는 《삼국지연의》《수호전》《금병매》와 함께 중국 4대 기서(奇書) 중 하나이며 무려 10권에 달하는 대작인 《서유기》를 20대에게 추천했다.

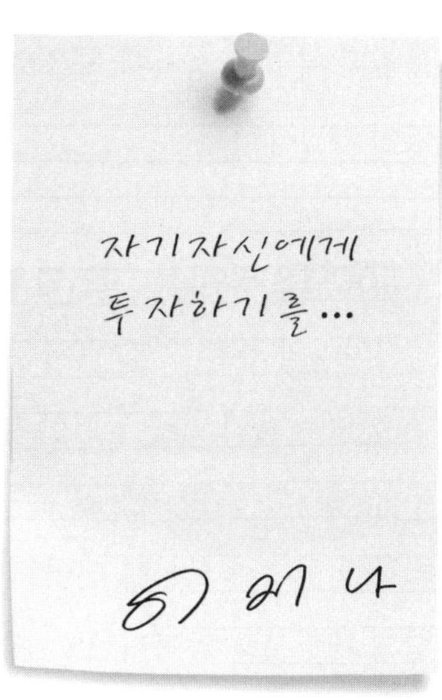

경전을 구하기 위해 천축을 향해 떠나는 삼장법사 일행의 모험담을 담고 있는 이 책은 당나라 때 인도와 서역 일대에서 불경을 구한 행적을 담은 현장 스님의 《대당서역기》를 기초로 했다. 특히 소설적 상상력이 풍부하게 담긴 신괴(神怪) 소설로 알려져 있으며 문학적 가치도 뛰어나다. 부패한 지배 세력과 민란이 횡행하던 명나라 말기에 탄생한 《서유기》는 당시 사회의 추악함을 재치 있게 담아냈으며 유·불·선이 합일된 동양적 세계관과 생생하고 발랄한 신화적 상상력까지 절묘하게 녹여냈다. 이 책은 총 100회로 구성되어 있다. 실질적으로 삼장법사 일행이 서역으로 가는 도중에 기상천외한 요괴들을 만나 싸움을 벌이는 '81난'은 13회부터 99회까지 할애하여 박진감 넘치게 서술하고 있다.

이렇듯 중국 고전인 《서유기》가 한국과 일본에는 조금 색다르게 알려져왔다. 국내에는 허영만 화백의 만화영화인 〈날아라 슈퍼보드〉와 고우영 화백의 《서유기》가 원작을 뛰어넘는 인기를 끌었던 것이 사실이다. 일본에서는 애니메이션 〈별나라 손오공〉 〈드래곤볼〉 〈파타리로 서유기〉 〈최유기〉 등으로 재해석되어 큰 인기를 누려왔다. 그리고 보면 《서유기》야말로 동양인의 보편적 사고와 정서에 자유로운 상상력을 스며들게 한 판타지 문학의 결정판이 아닐까?

500년을 뛰어넘는 고전의 매력

이지나의 추천 도서가 《서유기》라는 사실을 알고 나서 꽤 놀랐다. 10권이라는 장편 서사의 기에 눌렸던 것일까? 아니면 〈날아라 슈퍼보드〉의 후광이 너무 강해서였을까? 책을 읽는 내내 만화영화에 나오는 귀엽고 앙증맞은 캐릭터들이 심하게 오버랩 되어 책에 몰입하기가 쉽지 않았다. 답답함과 동문서답의 대명사로 알려져 있는 사오정의 이미지를 깨기도 쉽지 않았다. 그럼에도 불구하고 역동적으로 펼쳐지는 내용 때문에 아주 재미있게 읽을 수 있었다. 무려 500여 년 전에 쓰인 작품이라는 사실을 믿기 어려울 만큼 문체는 발랄하고 힘이 넘쳤다. 입에서 입으로 전해 내려오던 이야기가 시대를 거치며 소설로 집약되었기 때문에 작품성과 대중성이 동시에 검증되었다고 말할 수 있다.

하지만 5세기 전의 고전에서 21세기식 교훈을 찾아낼 수 있을까? 이지나는 이 책에 담겨 있는 시대를 뛰어넘는 정서와 성찰을 발견해야 한다고 했다. 시대는 변했어노 여선히 유효한 인간관계와 권선징악의 미덕 등은 불멸의 교훈으로 남는다는 것이다. 온고지신의 지혜를 가득 담은 이 책은 고전문학의 진정한 묘미를 보여준다.

"어린 시절에 읽었던 《서유기》가 연출가로서의 상상력과 기묘함을 키우는 원천이 되어주었다고 생각합니다. 사실 《해리포터》보다 《서유기》가 훨씬 재미있습니다. 같은 동양인으로서의 보편적 사고와 정서 그리고 동양의 아름다움과 신비로움이 잘 드러나 있는 《서유기》는 《해리포터》보다 훨씬 더 깊고, 더 기묘하고, 더 철학적입니다. 이 책은 자기계발서나 에세이와는 달리 남다른 독특함을 선사할 겁니다."

《서유기》의 주인공들은 유난히 실수와 허점이 많다. 더디게 출발하고 중간에 넘어지기도 하고 뒤뚱거리기도 한다. 동물을 의인화했으며 동시에 인간적인 감성까지 깊이 있게 담아 재미를 더한다. 그래서 완벽한 캐릭터들만 등장하는 서양 판타지와는 다르다.

이지나는 이를 《서유기》의 또 다른 매력이라고 했다. 완벽하지 않은 주인공들이 등장하기 때문에 잔혹한 싸움과 투쟁도 해학적이고 가볍게 묘사된다. 등장인물들도 개성이 넘친다. 철학적이면서도 이성적인 삼장법사, 행동이 재빠른 손오공, 교활하고 귀여운 저팔계, 온화하고 조용한 사오정 등.

"저는 손오공이 좋아요. 항상 이기기 때문이지요. 저는 노력한 만큼 성과가 나는 걸 좋아하기 때문에 꾸준한 노력형보다 타고난 재능형을 동경해요. 나의 가장 비열한 면이 바로 승자에게 약한 성격이거든요."

우리는 누구나 승자에 약하고 약자에 강하다. 승자에 강하고 약자에 약해야 훌륭한 인물로 칭송받을 수 있겠지만 이는 지극히 어려운 일이다. 이를 입밖에 내기도 쉽지 않다.

그래서일까? 그녀의 진솔함 이면에 '재능을 갖춘 승자'가 되라는 묵시적인 충고가 담겨 있다고 생각했다.

교양과 지성은 돈으로도 살 수 없는 강력한 무기

"손오공의 여의봉을 가질 수 있다면 무엇을 하고 싶으세요?" 엉뚱한 질문에 이지나는 이렇게 말했다.

"대한민국 모두가 좋으면서 동시에 옳은 것을 볼 수 있는 혜안을 가지게 하고 싶어요. 나 하나 배부르기보다 국민들의 수준이 전체적으로 높아졌으면 합니다. 그 길이 바로 독서라고 생각해요."

그녀가 추천한 《서유기》는 앞에서도 이야기했듯이 3,000쪽이 넘는 방대한 서사이다. 그 끝에 도착한 자만이 이 책의 진정한 묘미를 만끽할 수 있다. 《서유기》에는 〈날아라 슈퍼보드〉에는 없는 기묘함과 독특함이 살아 있다. 《해리 포터》에는 없는 따스한 실수와 허점도 녹아 있다. 《반지의 제왕》에서는 찾아볼 수 없는 톡톡 튀는 캐릭터들이 걷고 뛰고 날아다닌다. 영화 〈트랜스포머〉에는 없는 동양적인 아름다움마저 담겨 있다. 다채롭게 펼쳐지는 만화경의 세계와 끊임없이 튀어나오는 상상력의 샘이 솟구치고 있다.

독서 예찬론자가 아닐까 싶을 정도로 독서를 강조하는 이지나. 책을 읽지 않는 20대가 너무 많기 때문에 그녀 역시 그 위험성을 실감하고 있는 것은 아닐까? 월 평균 독서량 0.8권, OECD 가입국 중 최하위, 한 달에 책 한 권도 읽지 않는 대학생이 10%, 한 권 이하로 읽는 대학생이 65%라는 지표는 바로 오늘날 대한민국 대학생의 까마득한 현실이다.

"독서는 세상을 보는 지혜를 길러주고, 상상력과 도덕심을 고양시키며, 나아가 인격을 완성시킵니다."

교양은 곧 인격이다. 오직 꾸준한 독서를 통해서만 교양을 쌓을 수 있다고 말하는 이지나. 교양과 지성은 돈으로도 살 수 없는 강력한 무기라고 말하는 그녀는 확신에 찬 목소리로 계속 독서를 강조했다.

영어 열풍이 아니라 대한민국에 반드시 불어야 하는 독서 열풍을 기대하며 그녀는 대한민국 20대에게 따끔하게 한마디 했다. 장 폴 사르트르의 《구토》가 아니라 두꺼운 토익 책을 자랑스럽게 들고 다니는 20대는 정말 반성해야 한다고 했다.

"독서야말로 당신의 미래를 결정지을 혜안을 길러줍니다." 이 말을 꼭 하고 싶었다는 이지나는 그러고보니 인터뷰 중에 끊임없이 일관된 메시지를 전달하고자 애썼던 것 같다. 오직 독서를 생활화하라는 그 한마디를.

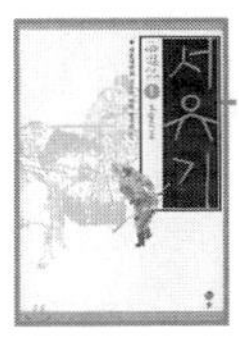

서유기 오승은

중국 명나라의 장편 신괴 소설. 삼장법사, 손오공, 저팔계, 사오정이 요괴들의 방해를 비롯한 기상천외의 고난을 이겨내고 마침내 목적지에 도착하여 부처가 된다는 줄거리를 가지고 있다. 손오공의 내력, 불전을 구하러 가는 일, 81난을 만나는 과정이 촘촘하게 엮어 있어 동양 최고의 판타지 소설로도 불린다.

드라마 PD **박성수**
《불의 기원》_에두아르도 갈레아노

야구 해설가 **마해영**
《그건 정말 트라이였어!》_기영노

영화 제작자 **차승재**
《적절한 균형》_로힌턴 미스트리

나와
세계를
#6
이어주는 책

학점보다 중요한 건
능력이잖아

_선우의성(숭실대)

1.

아침이 되어 눈을 떴다. 무의식적으로 영어가 흘러나오는 방송을 튼다. 아침은 항상 간단하게 먹는다. 그나마 먹을 수 있어서 다행이다. 아침을 여유롭게 먹는 것조차 내겐 사치이다.

학교로 가는 지하철 안에서는 신문과 책을 읽는다. 오늘자 신문을 다 읽어야만 한다는 강박관념이 나를 짓누른다.

가끔은 여유롭게 사색도 즐기며 등교하고 싶지만 나는 항상 나를 다그쳤다. 쉬는 시간이 생겨 과방에 앉아 있어도 여유롭게 쉬지 못했다.

"영어 듣기라도 하면서 쉬어야 하는 것 아닐까? 오늘자 신문을 다 읽지도 못했는데 신문이나 읽을까?"

나는 나를 계속 괴롭히고 있었다. 이건 고등학교 때와는 상황이 완전 달랐다. 인생이 걸린 문제이다보니 스스로를 괴롭히는 강도가 점점 심해졌다. 나는 스스로를 사랑하지 않는 내가 두려워지기 시작했다. 대학에 입학하고부터.

2.

아침이 되어 눈을 떴다. 일어나자마자 TV를 켠다. 중국어가 들린다. 여기는 중국이니까. 아침은 항상 푸짐하게 먹는다. 건강이 중요하기 때문이다. 학교 가는 길에 MP3 플레이어를 귀에 꽂고 중국어를 듣는다. 하지만 학교에 예쁜 꽃이 피었을 땐 이어폰을 빼고 꽃을 바라본다. 여러 가지 생각이 들면 그냥 생각을 한다. 모든 것이 자연스럽게 흘러가게 놔두는 법을 아주 조금은 배운 것 같다.

나는 지금 중국에 있다. 교환학생 프로그램으로 한 학기 동안 중국에서 공부하게 된 것이다. 한국에 있을 때 나는 항상 바쁘게 열심히 살고자 아등바등거렸다. 나 스스로도 열심히 사는 모습에 만족하곤 했다. 그래서 중국에 처음 왔을 때는 한국에서의 생활 습관을 버리지 못했다. 잠을 많이 자면 왠지 모를 죄책감에 시달렸고 집중이 되지 않아도 책을 손에서 내려놓을 수가 없었다.

하지만 많은 외국인 친구들을 만나면서 나는 조금씩 바뀌기 시작했다. 한 미국 친구는 'It doesn't matter.'라며 어떤 일을 시작하는 데 있어 늦은 건 없다고 내게 용기를 주었다.

그는 서른 살이라는 나이에 중국에 와서 새로운 시작을 준비하고 있었다. 나는 그 나이에 새로운 시작을 할 수 있을까? 내게는 불가능한 일인 것만 같았다. 서른 살이 넘어서까지 직업을 구하지 못하면 모든 것이 끝난다고만 생각해왔기 때문이다.

한 중국 친구는 이런 말을 했다.

"학점보다 중요한 것은 능력이잖아?"

이는 당연한 말이지만 나는 '정말' 당연하다는 그의 표정에 더 놀랐다. 사실 나도 한국에 있을 때 학점은 중요한 것이 아니라며 애써 태연한 척하려고 노력했었다. 하지만 그 당시 나의 표정과 지금 그의 표정은 전혀 다르다. 나는 진심으로 그렇게 생각했던 것은 아니었다.

3.

나는 세상 사람들이 정해놓은 나이와 학점 같은 가치에 스스로를 가두고 있었다. 그래서 매일 매 순간 초조했으며 그럴수록 나를 더 괴롭힐 수밖에 없었다. 하지만 내게 충고를 해준 그들은 달랐다. 내가 절대적인 가치라고 믿어왔던 것들을 그들은 대수롭지 않다고 생각하고 있었다.

그들의 가치는 지극히 개인적이지만 동시에 현실적이기도 했다. 대한민국 20대가 취업에만 목매달고 있을 때 그들은 다른 사고를 하며 다른 삶을 살고자 애썼던 것이다.

이곳에서 나는 겁쟁이였던 것이다. 진짜 원하는 나의 미래를 그리지도 못하는. 사실 나의 꿈은 기자이다. 그런데 나는 마케팅, 홍보대사 같은 활동들에만 몰두했었다. 기자를 꿈꾸면서도 '기자만 준비했다가 기자가 되지 못하면 어쩌지?'라는 생각을 동시에 해왔던 것이다. 그래서 나는 이것저것 모든 영역에 손대고 있었던 것이다. 뒤돌아보면 남은 것이 아무것도 없는데도 말이다. 이래서 나를 인정한다는 것이 그렇게 두렵고도 힘든 일인가보다.

'출판 프로젝트'를 진행하면서 난 박성수, 마해영, 차승재의 이야기를 따르고 싶다고 생각만 했을 뿐 전혀 공감하지 못했던 것은 아닌가 싶다. 그분들의 이야기를 듣고 있을 때는 그렇게 세상을 다 가질 수 있을 것 같았는데 현실의 나는 또다시 타협을 하고 있으니 말이다. 그분들이 주신 메시지는 한결같이 '자신을 인정하고 하고 싶은 일을 하라.'는 것이었는데 난 이제야 그걸 깨달은 것이다.

4.

아침이 되어 눈을 떴다. 창문 틈으로 들어오는 햇살이 너무 밝다. 그냥 좀 더 자 야겠다는 생각이 든다. 밤새 열심히 면접 준비를 했으니 내게도 짧은 시간이나마 여유를 줘야 하지 않겠는가?

이불을 다시 뒤집어쓴다. 이번에 떨어지면 다음번에 다시 하지, 뭐. 내 인생은 내가 개척해가는 건데 뭐가 고민이란 말인가. 세상이 다 내 건데 말이다.

마음이 한결 편해졌다. 새로운 나로 태어난 듯하여 기분이 좋아진다. 나는 이렇 게 살아가련다. 나다운 나를 찾으면서 말이다.

INTERVIEWER **선우의성**
숭실대 정보사회학과 4학년으로 현재 중국에서 공부 중이다. 미래에 대한 두려움과 자신감을 동시에 갖고 있지만, 주위 에서 엄친아 · 엄친딸들이 척척 취업하는 모습을 보면 어쩔 수 없이 초조해진다. 기자가 되고 싶어 이것저것 시도해보는 중이며 이번 중국 생활을 통해 내가 진짜 원하는 삶을 찾고자 한다.

네 멋대로 해라,
진짜로!

MBC 드라마 PD. 마이너적 감성으로 드라마 폐인 문화를 촉발시킨 〈네 멋대로 해라〉를 비롯하여 〈햇빛 속으로〉
〈맛있는 청혼〉 〈나는 달린다〉 〈떨리는 가슴〉 〈Dr. 깽〉 〈맨 땅에 헤딩〉 등을 연출했다.

2002년은 특별한 해였다. 대한민국은 '처음으로' 월드컵을 개최하여 '처음으로' 4강에 진출했다. 나는 '처음으로' 대학에 들어가서 '처음으로' 여자 친구를 사귀었다. '처음으로' 대통령 선거에서 소중한 한 표를 행사하기도 했다. 그리고 나는 '처음으로' 멋대로 하는 주인공 '고복수'가 등장하는 드라마 〈네 멋대로 해라〉를 만났다.

〈네 멋대로 해라〉는 폐인을 양산한 드라마였다. '드라마 폐인'이라는 단어도 이 드라마 때문에 만들어졌다. 대학에 입학해 '나도 이제 다 컸다.' 라고 생각할 때쯤 시작한 이 드라마를 보며 '나는 아직 덜 컸다.'라는 사실을 뼈저리게 깨달았다.

〈네멋대로 해라〉를 만든 박성수는 대한민국에서 손꼽히는 스타 PD이다. 〈네 멋대로 해라〉〈Dr. 깽〉〈햇빛 속으로〉〈맛있는 청혼〉〈나는 달린다〉 등을 연출하며 자기만의 색깔을 명확하게 갖춘 PD이기도 하다. 또한 작품마다 신인들을 캐스팅하여 그들을 스타로 만든 장본인이기도 하다. 장혁, 손예진, 권상우, 소지섭, 지성, 에릭, 유노윤호, 김강우 등이 그의 드라마를 통해 빛을 뿜어냈다. 그런 그를 나른한 평일 낮 홍대의 한 커피숍에서 만났다.

파란만장한 20대를 겪은 것은 행운이다

박성수에게 20대는 아주 긴 시간이었다고 한다. '아주 긴'이라는 단어를 유독 길고 천천히 발음하던 박성수. '10년이 30년같이 느껴질 정도'로 아주 길었던 그의 20대는 1979년 10월 26일 대통령을 향해 날아간 정보부장의 탄환에서 시작됐다. 12·12사태, 5·18민주화운동, 6월항쟁, 86 아시안게임, 88 올림픽 등 한국사회의 격동기가 그의 20대였다.

피 끓는 청춘기에 시간은 더디 가는 법이다. 청춘이라는 황금시대와 엄청난 사건들이 교직했기 때문에 박성수는 20대가 아주 길게 느껴졌다고 한다. '교문 앞 전경버스, 긴장된 캠퍼스, 대자보, 스크럼, 최루탄과 투석전, 휴교령, 연애시(戀愛詩), 풋고추 안주에 소주'로 4년을 지냈다. 그는 제대로 된 운동권은 아니었지만 4학년 2학기까지 집회와 시위에 빠지지 않았다. '학우'들이 민주주의를 외치고 잡혀가는데 중앙도서관에 처박혀 〈이재옥 토플〉을 들여다볼 수 없었기 때문이란다. 공공의 이슈에 대한 관심과 참여가 개인적인 행위에 앞섰던 게 그 시절 청년정신의 하나였다고 말한다.

대학 졸업은 새로운 시련의 시작이었다. 그는 취직시험에서 수없이 떨어지며 1년간 백수로 지냈다. '이 사회가 날 받아주지 않는구나. 야채행상을 해볼까?' 하는 생각으로 리어카 가격을 알아보기도 했다.

그의 20대는 개인사, 사회사가 뒤엉킨 파란만장한 시기였다. 그러나 그는 그때를 오히려 행운의 시기였다고 말한다. "파란만장한 20대를 겪었기에 삶의 다양한 가능성을 체험했지요."

넌 얼마짜리니?

격동의 20대를 보낸 박성수의 눈에 지금의 20대는 어떻게 비춰질까? "그들의 장점을 더 발견하고 싶다."라고 말하는 그의 눈에 대한민국 20대는 단점이 더 많은가보다. 약간은 섭섭했지만 그의 지적에 고개를 끄덕일 수밖에 없었다.

그는 자기만의 생존, 군중 속의 고독, 소외, 원자화 등의 단어로 20대를 설명했다. 그러면서 지금의 20대는 역사상 자기주장이 가장 약한 세대일지도 모른다고 했다. 스펙에만 몰두할 뿐이니 힘을 모으지 못하고 원자화되어가고 있다는 것이다. 대표적인 예가 등록금 문제이다. 대한민국 대학생들과 학부모들은 물가 상승률을 완벽하게 무시한 최악의 등록금 인상률을 경험하고 있다. 그런데 박성수는 20대가 아무런 대응을 하지 않는 것을 보며 의아하다고 했다. 물건은 최저가로 사면서 등록금은 왜 남의 일 보듯 신경 쓰지 않는 것일까? 박성수가 20대만 탓하지는 않았다. 기성 사회가 '넌 얼마짜리니?'라고 20대를 윽박지르며 소수만의 생존을 강요하기 때문이라는 것이다.

20대 때 독서는 박성수에게 무엇이었을까? "지금도 그렇지만, 그때도 책 읽는 시간이 제일 맛있는 시간이었죠. 천국이 있다면 도서관일 거라는 보르헤스의 말에 전적으로 공감합니다. 드라마를 기획할 때에도 주로 시립도서관에서 놀지요."

오늘날 20대는 극한 경쟁에 매달려 있기 때문에 책 한 권을 읽을 시간이 부족하다. 독서보다 오히려 토익 문제집을 한 권 더 풀어야 경쟁자들을 이길 수 있다. 박성수는 오늘보다 내일을 더 걱정한다. "청년들이 인문학 책을 읽지 않는다면 이 사회에 미래가 있을까요? 독서하지 않는 청년들이 이 사회 구성원 다수를 불행하게 만드는 공동체의 문제들에 다가갈 수 있을까요?"

"독서를 하지 않으면 스스로 인권을 포기한다는 뜻입니다."라고 박성수는 주장한다. 사람은 책에서 스승도 발견하고 공감과 위로도 얻는다. 그러면서 그는 '독자가 저자다.'라고 말했다. 책을 읽으면 내 생각을 함께 담기 때문에 자신의 감정과 인생을 책 속에 집어넣게 된다. 읽는 행위 자체에 현재의 생각, 기분, 철학이 모두 들어가게 되어 저자가 의도하지 못한 새로운 차원으로 읽혀진다는 것이다. 똑같은 책이라도 읽을 때마다 느낌이 달라지는 것은 시간이 흐름에 따라 사람이 변하기 때문이다.

책을 읽으면 내적인 성장을 경험하게 되고 세상에 대한 두려움도 극복하게 된다. 이는 고통스럽고 힘든 이 세상에서 기댈 수 있는 거인이 바로 책이라는 의미이다. 그러면서 그는 나에게 따끔하게 충고했다. "거인의 어깨가 있는데 왜 올라타지 않는 거죠? 왜 듣고 나면 외로워지는 MP3만 끼고 살아요?"

20대 마이너를 사랑하는 이유

박성수의 드라마에는 한결같이 20대가 주인공이다. 〈네 멋대로 해라〉의 고복수, 〈Dr. 깽〉의 강달고, 〈나는 달린다〉의 신무철까지 모두 20대이다. "직업, 사랑, 삶의 목표 때문에 방황하고 결정짓는 게 20대이기 때문에 드라마 주인공 감으로도 가장 드라마틱하다."는 것이 박성수의 생각이다.

그는 드라마를 통해 20대에게 '~해도 되지 않겠니?'라고 조언하고 싶었다. 그래서 드라마 속 고복수와 신무철에게 더 많은 고통을 안겨주려고 애썼다. 고통이 클수록 희망과 보람도 더 커지기 때문이다. 결국 그가 연출하는 드라마의 주제는 '젊은이여, 한번 부딪혀보자.'이지 않을까?

박성수가 연출하는 드라마 속 주인공들은 20대이면서 동시에 마이너이다. 그가 마이너의 삶을 그리는 이유는 두 가지이다. 첫째, 그 자신이 도시 빈민 출신이기 때문에 마이너에게 감정이입하기가 쉬웠다. 그들의 고통을 자신의 고통으로 느낄 수 있었다. 한 손엔 리얼리즘을, 다른 손에 휴머니즘을 가지고 그들에게 다가갔다.

둘째, 드라마적 요소 때문이다. 서로 다른 사회 배경을 가진 젊은 남녀의 사랑을 풀어내는 박성수. 그는 서로 다르기 때문에 생기는 갈등을 중심축으로 드라마의 밀도를 높여 관객을 사로잡는 일은 셰익스피어 이래 드라마의 기본이라고 설명했다.

드라마 〈네 멋대로 해라〉는 언뜻 보아선 기존 드라마의 관습을 그대로 따르는 것처럼 보인다. 불치병, 장애를 극복한 사랑, 삼각관계까지 등장하기 때문이다. 그러나 〈네 멋대로 해라〉는 관습에 대한 기대를 발로 차버리는 쾌락을 숨기고 있다. 기존 드라마에서는 주인공이 불치병에 걸리면 눈물 속에 삶의 마지막을 준비한다. 그러나 이 드라마 속 고복수는 죽음 앞에서 오히려 더 인간적으로 살려고 노력한다. 새로운 사랑을 시작하고 직업적인 성취를 맛보기 위해 애쓴다. "시한부 선고를 받고 나서 자신이 보이기 시작한 거죠. 그러고 나니 자신을 둘러싼 다른 사람들과 세상도 보이기 시작했던 겁니다. 고복수의 본성이 돌아온 것뿐입니다." '인생을 왜 낭비했지?'라는 물음이 고복수를 제대로 살 수 있게 만들었던 것이다.

박성수는 어느 날 불치병에 걸린 사람을 다룬 다큐멘터리를 보았다. 다큐멘터리 속 주인공은 혼자 있을 때 웃는 연습을 하고 있었다. 그 장면을 보며 울컥했던 박성수는 생각했다. "계속 그러면 가짜 아냐? 왜 울면 안 돼? 네가 하고 싶은 대로 해봐. 넌 우주적 존재니까. 우선 마음부터 먹어봐! 네가 얼마나 멋있는 놈인지 한 번 보여주고 죽는 거야!" 그래서 드라마 제목도 〈네 멋대로 해라〉로 지은 것이다. 그는 우리에게 이야기한다. "인생을 낭비하지 마세요. 당신은 우주적 존재이기 때문에 절대로 후지지 않습니다. 그러니 멋대로 한 번 해보는 겁니다."

역사의 가치를 돌아보게 하는 책
《불의 기억》

《불의 기억》은 라틴 문학을 대표하는 비판적 지식인인 에두아르도 갈레아노의 작품이다. 라틴아메리카의 역사를 세 권에 나누어 담았다. 1권인 〈단생〉은 태초부터 1700년까지의 이야기를 다룬다. 2권인 〈얼굴과 가면〉은 18~19세기의 이야기를, 3부인 〈바람의 세기〉는 1984년까지의 이야기를 다루고 있다. 《불의 기억》은 하층민, 피정복자의 시선으로 역사를 되살려낸다.

책의 머리말에서 저자는 이렇게 밝히고 있다.

'나는 객관적인 글을 쓰려고 노력하지 않았다. 그런 글은 원하지도 않았으

며 또한 불가능했다. 냉정한 거리를 유지할
수 없었기 때문에 차라리 편을 들었다. 그
러나 후회는 없다. 이야기 하나하나는 확실
한 문헌 자료에 근거를 두고 있으며, 비록
이야기는 내 방식대로 풀어냈지만 모두 실
제 일어났던 일이다.'

《불의 기억》은 작가가 자신의 목소리로
재구성해낸 또 하나의 역사서라 할 수 있
다. 이 책에는 다양한 장르가 혼합되어 있
으며, 에피소드는 독립적이며 완결돼 있다.

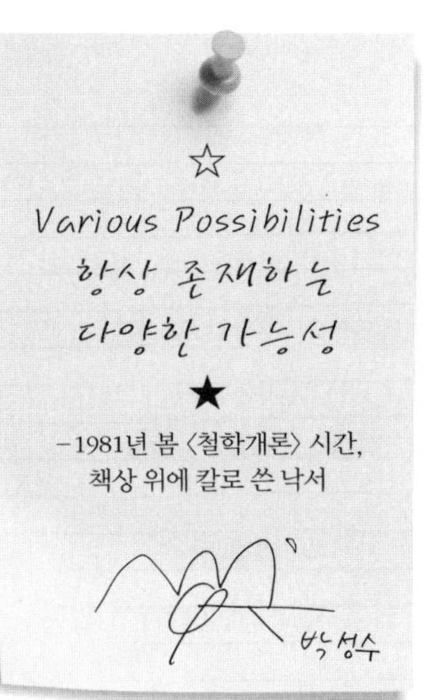

힘들어도 계속 걸어가는 인간의 위대함

박성수는 가장 기억에 남는 에피소드 세 개를 골랐다.

첫 번째 에피소드는 미겔 마르몰 이야기. 《불의 기억》에서 마르몰은 13번
이나 등장한다. 그는 약자의 권리를 옹호하는 싸움에 나섰다가 12번의 죽을
고비를 넘긴다. 그의 에피소드들은 왜 죽을 뻔했는지 묘사한 다음, '이렇게
해서 미겔 마르몰은 쉰여덟 살에 열한 번째로 다시 태어났다.'는 식으로 맺는
다. 죽을 고비를 넘기고 '다시 태어난' 후에도 또 목숨을 걸고 동지들을 모으
는 그가 《불의 기억》 전체 이야기의 주인공 감이라고 박성수는 생각한다. 그
는 어떤 고난 속에서도 결코 이상을 포기하지 않는다.

두 번째 에피소드는 상류층 여성과 가톨릭 신부의 사랑 이야기를 다룬 '연
인들'이다. 이들은 사랑의 도피를 감행하다 결국 붙잡힌다. 《불의 기억》은 담

담한 문체로 이 사건을 전한다. '용서를 빌면 구원받을 것이다. 임신한 카밀라는 참회하지 않는다. 라디슬라오도 그렇다. 족쇄가 그들의 발목을 죄고, 사제가 성수를 뿌린다. 눈가리개가 씌워지고 총이 불을 뿜는다.' 이는 '연인들'에 나오는 한 구절이다. 감정을 직접적으로 드러내지 않으면서, 용서를 빌지 않고 의지대로 행동한 연인들을 응원하는 문체의 깊이를 느낄 수 있다고 박성수는 이야기한다. 신분의 차이, 애절한 사랑, 도피와 추적, 장렬한 최후…. 요즘 대중들한테 인기를 끄는 드라마 같지 않느냐고 반문한다.

세 번째 에피소드는 칠레 대통령이었던 살바도르 아옌데의 이야기. 그는 십몇 년 전에 TV에서 봤다는 〈산티아고에 비가 내린다〉란 영화를 마치 어제 본 듯 들려준다. 피노체트의 쿠데타군에 포위된 대통령궁에서 아옌데는 마지막 라디오 연설을 한다. "나는 물러나지 않을 것이다. 우리가 칠레인의 고귀한 양심에 뿌린 씨앗은 결코 파괴되지 않을 것이다. 그들은 힘을 갖고 있다. 그들은 우리를 이길 수 있겠지만… 멈추게 할 수는 없다. 역사는 민중의 것이다." 그리고 장렬히 전사한다.

죽음이란 거짓이기 때문이다

'내 이 알을 깨뜨릴 것이다. 여자와 남자가 탄생하여 함께 살다 죽으리라. 그러나 다시 태어나리라. 태어나고 죽고 또 태어나리라. 이렇게 끊임없이 태어날지니, 죽음이란 거짓이기 때문이다.'

이 구절은 《불의 기억》 1권의 첫 에피소드인 〈창조〉 중 한 부분이다. 난 〈창조〉를 읽으면서 여기서 말하는 죽음의 의미가 궁금했다.

"〈창조〉에서 말하는 죽음이란, 기억으로 남는다면 죽어도 죽지 않는다는 의미가 아닐까요? 그래서 이 책의 제목이 《불의 기억》이라고 생각합니다."

고대 라틴아메리카의 문명은 자신들의 언어가 아닌 정복자의 언어로 전해져 내려온다. 정복자의 언어가 아니라 자신들의 기억 속에 남아 있다면 이들의 역사는 죽은 것이 아니다. 하지만 작가는 머리말에서 이렇게 밝히고 있다. '수세기에 걸쳐 라틴아메리카는 자원뿐만 아니라 기억도 강탈당했다. 라틴아메리카의 존재를 말살한 자들은 망각을 강요했다. 라틴아메리카의 공식적인 역사는 세탁소에서 방금 찾아온 제복을 입은 영웅들의 나열에 불과하다. 나는 작가로서 빼앗긴 아메리카의 기억, 특히 사랑이 경멸에 내몰린 땅 아메리카의 기억을 되찾는 데 일조하고 싶을 뿐이다.' 라틴아메리카의 기억이 오롯이 남아 있다면 그것은 '태어나고 죽고 또 태어날 것'이다.

내 땅에서 살아 숨 쉬어야 할 역사가 정복자에 의해 강탈당해 사라져버렸다면 이는 너무나도 슬픈 일이다. 라틴아메리카는 그 아픔을 지금까지 간직하고 있다는 것이 아닌가? 이 책을 읽다보니 일본에 나라를 빼앗겼던 일제시대가 떠올랐다. 수많은 독립 투사들이 나라를 뺏기지 않으려고 노력한 끝에 우리는 적어도 우리의 언어로 역사와 미래를 말하고 있지 않은가? 이 책은 내 나라의 역사를 뒤돌아보게 한다는 진정한 가치를 지니고 있었다. 박성수는 내 의견에 적극 동의했다. 《불의 기억》을 통해 한국 역사를 읽을 수 있다고!

박성수는 《불의 기억》을 읽을 때 〈저개발의 기억〉〈모터싸이클 다이어리〉〈중앙역〉〈일 포스티노〉〈해피투게더(왕가위 감독)〉〈미션〉〈칠레전투〉〈루시아〉 등의 영화 장면이 자주 떠올라 눈을 감고 상상해보았다고 한다. 마르케스의 소설 〈백년 동안의 고독〉〈콜레라 시대의 사랑〉, 보르헤스의 소설들, 네루다의 시들, 그들의 전기 등을 함께 읽으면 책이 보다 풍요롭게 읽힌다고 귀뜸

한다. 그는 한 가지를 더 했다.

《불의 기억》을 다 읽고 한동안 책상에서 일어나지 못하던 박성수는 배낭에 짐을 꾸리기 시작했다. 떠났다, 라틴아메리카로. 한 달 넘게 《불의 기억》, 그 장소들을 돌아다녔다. 쿠스코 아르마스 광장, 마추픽추 산정, 산티아고와 라파스 부에노스아이레스의 대통령궁들, 네루다의 집…. 이런 곳에선 유난히 몇 시간씩 어슬렁거리며 《불의 기억》을 다시 기억해내려 했다. 관광객이 득시글한 광장에서 조악한 토산품을 파는 가난한 인디오들… 라틴아메리카에서 만난 사람들 중 누구도 과거의 역사를 말하지 않는다. 오직 오늘의 '돈'만 바라본다. 《불의 기억》은 계속 진행 중이다.

남들도 잘 살 수 있게 노력하라

인터뷰를 하기 이틀 전 박성수는 대형 교통사고를 당했다. 그가 운전하던 차가 빙판에 미끄러지며 전복되어 폐차시켰다고 한다. 그러니 이 인터뷰는 '신이 도운 인터뷰'였다. 그는 사고 후 깨달은 바가 있었다. 죽음이 관념이 아닌 현실로 다가왔다는 것이다. '죽지 말자. 가족과 친구를 위해 죽지 말자. 그렇다면 살아 있더라도 잘 살자. 이왕 살 거라면 여럿이 잘 살 수 있게 노력하자.' 그는 전복된 차 안에서 이렇게 되뇌었다고 한다.

그는 사고 직후라서 외상후 스트레스를 겪고 있는지도 모른다고 말했다. 그래서 질문을 던질 때마다 심히 죄송했다. 하지만 '20대에게 하고 싶은 한

마디'는 꼭 부탁해야 했다. 가볍게 질문을 던졌다. 그랬더니 그는 오랜 시간 침묵에 빠졌다.

"사실 20대에게 무슨 말을 하기가 부끄럽습니다. 에릭 홉스봄이 그랬죠. '자유와 정의라는 이상 없이, 자유와 정의를 위해 생명을 바친 사람들 없이 인류가 어떻게 살아갈 수 있는가?' 나는 20대 때 어떤 결심을 하기도 했었습니다. 이상을 실현하겠다고요. 그런데 지금의 현실이 이상과 다르니 나 자신이 부끄러워집니다. 여러분에게 말할 자격이 있는지도 모르겠고요."

이런 말을 드라마 촬영 중 양동근에게도 했다고 한다. 그러자 양동근은 이렇게 답했다고 한다. '감독님은 드라마를 통해 보여주고 있으니 된 거죠. 그 누구도 하지 못하는 일을 감독님은 하고 있습니다.' 내가 하고 싶은 말을 양동근이 먼저 해버렸다. 난 그에게 뭐라고 말해야 할까? 한참을 고민하다가 그에게 말했다. "그냥 지금처럼만 해주세요. 지금도 충분합니다." 그는 고개를 크게 저었다. "많이 부족하죠. 연습 엄청 했으니까 다음엔 정말 잘 해볼랍니다."

불의 기억 에두아르도 갈레아노

라틴아메리카의 고대부터 현대까지를의 역사를 다룬 3부작. 콜롬버스, 코르테스와 같은 신세계 정복자들의 총칼에 짓눌린 원주민들의 삶과 투쟁을 좇아가며 아프리카에서 끌려온 노예들의 절규를 담고 있다. 독재 하에서도 희망을 포기하지 않은 라틴아메리카인들의 생생한 삶을 느낄 수 있다.

힘을 길러라,
소신대로 살고 싶다면

롯데 자이언츠에서 프로 야구선수 생활을 시작했다. 2002년 한국시리즈 MVP, 골든글러브 지명타자, 2008년 프로야구 올스타전 선수회상을 수상하며 최고의 야구선수로 활동했다. 은퇴 후 야구 전문 해설가, 대경대 스포츠건강과학과 겸임교수로 재직 중이다. 선수 시절 하지 못했던 이야기를 에세이 《마해영의 야구본색》에 솔직하게 담아냈다.

사람들은 야구를 '인생의 축소판' 이라 부른다. 야구에는 희로애락이 모두 담겨 있기 때문이다. 그래서 야구선수들은 수많은 희로애락을 경기장 안팎에서 경험한다. 그중 내가 만난 이 선수만큼 야구의 희로애락을 느낀 선수가 있을까? 그는 프로에 데뷔하자마자 4번 타자를 꿰차고 한국시리즈에서 결승 홈런을 치며 팀을 우승으로 이끌었다. 또한 프로야구선수협의회(이하 선수협) 파동으로 다른 팀에 트레이드 당하기도 했다. 은퇴 후에는 해야 할 말은 하겠다며 작정하고 쓴 책 《마해영의 야구본색》으로 옛 동료에게 '쓸데없는 짓'을 한다는 이야기를 들어야만 했다. 그럼에도 불구하고 그는 '할 말은 하고 살고 싶다.'고 했다.

내가 인터뷰한 야구 선수는 바로 마해영이다. 어릴 적부터 '마포 마해영'은 나의 우상이었다. 인천에 살면서도 롯데를 응원했던 것은 오직 마해영 때문이었다. 그는 현재 고려대 대학원에서 체육학을 전공하고 있다. 대부분의 선수들과는 조금 다른 길을 가고 있는 것이다. 프로야구 선수들은 은퇴하고 나면 어려운 상황에 처하게 된다. 코치가 될 확률은 희박하니 대부분은 연수를 다녀와서 지도자의 길을 모색하거나 아마추어의 길을 선택한다. 프로에서 은퇴하거나 방출되는 선수가 한 해에 100명이 넘는데 이들을 위한 자리는 한정되어 있기 때문이다.

마해영은 은퇴 후 지도자의 길을 걷는 선배들이 부럽지 않았다고 한다. 그 길이 너무나 힘들고 어렵다는 것을 알기 때문이다. 그는 선수 때부터 대학원에 다녔다. 부인이 대학원 진학을 권했기 때문이다. 그는 박사 과정까지 마쳐 교수가 되고 싶다고 했다.

평일 낮 고려대에서 마해영을 만났다. 잔디밭 중간에 서 있던 그의 모습은 어릴 적 나의 우상 그대로였다. 마해영은 인터뷰 장소로 벤치를 권했다. 털털한 그의 모습은 경직되어 있던 나를 편안하게 만들어주었다. 공강 시간에 학교 벤치에서 만난 우리는 친구처럼 대화를 이어갔다.

영원히 '선수'로 불리고픈 마해영

인터뷰를 하기 진 그를 어떻게 불러야 할지 고민했었다. 당시 그는 스포츠 채널 엑스포츠의 야구 해설위원으로 활동하고 있었다. 그래서 해설위원님으로 부르기로 결정하고 있었다. 그도 그것을 제일 편하게 여기리라 생각했던 것이다. 인터뷰를 시작하기 전 그에게 어떤 호칭이 편한지 물어보았다. 그랬더니 의외의 답이 돌아왔다.

"지금은 선수가 아니지만 선수라고 불러주는 것이 가장 고맙고 편합니다."

그는 '선수'로서 자신을 기억해주길 바라고 있었다. 또한 아직도 자신을 선수로 기억해주는 사람들이 너무나 고맙다고 했다. 이 말을 듣고 '평생을 야구 선수로 살아온 그에게 있어 야구의 의미란 무엇일까?' 하는 생각이 들었다. 이때부터 나의 인터뷰를 관통하는 하나의 질문은 '당신에게 야구란 무엇인가?'였다.

마해영에게 '현역 시절 최고의 순간'에 대해 물어보았다. 사실 이 질문에 대한 답은 뻔하다고 생각하고 있었다. 2002년 한국시리즈에서 마해영 선수는 끝내기 홈런을 쳤다. 그의 홈런으로 삼성은 첫 우승을 경험했다. 당시 삼성으로의 이적은 선수협 활동으로 인한 강제적인 면이 있었다. 그래서 삼성에서의 성공은 몇 배나 더 그를 기쁘게 했을 것이다. 게다가 짜릿한 결승 홈런이었으니 말이다.

그런데 그는 고민하기 시작했다. 야구 인생 최고의 순간을 하나만 뽑기란 그에게 너무나 어려운 일이었다. 결국 그는 세 가지 순간을 추려서 말해주었다. 하나는 역시나 '2002년 한국시리즈 끝내기 홈런'이었고 다른 하나는 '신인 시절'이었다. 그러나 그가 가장 긴 시간을 할애해서 이야기한 순간은 따로 있었다. "99년도는 타격 1위에 오른 해이기도 합니다. 그런데 그해 한국시리즈는 별로 기억나지 않습니다." 한국시리즈가 기억나지 않는다면 무엇이 기억에 남는다는 것일까? 그의 대답은 놀랍게도 삼성과의 플레이오프였다.

당시 그의 소속팀이었던 롯데는 삼성과 7차전까지 1점 차의 접전을 벌이고 있었다. 결국 롯데가 4승 3패로 한국시리즈에 진출했다. 그런데 그렇게 어렵게 오른 한국시리즈가 그의 기억에는 별로 남아 있지 않다고 한다. 한국시리즈에 진출했을 때는 모든 힘을 다 써버린 상태였기 때문이란다. 이렇게 말하는 그의 표정에는 최선을 다했다는 만족감과 함께 결국 지고 말았다는 아쉬움이 교차하고 있었다.

문득 만화 〈슬램덩크〉의 명승부가 생각났다. 마해영의 표현대로 〈슬램덩크〉의 북산과 현실 롯데는 모두 피 말리는 혈투를 치렀다. 그러나 힘을 다 써버린 북산과 롯데는 그렇게 패할 수밖에 없었다. 많은 사람들이 북산과 산왕의 혈투를 기억하는 것처럼 마해영에게는 그해 삼성과의 혈투가 그랬다. 강백호의 심정도 마해영과 같았을까?

20대가 하지 않으면 안 되는 일

마해영은 현역 시절 선수협의 부회장을 맡아 선수협 결성에 주도적으로 참여했다. 당시 막 20대를 보낸 그는 스타였다. 자신의 이익만 생각한다면 가만히 있는 편이 나았을 것이다. 그래도 그는 자신의 불이익을 무릅쓰고 옳다고 생각하는 것을 행동에 옮겼다. 이런 그에게 "20대가 하지 않으면 안 되는 일은 무엇인가?"라고 물었다. "글쎄요. 제가 그렇게 했다고 해서 젊은 세대에게 나처럼 하라고 말하기는 힘든 것 같아요." 의외의 대답이었다. 이처럼 마해영과의 인터뷰는 처음부터 '의외'의 연속이었다.

오늘날 사회의 불의에 맞서 할 말을 하는 20대는 줄어들고 있다. 우리는 '당장 내가 어떻게 살아갈 것인가?'부터 걱정한다. 20대에게는 '우리'보다 '나'가 더 익숙하기 때문이다. 그래서 그가 20대에게 따가운 일침을 가할 거라 생각했다.

"할 말을 할지 말지 고민하는 것보다 자신을 키우는 것이 더 중요합니다."

그는 자기계발을 강조했다. 그가 말하는 자기계발은 요즘 유행하는 자기계발서에서 하는 말과는 조금 달랐다. 그는 '힘을 기르라.'고 했다. 힘이 없다면 소신대로 살아갈 수가 없기 때문이다. 그리고 돈의 유혹에도 흔들리지 않고 살아갈 수 있다면 준비를 잘한 것이라고 덧붙였다.

마해영의 말이 더욱 와 닿았던 이유는 자기의 소신을 행동에 옮겼기 때문이다. 그는 자신이 스타였기에 선수협 활동에 앞장섰다고 한다. 자신은 잃는다 해도 다시 시작할 수 있지만 선수들 대부분은 모든 것을 잃을 수 있기 때문이었다.

내가 만약 마해영과 같은 위치에 있었다면 어떤 선택을 했을까? 나라면 아무리 스타의 위치에 있다 해도 내 것을 버리지 못했을 것이다. 나는 아직 자신을 제대로 키우지 못했기 때문일 것이다. 마해영은 힘을 길러 소신대로 살았고 돈의 유혹에도 흔들리지 않았다. 우리는 그와 같은 선택을 할 수 있을까?

할 말은 하는 용기

마해영은 2009년 5월 《마해영의 야구본색》이라는 책을 출간했다. 이 책은 오랜 선수 생활 동안 느낀 사실들을 솔직하게 풀어낸 책이었다. 이 책에서 보여준 '솔직함'은 당시 파장을 불러 일으켰다. 가장 논란을 일으켰던 부분은 '스테로이드 복용'과 '사인 훔치기'였다. 그동안 누구도 입 밖에 꺼내지 않았던 이야기들을 그는 솔직히 써 내려갔다.

그에게 《마해영의 야구본색》을 집필한 이유를 물었다. "제가 가장 하고 싶은 이야기가 바로 이것입니다." 마해영은 유독 이 부분에서 힘주어 이야기했다. 기자들을 만나 인터뷰를 한 후 기사를 보면 자신이 하고자 했던 이야기와는 다른 글이 실린다는 것이다. 그래서 '직접 책을 써서 하고 싶었던 이야기를 다 하자.'는 생각으로 책을 쓰게 되었던 것이다.

그는 이 책으로 많은 곤혹을 치렀다. 동료였던 옛 선배로부터 쓸데없는 짓 한다는 이야기를 들었으며 언론의 질타를 받아야만 했다. 이 정도면 혹시라도 '책을 쓴 것에 대해 후회하지 않을까?'라고 생각했지만 그는 당당하게 말했다. "지금 생각해보아도 조금 시끄럽기는 했지만 솔직히 잘했다는 생각이 듭니다."

그는 스스로를 조금 특이한 사람이라고 표현했다. 이는 '잘못된 것은 잘못되었다.'고 말해야만 하는 자신의 성격을 두고 한 말이었다. 하지만 내가 만난 그는 특이한 사람이 아니라 '진짜 사나이'였다.

진심을 담아 읽게 만드는 책
《그건 정말 트라이였어!》

마해영은 《그건 정말 트라이였어!》라는 책을 20대에게 추천했다. 다양한 종목에서 활동하는 전 세계 스포츠 선수들의 이야기를 담은 책이었다.

1936년 베를린올림픽에서 아리안족(인도유럽 어족에 딸린 인종을 통틀어 이르는 말)의 우수성을 전 세계에 알리려던 히틀러를 당황케 했던 육상 4관왕 제시 오언스, 자진해서 벌타를 받고도 우승을 차지한 골프 선수 마크 윌슨, 수영 마라톤에 도전한 외다리 수영 선수 뒤투아, K-1에서 활약하고 있는 외팔이 격투기 선수 최재식, 나누는 삶을 살다 간 메이저리그 선수인 로베르토 클레

멘터와 같은 스포츠 선수들의 이야기가 감
동적으로 펼쳐진다.

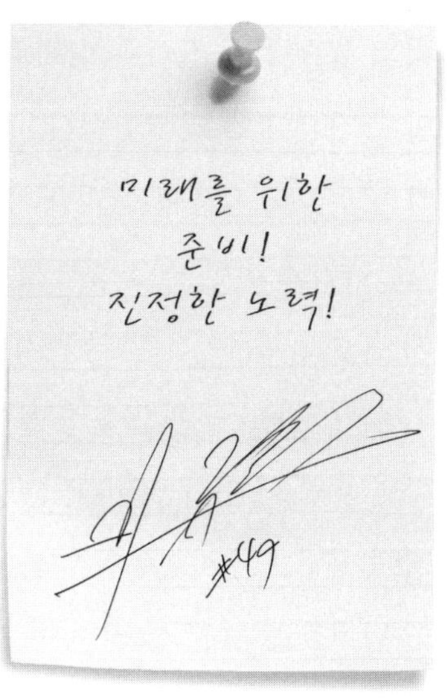

그렇다면 마해영은 왜 이 책을 추천했을
까? 스포츠의 감동, 신화, 교훈이 될 만한
이야기들이 많이 담겨 있기 때문이다. 재
미로 읽기보다는 생각하게 만드는 이야깃
거리들이 담겨 있어 이 책을 추천했다는
마해영. 그는 박세리, 박찬호가 등장하고
이들이 국위 선양을 하면서 스포츠 선수를
바라보는 국민의 눈이 조금씩 바뀌기 시작
했다며 그들의 삶을 좀 더 관심 있게 봐주기를 부탁했다.

"스포츠는 그 어떤 분야보다도 깨끗하고 공정합니다."라고 말하는 마해영.
이를 반대로 생각해보면 스포츠의 감동은 깨끗하고 공정해야만 나올 수 있다
는 뜻이기도 하다. 스포츠의 감동을 함께 느끼고 싶어 20대에게 추천했다고
말하면서 그는 감동과 재미 이전에 '공정함과 깨끗함'을 먼저 전하고 싶다는
말도 덧붙였다.

그건 정말 홈런이었어

이 책의 제목에 나오는 '트라이'는 럭비 용어로, 상대의 골라인 안에 골을
집어넣어서 5점을 얻는 것을 말한다. 럭비에는 전설처럼 내려오는 이야기가
있다고 한다. 뉴질랜드 명문 럭비 팀인 올 블랙스 출신의 한 선수가 숨을 거두
기 직전 담당 주치의에게 이런 이야기를 했다고 한다. '당시 저는 분명 트라

이를 했습니다. 심판은 인정하지 않았지만 심판의 판정은 신성합니다. 하지만 그건 정말 트라이였습니다.' 럭비 선수들은 경기가 끝나면 치열하게 싸웠다 하더라도 승패에 이의를 제기하지 않고 모두 하나가 되어 우정을 나누는 '노 사이드 정신'을 소중하게 생각한다. 그 선수도 노 사이드 정신을 신성하게 여겼기 때문에 심판의 판정에 순순히 따랐던 것이다.

하지만 내가 넣은 골을 노골이라 선언하고 내가 친 홈런을 파울이라 선언한다면 분명 화가 날 것이다. 그렇다면 마해영은 현역 시절에 심판의 잘못된 판정에 어떻게 대처했을까? "심판도 사람입니다. 고의성만 없다면 저는 이해하고 넘어갔습니다." 그러면서 그는 재미있는 이야기를 해주었다.

마해영은 선수 시절 약 다섯 개의 홈런을 심판의 잘못된 판정으로 놓쳤다고 한다. 하지만 그 역시 노 사이드 정신을 발휘해 심판에게 항의하지 않았다. 그리고 이제야 그 사실을 털어놓은 것이다. '그건 정말 홈런이었어!'라고 말이다. 그런데 반대로 한 개는 파울이었지만 심판의 잘못된 판정으로 홈런으로 기록되었다고 한다.

우리나라 학원 스포츠의 문제

《그건 정말 트라이였어!》에는 전설적인 스피드 스케이팅 선수인 에릭 하이든의 이야기가 나온다. 그는 1980년 레이크플래시드올림픽 전관왕에 올랐기 때문에 이 분야의 전설로 남아 있다. 스피드 스케이팅은 전문화되어 있기 때문에 단거리와 장거리를 모두 석권한다는 것은 불가능에 가까웠다. 그가 전설로 불리는 이유는 또 있는데 바로 전관왕이라는 신화를 달성한 이후 몰려드는 거액의 광고 제안들을 모두 거절했기 때문이다. 또한 그는 당시 의학도

였으며 현재는 의사로 근무하고 있다.

사실 대한민국 운동선수들은 운동에 인생의 전부를 건다. 공부와 운동을 병행하는 선수는 좀처럼 찾아보기 힘든 것이 사실이다. 공부는 하지 않고 운동에만 열중하던 선수들이 부상 등의 이유로 운동을 그만두면 인생의 실패자로 살아갈 수밖에 없는 이유는 바로 이 때문이다.

마해영은 이 점을 강력하게 비판했다. 그는 제도적인 보완이 시급하다고 했다. 평일에는 공부에 집중하게 하고 주요 대회는 주말로 돌리자는 것이다. 사실 운동이라는 것이 아침부터 저녁까지 쉬지 않고 한다고 해서 더 잘하는 것은 아니다. 수업 후에 연습해도 충분히 실력을 끌어올릴 수 있다. 그는 미국처럼 중학교 수업을 제대로 이수하지 못하면 고등학교 진학을 못 하게 하는 최저이수제를 도입하자고 주장했다. 그렇게 된다면 선수들이 공부와 운동을 병행할 수 있을 것이다. 이런 일말의 이야기를 들으며 '마해영을 국회로 보내야 하나?' 하는 엉뚱한 생각을 하게 되어 나도 모르게 피식 웃었다.

내 야구 인생의 스승은…

《그건 정말 트라이였어!》에는 다양한 스승들의 이야기도 나온다. 그중에서도 메이저리그 클리블랜드 인디언스의 외야수로 활약하고 있는 추신수 선수와 그의 스승인 고 조성옥 감독의 이야기가 유독 인상 깊었다. 고 조성옥 감독이 세상을 떠나던 날, 추신수는 경기를 앞두고 있었다. 당장 한국으로 달려가고 싶었지만 메이저리그에서의 성공이 스승의 은혜에 보답하는 것이라 생각하여 경기에 임했던 것이다. 그날 그는 5타수 4안타 7타점이라는 신들린 활약을 펼쳤다. 경기 후 인터뷰에서 추신수는 "조성옥 감독님은 저에게 아버지

같은 존재였습니다."라고 밝히며 그날 경기를 스승에게 바쳤다. 고 조성옥 감독은 박봉을 털어 제자들의 영양을 보충해주고 야구부 회비를 내주기도 했던 가슴 따뜻한 스승이었다.

추신수에게 조성옥 감독이라는 스승이 있던 것처럼 마해영에게도 그런 스승이 있었을까? 마해영은 "도움을 주신 분들이 워낙 많이 계시기 때문에 누구 한 분을 꼽기는 쉽지 않은 거 같네요."라고 운을 뗐다. "하지만 김용희 감독님이 제 야구 인생을 지켜주신 스승님이라고 분명 말할 수 있습니다."

김용희 감독은 마해영이 신인이던 시절 롯데 감독이었다. 그는 당시 신인이던 마해영을 4번 타자로 기용했고 그가 부진할 때도 믿음을 잃지 않았다. 마해영은 김용희 감독을 이렇게 기억하고 있었다. "김용희 감독님은 누구보다 청렴결백하신 분이셨습니다. 또한 주위 상황에 절대 흔들리거나 타협하지 않으셨지요. 소신을 굳게 지켜내고자 하셨기 때문에 구단과 마찰도 있었지만요."

모든 것을 걸 수 있는 '무엇'을 찾아라

마해영은 20대 시절 자신이 '왕'이라고 생각했다. 그때는 팬들의 사랑이 당연한 것이라고 생각했던 것이다. 하지만 30대에 접어들면서 야구에 대한 생각을 바꾸었고 팬의 의미도 깨달아갔다. 이때부터 그는 사인을 요청하는 팬에게 "고맙습니다."라는 말을 빼먹지 않았다고 한다. 30대 후반이 되면서는

'유니폼을 입고 있는 것 자체가 행복하다.'고 생각했다는 마해영. 그는 선수 생활 마지막까지 손에서 방망이를 놓지 않을 거라며 내 앞에서 다짐했다.

초겨울의 대학 벤치에서 마해영과 나는 오랜 친구처럼 다양한 이야기를 나눴다. 수많은 질문을 했지만 나의 질문은 결국 '당신에게 야구란 무엇인가?'였다. 그는 야구와 함께 나이를 먹고, 야구와 함께 성장해왔다. 그에게 야구란 모든 것이었다.

우리에게도 마해영의 야구처럼 평생 나이를 먹어가고 함께 성장해갈 수 있는 무엇인가가 있을까? '내가 정말 좋아하는 일이 무엇인가?'라는 질문을 스스로에게 던져본 적이 있는가? 그에 대한 답을 찾기 위해 치열하게 고민했던 적이 있는가?

마해영의 열정을 들으면서 '나는 어땠을까?'라고 생각해보았다. 사실 나는 '모든 것을 걸 수 있는 무엇'을 아직 찾지 못한 것 같다. 그러면서 마해영을 다시 한 번 쳐다보았다. '자신의 모든 것을 걸 수 있는 무언가를 가지고 있는 사람은 이렇게나 행복한 표정을 지을 수 있구나!' 우리는 지금, 그만큼 행복한 표정을 짓고 있을까?

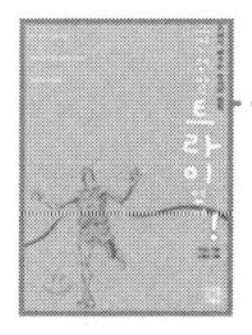

그건 정말 트라이였어! 기영노

30년 이상 스포츠 현장을 지켜온 1세대 스포츠저널리스트가 묶은 책. 스포츠 역사상 가장 위대한 일화 50가지가 실려 있어 진정한 스포츠 정신이 무엇인지 생생하게 진달한다. 꺾이지 않는 열정과 투혼으로 불가능을 가능으로 만드는 선수들의 굵은 땀방울의 의미를 되새기게 하는 책이다.

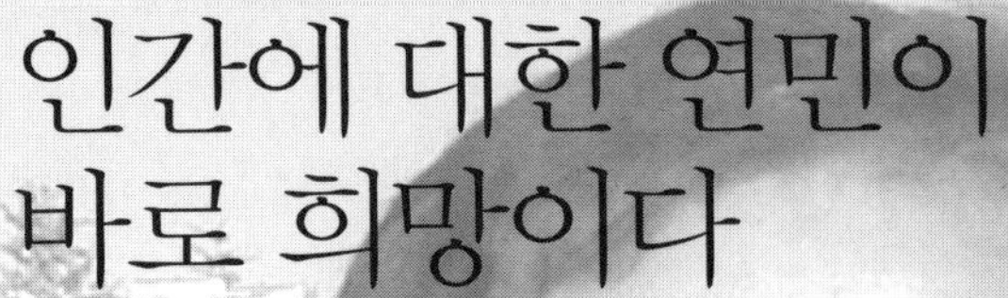

인간에 대한 연민이
바로 희망이다

난 어린 시절부터 영화를 좋아했다. 아니, 너무나도 사랑했다. 영화를 보며 울고 웃다 보면 날이 밝기 일쑤였다. 20살이 되면서 자연스럽게 영화기자를 꿈꾸기 시작했고 영화 잡지를 구독했다. 그때 자주 접한 이름이 있었으니 바로 영화 제작자인 차승재였다.

그는 '한국영화산업 파워 50인' 순위에서 2년 연속 1위에 올랐으며 한국 최고의 영화제작사인 싸이더스 FNH를 이끌었다. 한마디로 한국영화계의 정점에 서 있던 인물이다.

차승재는 소위 돈이 안 될 것 같은 영화와 신인 감독에게 과감하게 투자하는 모험도 주저하지 않았다. 〈8월의 크리스마스〉의 허진호 감독, 〈플란다스의 개〉의 봉준호 감독, 〈범죄의 재구성〉의 최동훈 감독 등 지금은 스타 감독인 이들을 데뷔시킨 장본인이 차승재이다. 이렇듯 자본의 논리와 창작자의 모습에서 절묘하게 줄타기를 해온 그의 진짜 모습이 궁금했다.

스펙의 기본은 자신이 누구인지 깨닫는 것이다

졸업식이 한창이던 동국대에서 차승재를 만났다. 제작자 차승재는 현재 싸이더스 FNH의 대표에서 '잠시' 물러나 동국대 영상대학원 원장으로 재직하고 있었다. 대학에 입학하면서 가장 만나고 싶었던 그는 내 머릿속에서 다양한 이미지로 그려져 있었다. 냉정한 사장의 이미지, 엄청난 마초의 이미지, 창조적이고 인간적인 이미지가 뒤엉켜 있었던 것이다. 그를 만나 머릿속에 뒤엉킨 이미지를 하나하나 풀어서 바로잡고 싶었다.

교수실에 들어서니 체 게바라 그림이 가장 먼저 눈에 들어왔다. 영국에서 직접 사 왔다는 그 그림은 크기로 사람을 압도했다. 그 다음으로 교수실의 70% 이상을 차지하는 책들이 눈에 들어왔다. 체 게바라의 혁명적인 이미지와 책의 지적인 이미지가 또다시 머릿속에서 뒤엉키고 있었다.

그에 대한 첫인상을 뒤로한 채 많은 학생들이 자연스럽게 학생운동에 참여했던 20대에 학생운동을 하지 않았다는 그의 이야기를 들으며 인터뷰를 시작했다. 정형화된 조직과 맹목적인 믿음이 그와는 맞지 않았던 것이다. 그는 자신의 20대를 '나' 중심의 개인적 생활이었다고 고백했다. 그러면서 비겁한 시절을 보낸 것은 아니었는지 스스로 반성한다고 했다. 조금 더 부딪히고 남을 위해 살 수 있지 않았을까, 하는 반성 말이다. 그러나, '나는 누구인가?'에 대한 해답을 찾아 고민하며 헤맸던 그때가 있었기에 지금의 삶을 지탱할 수 있었다며 후회는 없다고 그는 강조했다.

'나는 누구인가?'라는 질문은 차승재가 20대에게 해주고 싶은 가장 핵심적인 메시지였다. 지금의 20대는 자신을 찾고자 하는 근원적인 질문에는 소홀한 채 실용주의적인 사고방식만 추구한다며 따끔하게 충고하는 차승재. 흔히 말하는 스펙을 지적하며 그는 그에 대한 다른 시각을 보여주었다.

"한 인간이라는 관점에서 볼 때 스펙은 자신이 누구인지를 깨닫는 것입니다. 자기 존재에 대한 확신이 없으면 후회와 오류에 빠질 수밖에 없습니다."

오늘날 20대는 '안정'에만 열광한다. 안정적인 직장을 갖기 위해 모든 것을 건다. 그동안 나 자신도 안정을 추구하려고 스펙을 쌓고자 아등바등 살아왔다. 스펙을 쌓으려고 무슨 일이든 닥치는 대로 했던 것이다. 그런데 그동안 난 껍데기만을 쌓고 있었던 것은 아닐까? 우주보다 더 중요한 '나'를 찾으려는 노력은 전혀 하지 않은 채 말이다.

사업과 문화라는 두 줄 위에서 아슬아슬한 줄타기를 해온 차승재의 눈에 안정을 추구하려는 20대의 모습은 어떻게 비쳐질까?

"오늘날 20대가 추구하는 안정은 기존 사회 체제 안에서만 통하는 가치일 뿐입니다."

그의 말은 나에게 인식의 전환을 가져왔다. 경쟁적으로 안정을 추구했지만 그 안정이라는 것도 결국 기성 체제 내부에서만 통용될 뿐이다.

"기존 가치를 좇아서 성공을 이루어냈다면 그것은 내재적 희열을 뿜어내는 성공이 아니라 남들이 정해놓은 가치관 아래서 얻어낸 수동적 성공일 뿐입니다. 그러니 '잘할 수 있는 것'과 '좋아하는 것'을 찾아 좋아하는 것을 선택하십시오."

잘할 수 있는 것과 좋아하는 것 중 하나를 선택해야 한다는 것은 지난 몇 년간 풀지 못했던 나의 숙제였다. 그러나 차승재는 자신 있게 말했다.

"좋아하는 일을 하다보면 열심히 하게 되고 결국 잘하게 됩니다."

좋아하는 일을 찾기 위해서 나는 무엇을 해야 할까? 그는 '독서'라는 간결한 답변을 제시했다. 책 안에 사회를 들여다보는 길이 있다는 것이다. 책 한 권이 던져주는 질문에 고민하고 해답을 찾다보면 큰 길을 찾을 수 있다.

"책 한 권을 읽고 고민하는 것이 토익 점수 몇 점 올리는 것보다 훨씬 더 큰 가치를 지닙니다." 그의 한마디가 가슴에 비수처럼 꽂혔다.

차승재와 정우성의 공통점은?

대중문화평론가인 임범은 차승재가 교수 제의를 받았을 때, 창작하는 사람에게 강단은 무덤이라며 말렸다고 한다. 그러나 그는 교수 제의를 받아들였다. 생생한 현장 경험을 후배들에게 전하고 싶었기 때문이다.

"실제로 영화라는 '제품'을 만들어본 저 같은 사람이 강의하기란 쉽지 않습니다. 기회가 별로 없으니까요."

그는 제작자이다. 제작자에게 작품에 대한 창조적 아이디어를 요구하는 경우는 그다지 많지 않다. 대신 '창조'와 '산업' 사이에서 적절히 균형을 유지해야 한다. 만약 프로듀서 출신인 그가 교수로도 성공한다면 후배들 또한 교육계에 몸담을 수 있는 기회가 늘어날 것이고, 그렇게 되면 한국영화 산업에서 제작자층 또한 두꺼워질 것이다. 그는 장기적인 안목으로 교수직을 수락했던 것이다. 그리고 웃으며 한마디 덧붙였다.

"평생 강단에는 서지 않을 것 같던 아들이 교수가 된다니까 어머니께서 너무 좋아하셨습니다. 그래서 교수직을 수락한 것도 있지요."

영화를 사랑해서 영화를 만들고, 후배들에게 영화를 제대로 만들 수 있는 체계적인 기회를 알려주고자 교수직을 수락한 차승재는 어렸을 때부터 영화에 관심이 많았을까? 평생 영화를 만들고 싶다는 열정으로 보아선 영화 소년이 아니었을까 싶다. 그런데 의외로 그는 영화 소년이 아니라 문학 소년이었다. 고등학생 시절 그는 〈뿌리깊은나무〉〈현대문학〉〈문학사상〉 같은 문학잡지를 주로 읽었다고 한다.

"정우성 집안은 참 가난했어요. 그런데 우성이는 〈주말의 명화〉를 보면서 '나도 저렇게 멋지게 살아봐야지.' 하는 꿈을 꾸었다더군요. 저희 집도 참으로 가난했거든요. 하지만 전 우성이와 다르게 〈주말의 명화〉 대신 책을 읽었습니다. 〈소공녀〉〈키다리아저씨〉 등을 읽으며 현실과는 다른 세계를 경험했지요."

차승재와 정우성은 각각 책과 영화를 통해 현실 도피처를 찾았고, 도피가 중독이 되었으며, 중독이 꿈이 되어 지금에 이르렀다고 한다.

그의 교수실에 있는 책들을 둘러보았다. 제목에 '사(史)' 자가 붙어 있는 책들이 유난히 많았다. 그는 다양한 책을 좋아하지만 그중에서도 역사적 사실, 즉 다큐멘터리같이 사실적인 내용을 담은 책을 좋아한다. 역사는 순환되고 반복되는데 우리는 여전히 똑같은 오류를 반복하고 있다. 이러한 통사적인 진행을 깨닫게 되면 미래를 어느 정도 그려볼 수 있다고 차승재는 말했다.

영화는 삶을 뒤돌아보게 만든다

한국 현대 영화사에서 절대 빼놓을 수 없는 거장 차승재! 그는 새로운 시도로 한국영화계의 변화를 이끌어왔다. 그가 없었다면 봉준호, 최동훈, 허진호

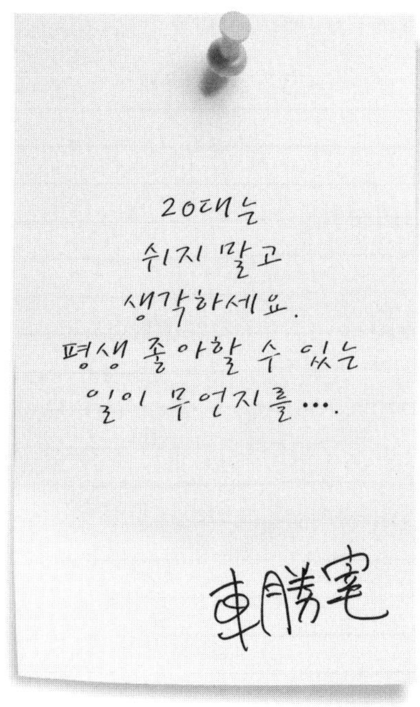

감독이 존재했을까?

그가 처음 영화판에 뛰어들었을 때는 한국영화가 산업화되기 이전이었다. 산업화가 이루어지고 자본의 논리가 침투하면서 차승재는 자본과 창작 사이에서 균형을 유지해야 했다. 자본의 논리에 따르면 좋은 영화, 좋지 않은 영화라는 구분이 사라진다. 단지 돈이 되는 영화, 돈이 되지 않는 영화가 존재할 뿐이다. 그러나 그는 단호하게 이야기한다.

"영화는 재미만 있다고 해서 전부가 아닙니다. 삶을 뒤돌아보게 하고 자신이 직면하고 있는 관계에 대해 생각할 수 있게 만들어야 합니다."

현실적인 어려움도 간과할 수 없다. 사실 자본의 논리에서 바라볼 때 차승재 표 영화는 쉽지 않다. 그래서 그는 자신의 영화가 '예술과 산업 사이를 오고가는 과도기적 제작 형태인가?'에 대해 고민하고 있다.

차승재 표 영화는 말 그대로 주류가 될 수 없다. 그러나 나는 그의 영화가 주류였으면 한다. 그가 제작한 영화를 통해 나는 실컷 웃기도 했으며 자기성찰의 기회도 가졌기 때문이다. 그래서 이렇게 말하고 싶다. "교수님께서 제작하신 영화를 볼 수 있어서 너무 행복합니다."

나와 남이 다름을 인정하는 책
《적절한 균형》

차승재는 책을 추천하며 미안해했다. 그러면서 은근 자랑스러워했다. "책이 많이 두꺼운데 괜찮겠어요? 원래 번역서는 잘 안 읽는 편인데 이 책은 꼭 추천하고 싶었습니다."

그를 파헤쳐보자는 욕구로 똘똘 뭉쳤던 내게 책의 두께는 문제가 아니었다. 그러나 서점에서 책을 사면서 참담한 기분이 들었다. 책은 무려 900쪽에 달했다. 책 무게만큼이나 내 가슴도 무거워졌다. 그러나 이게 웬걸? 나는 이 책을 3일 만에 다 읽었다. 시간이 어떻게 지나가는지 모를 정도로 말이다.

차승재가 추천한 《적절한 균형》은 인도 출신 작가인 로힌턴 미스트리의 소설이다. 그의 두 번째 장편소설인 이 작품은 '〈LA타임스〉 소설상', '길러상', '연영방 작가상' 등을 수상했다.

이 책의 줄거리는 이렇다. 불가촉천민인 삼촌 이시바와 조카 옴프라카시는 보다 나은 삶을 위해 재봉 기술을 배워 도시에 오게 된다. 이들은 남편을 일찍 여의고 혼자 삶을 꾸려가는 디나의 집에서 일을 하게 되고 여기에 파르시 가문의 대학생 마넥이 하숙을 하게 되면서 넷은 함께 살게 된다. 다양한 계급과 삶의 방식을 지닌 이들은 지속적으로 '적절한 균형'을 유지하고자 부단히 애쓴다. 이 책은 '적절한 균형'을 유지하려는 자와 이를 깨뜨리려는 자의 이야기를 담담하지만 슬프게 이야기한다.

앞에서도 이야기했듯이 차승재는 번역 소설을 잘 읽지 않는다고 한다. 소설은 문장과 서사가 중요한데 번역 소설에서는 서사는 느낄 수 있지만 문장은 느낄 수 없기 때문이라는 것이다. 그럼에도 불구하고 그는 이 책을 강력하게 추천했다. 문학평론가 김영수의 추천으로 읽게 되었다는 《적절한 균형》을 차승재도 나처럼 3일 만에 읽었다고 한다. 어떤 날에는 12시간 이상 쉬지 않고 읽었을 정도로 몰입했다며 이 책의 가치를 높게 평가했다.

이 책의 저자인 미스트리는 인도 뭄바이에서 태어났다. 그는 20대에 캐나다로 이주해 인도에서 겪은 경험을 매우 담담한 시선으로 책에 담아내기 시작했다. 가슴을 더욱 먹먹하게 만드는 그의 담담한 시선은 문장에서 절실히 드러난다.

나와 남이 다르지 않음을 인정하라

담담한 시선은 '더러운 것을 덮지 않고 아름다운 것을 더 드러내지 않음'을 뜻한다. 그래서 이 책의 주인공들을 바라보고 있노라면 두 눈을 질끈 감고 외면해버리고 싶은 충동에 휩싸인다. 차승재는 타인의 어려운 삶을 더 들여다보려는 사람일까, 아니면 외면해버리는 사람일까? 그는 질문이 끝나기도 전에 힘주어 말했다.

"당연히 들여다보는 삶을 살아야 합니다. 나와 남이 다르지 않음을 인징해야만 적절한 균형을 이룬 삶을 살 수 있기 때문이죠."

사람들은 나와 '다름'에 민감하다. 나보다 조금 가난하거나 나보다 조금 몸이 불편한 사람이 지닌 '다름' 앞에서 때론 잔인해지기도 한다. 그래서 차승재는 〈국경의 남쪽〉이라는 영화에 자신의 목소리를 녹여내고 싶었다고 전했다. 이 영화는 '탈북자는 우리와 다른 사람이 아니며 탈북자도 우리같이 누군가를 사랑하고 그리워하는 같은 존재'임을 이야기한다.

개봉 당시 이 영화를 본 어느 탈북자의 글을 읽은 적이 있다. '그동안 북한 사람을 소재로 한 영화들이 우리의 이야기를 해줘서 고마웠지만 상처가 다시 드러나는 것 같아 마음이 아팠습니다. 그런데 〈국경의 남쪽〉은 우리의 상처를 이야기하면서도 고통스럽지 않았습니다. 그래서 기분이 좋습니다.' 나와 남이 다르지 않음을 인정하는 차승재의 영화는 이렇듯 '적절한 균형'을 이루고 있었다.

《적절한 균형》에서 이시바는 이런 이야기를 한다. '천 한 조각을 두고 슬프다고 하는 건 의미가 없습니다. 이 슬픈 조각은 저희가 베란다에서 자기 시작했을 때 작업하던 행복한 헝겊 조각과 연결돼 있지 않습니까?' 이렇듯 삶은 행복과 불행의 연결이자 행복과 불행 사이의 적절한 균형을 유지하는 것이 아닐까? 그런데 책에서는 오히려 이러한 균형이 깨지는 순간이 나온다. 슬픈 조각과 행복한 조각을 모아 이불을 만들던 디나는 이불 만들기를 멈추고 마넥은 스스로 목숨을 끊는다. 끝까지 적절한 균형을 유지하려던 옴과 이시바는 거지가 된다. 나는 이 부분에서 혼란스러웠다. 이 책은 희망을 이야기하려고 했던 것이 아니란 말인가?

"《적절한 균형》은 지속적으로 현실의 참담함을 보여줍니다. 이러한 참담함 속에서 깨달음을 얻는 사람이 있다면 그것이 작가가 말하려는 희망입니다. 그리고 그 깨달음은 바로 '인간에 대한 연민'입니다."

계급과 삶의 방식이 다른 네 주인공의 관계가 발전하고 지속될 수 있었던 것은 인간에 대한 연민 때문이었다. 디나는 옴과 이시바에 대한 연민으로 그들을 가족으로 받아들인다. 자신의 베란다를 옴의 신혼 방으로 꾸미고서 행복해하던 디나의 미소에서 우리는 희망을 발견할 수 있지 않을까?

삶이 반드시 행복으로 점철될 수는 없다

'시간이 옷감이라면 나쁜 부분들은 모조리 잘라버리고 싶어요. 무서운 밤들은 잘라내고 좋은 부분만 엮어서 시간을 견딜 만하도록 만들고 싶어요. 그걸 코트처럼 입고 항상 행복하게 살 수 있을 텐데.' 나쁜 부분을 모조리 잘라내서 옷을 만든다면 속옷 하나도 만들 수 없을 것 같은 옴은 이렇게 말했다. 옴은 10대이다. 어린 소년이 견디기엔 너무나도 벅찬 현실을 들여다보며 나는 그에게 연민을 느끼고 있었다.

차승재는 옴처럼 잘라버리고 싶은 힘든 기억이 없었을까? 그는 의외의 답변을 내놓았다. "행복하게만 살려는 생각은 너무나도 위험합니다." 이게 무슨 말인가? 행복하게 살려고 하는 것은 인간의 근원적인 소망이 아닌가? 나는 또다시 혼란스러워졌다. "삶이 모두 행복으로만 점철될 수는 없습니다." 그의 목소리는 단호했다. 그는 인생의 쓴맛도 중요하다고 강조했다.

물론 옴은 도전적이고 반항적이기 때문에 책에서 그렇게 표현됐지만 사실 가진 자들이 이런 생각을 더 많이 한다고 한다. 가진 자들은 작은 불편과 불행도 용인하지 않으려 하고 결국 더 많은 사람들을 불편하게 한다는 것이다. 옴의 가족을 모두 살해한 타쿠르 다람시는 가진 자이기 때문에 옴의 아버지인 나리얀이 가져다준 작은 불편을 용인하지 않았던 것이다. 자신과 '다른' 불가촉천민을 살해하면서 그는 자신의 행복을 유지했다. 이렇듯 책에서 보여주는 현실은 너무나도 잔인하다. 그리고 책 속의 잔인함과 현실 속의 잔인함은 쌍둥이처럼 꼭 닮아 있기 때문에 우리의 가슴을 더욱 먹먹하게 한다.

미다스의 손은 대박만 꿈꾸지 않는다

차승재는 대한민국 최고의 미다스의 손이다. 물론 그의 손을 거친 영화는 셀 수 없이 많다. 그렇다면 그가 꼽는 최고의 영화는 무엇일까? 이번에도 그의 대답은 나의 예상을 빗나갔다. 그는 〈봄날은 간다〉를 선택했다. 이렇듯 정서적 파문을 가져다주는 영화가 좋다고 말하는 차승재. 학교에서 배우는 원론적 가치와 사회에서 작용하는 실제적 가치가 다르다는 사실을 깨닫게 해주는 영화에 애착이 간다며 그는 인터뷰를 마쳤다.

2000년대에 들어서 그가 제작한 영화들이 주류로 인정받던 때가 있었다. 그러나 그의 말처럼 이제 차승재 표 영화는 과도기를 거친 영화일지도 모른다. 제작자가 아닌 교수로 '잠시' 떠나 있는 동안 그는 새로운 차승재 표 영화를 다시 준비하여 우리 곁에 나타날 것이다. 언제 떠나 있었냐는 듯 다시 돌아올 그날을 나는 간절히 기다려본다. 그날을 기다리며 〈봄날은 간다〉를 다시 봐야겠다. "사랑이 어떻게 변하니?"라는 가슴 치는 대사를 되뇌며….

적절한 균형 로힌턴 미스트리

밑바닥 삶을 살아가는 인도인의 현실을 생생하게 묘사한 소설. '적절한 균형'이라는 역설적인 표현으로 절망 속에서도 끊임없이 삶을 지탱하게 만드는 희망을 이야기한다. 오프라 윈프리 북클럽, 〈LA타임스〉 소설상 등을 수상한 명작.

다양한
경험을
선물하는 책
#7

영화음악 감독 **조영욱**
《극단의 시대 : 20세기 역사》_ 에릭 홉스봄

부부 여행가 **최미선·신석교**
《여행의 기술》_ 알랭 드 보통

대중문화 평론가 **김봉석**
《남쪽으로 튀어》_ 오쿠다 히데오

네가 진짜
원하는 게 뭐야?

_윤은지(서울여대)

1.

고등학생 때 생각한 대학생이 된 나의 모습은 늘씬한 몸매에 미니스커트, 또각 또각 소리 나는 하이힐을 신고 긴 머리 휘날리며 대학 캠퍼스를 유유히 걸어 다니는 '여신'의 모습이었다. 하지만 새내기가 된 나는 고등학생 정도로 보이는 단발머리에 청바지를 입고 운동화를 신고 다닌다. 내 환상은 여기서 깨졌다. 아, 뭐야. 대학생이 되면 다 예뻐진다더니 달라진 게 하나도 없잖아. 언제쯤이면 운동화가 아닌 구두를 신는 여성스러움을 갖게 되는 걸까?

2.

누구든 대학생이 되면 이성친구가 생길 거라 기대했을 것이다. 다들 그렇게 말하지 않았던가? 대학생만 되면 다 생긴다고. 그 말을 철석같이 믿어왔다. 그리고 한껏 기대에 부풀어 있었다. 아, 나도 드디어 두근두근 설렘을 느끼는 건가. 그러나 나는 여대에 왔다. 여중, 여고를 거쳐 이제는 여대. 트리플 코스의 마지막 단계에 이른 것이다. 어쩌겠는가? 미팅이나 소개팅을 통해 만나는 수밖에.

떨리는 마음을 안고 살랑거리는 시폰 원피스를 입고서 미팅을 하게 되었다. 아, 내가 생각하는 '그 분'이 있을 거라 기대했다. 그러나 한 번, 두 번, 세 번, 네 번…. 봄, 여름, 가을, 겨울. 내가 꿈꾸는 그 분을 만나기란 정말 불가능한 걸까? 이제는 조급해하지도 서두르지도 않고 그날이 오기만을 기다려본다.

3.

대학생이 되면서 혼자 생각할 시간도 여유도 많아졌다. '나는 무엇을 좋아하는 가?', '나는 무엇을 하고 싶은가?', '나는 어떤 사람이 될 것인가?' 3월이 지나고 4월이 지나면서 화려한 대학 생활에 대한 기대는 사라지기 시작했다. 술도 많이 마셔보고, 하루 종일 읽고 싶었던 책도 읽어보고, 여행도 마음껏 다녀보고 싶었다. 하지만 여전히 나는 시간이 날 때마다 어딘가에서 늘어져 있으려고만 하고, 친구들을 만나 수다나 떨고 싶어한다.

'아, 내가 왜 이러고 있지? 고등학생 때 꿈꿔온 네 모습은 이런 게 아니잖아. 하고 싶은 것도 많았고 하겠다고 다짐한 것도 많았잖아. 그 많은 것들 왜 하나도 안 하고 있는 거야?' 생각해보면 할 수 없었던 것이 아니라 내가 하고 있지 않은 거였다. 그래서 내가 원하는 것이 뭔지 조금씩 찾아봐야겠다고 결심했다.

4.

난 어렴풋이 기자가 되고 싶었던 것 같다. 직접 발로 뛰고 눈으로 보면서 세상에 진실을 알리는 사람이 되고 싶다고 생각했다. 우연한 기회에 현직 PD와 기자 분들이 진행하는 강의를 듣고서 막연한 환상을 갖게 되었던 것이다.

수업 시간 중 '어떤 기자가 되고 싶냐?'는 질문을 받았다. 나는 '진실을 보도하는 기자'가 되고 싶다고 답했다. 구체적 동기도, 목표도 없는 대답이었다. 전체 강의는 끝나가고 있었다. '난 정말 기자가 되고 싶은 것일까?' 다시 또 다른 고민을 하기 시작했다.

긴 장마로 유난히 습하고 무더웠던 스무 살의 여름날은 그렇게 지나갔고 티 없이 맑고 파란 가을 하늘과 함께 나는 조금 더 성장하고 있었다.

5.

모두가 사회를 '냉혹하고 차가우며 정도 눈물도 없다.'고 말한다. 학교라는 울타리를 벗어나면 모든 것이 온전히 내 책임이 된다. 완전히 준비되어 있지 않아도 어른답게 말하고 어른답게 행동하기를 강요받을 것이다. 아니, 어른이 되어야 한다. 하지만 난 여전히 부족하다. 좀 더 큰 생각을 할 수 있도록 좀 더 큰 사람이 될 수 있도록 더 많은 경험을 하려고 한다.

아직까지 저학년이기 때문일까? 선배들처럼 취업, 스펙과 같은 무시무시한 단어들이 직접적으로 와 닿지는 않는다. 그렇다고 무시하기도 사실 애매하다. 내 주위에는 벌써 취업 준비를 시작한 친구들이 있기 때문이다. 나는 어떻게 해야 하는 걸까? 더 고민하며 나 자신부터 찾아야 하는 것일까, 아니면 취업 전선에 뛰어들어 일찌감치 스펙부터 쌓아야 할까? 2학년은 생사의 갈림길에 놓여 있는 학년인 것만 같다.

6.

사실 이제 갓 스물한 살이 된 나는 모든 것이 불안하다. 하지만 그 속에서 좌절하거나 포기하거나 넘어지지 않을 것이다. 두려워하지 않고 당당한 20대로 살아갈 것이다. '출판 프로젝트'에 참여하게 된 계기도 바로 이 때문이었다. 나를 한 번 찾아보고 싶었던 것이다. 그래서일까? 내가 만난 인터뷰이들은 나를 위해 준비된 분들 마냥 좋은 메시지들을 건네주셨다. 그 메시지들을 통해 힘을 얻어 나는 지금보다 더 싱그러운 20대 초반 대학교 2학년생으로 살아가련다.

INTERVIEWER 윤은지

여중, 여고를 거쳐 서울여대 영어영문학과 2학년에 재학 중이다. 사람 냄새 나는 아름다운 대학생을 꿈꾸며 고등학생 때부터 위시 리스트를 만들었으나, 입학 후 부딪힌 현실의 장벽 앞에서 아직은 우왕좌왕하고 있다. 공부 열심히 하려 하고, 교내 활동 열심히 하려 하고, 운동 열심히 하려 하지만 가끔은 답답함을 느낀다. 하지만 20대에게 힘이 되고자 출판 프로젝트에 동참한 것은 역시나 잘한 일이라 자부한다.

풍성한 삶을 원한다면,
인문학적 소양을 쌓아라

음반사에서 근무하던 중 우연히 영화 〈접속〉으로 데뷔했다. 〈텔 미 썸딩〉 〈해피 엔드〉 〈공동경비구역 JSA〉 〈클래식〉 〈올드보이〉 〈친절한 금자씨〉 〈싸이보그지만 괜찮아〉 〈공공의 적 1〉 〈이끼〉 〈박쥐〉 등의 영화음악에 참여했으며 〈친절한 금자씨〉의 제작자로도 활동했다.

영화를 볼 때마다 항상 궁금했었다. '아, 저 장면에 어떻게 저렇게 절묘하게 음악을 넣었을까?' 영화 속 장면에 어울리는 음악으로 인해 관객이 흘리는 눈물은 배가되고 관객이 느끼는 쓰라림은 더 비극적으로 다가온다. 이렇듯 영화음악은 영화와 어우러져 관객들에게 메시지를 전달하는 예술이다.

조영욱을 만나기로 한 그날, 서울은 유난히 추웠다. 온몸을 꽁꽁 싸맸음에도 살갗을 파고드는 차가운 바람에 어깨가 움츠러드는 날이었다. 그가 있는 헤이리로 향하는 버스 안에서도 첫 인터뷰에 대한 긴장과 추위로 내 몸은 여전히 경직되어 있었다. 하지만 환한 웃음으로 반겨주는 그의 얼굴을 마주하자 언제 그랬냐는 듯 내 얼굴에도 편안한 웃음이 번졌다.

영화 〈접속〉을 시작으로 〈텔 미 썸딩〉 〈공동경비구역 JSA〉 〈올드보이〉 〈친

절한 금자씨〉〈싸이보그지만 괜찮아〉〈박쥐〉〈혈의 누〉〈가을로〉〈공공의 적〉
〈실미도〉〈강철중〉〈밀애〉〈발레교습소〉〈비열한 거리〉〈클래식〉 등 수많은
영화에 참여한 영화음악의 마에스트로 조영욱. 그는 "영화음악이란 장면이
설명하지 않는, 보이지 않는 부분을 표현해야 한다."라는 말로 인터뷰를 시작
했다.

우연한 기회가 인생을 바꾸다

80년대에 20대를 보낸 조영욱은 자신의 젊은 날을 방황의 시기라고 정의했
다. 혼란스럽고 암울했던 사회에 불만이 가득했는데도 정작 그 속에서 자신
은 방관자였다는 것이다. 사회운동도, 공부도, 연애도, 그 어느 것 하나 제대
로 한 것이 없는 자신의 20대를 그는 텅 빈 시기였다고 표현했다.

"6, 70년대 초등학교부터 고등학교까지의 기억은 선명한데 80년대 기억은
별로 없어요. 개인적으로 80년대가 굉장히 허무하고 아무것도 없는 텅 빈 시
기였어요."

그 당시 자신은 사회의 주체도 아닌 것 같았기에 사회 문제에 적극 행동하
기보다는 점점 내면의 세계에 빠져들었다는 것이다. 올드한 것보다는 새로운
것이나 혁명적인 것에 관심이 많았던 그는 그동안 들었던 멜로디 위주의 감
정적인 음악에서 벗어나 실험적인 음악에 심취하게 되었다.

초등학교 때부터 음악을 좋아해서 용돈을 모아 LP 판을 샀다는 음악광 조
영욱. 당시 미국의 팝 차트인 빌보드 차트를 다 외워버릴 정도로 음악에 대한
관심과 사랑은 대단했다. 소년 조영욱은 점점 더 새로운 음악을 찾게 되었고
록과 클래식에 빠져들었다.

이렇게 음악에 관심이 많았지만 그가 처음부터 음악감독을 꿈꾼 것은 아니었다. 당시에는 '음악과 함께 인생을 살 수 있다면 얼마나 좋을까.' 하는 막연한 기대감만 가지고 있었다고 한다.

그러다 학교를 마칠 즈음, 그는 영화와 관련된 일을 하고 싶다고 생각했다. 하지만 부모님의 반대를 꺾을 자신도 없었고 스스로도 미래가 두려웠다.

갈팡질팡하던 그는 광고 회사에 들어가고자 광고를 공부했다. 그런데 어느 날 신문에서 레코드 회사의 공채 공고를 보고서 '그래, 이거다.' 싶어 레코드 회사와 광고 회사 양쪽에서 취직 시험을 본 것이다. 그런데 음악과 함께할 운명이었는지 그는 레코드 회사에 합격했고 그 후 3년을 그곳에서 보냈다. 직함은 팝 프로듀서였는데 막상 하는 일은 팝송 번역과 같은 단순 업무였다고 한다. 당시에는 심의제도가 있어서 외국 곡들을 음반으로 낼 때 가사를 번역해서 심의위원회에 제출해야 했다.

그렇게 3년이라는 시간을 레코드 회사에서 보내고 나니 회의가 몰려왔다. '이것이 내가 원하던 일이었던가? 내가 이걸 왜 하고 있는 걸까?' 그 길로 그는 회사를 그만두고 팝 칼럼을 쓰는 프리랜서 생활을 시작했다. 당시 회사 생활을 하면서 만난 친구들 중 한 명이 영화감독 박찬욱이었다고 한다. 그때 그는 박찬욱 감독의 〈달은 해가 꾸는 꿈〉이라는 영화에 참여했다. 하지만 흥행 성적이 저조하여 5년을 쉴 수밖에 없었다며 살짝 웃는 조영욱. 그 사이에 박찬욱 감독과 함께 비디오 가게를 열기도 했었다. 인건비도 벌지 못해 결국 문을 닫았지만.

그 후 조영욱은 90년대 영화팬들의 열렬한 지지를 받았던 MBC FM 〈정은임의 영화음악실〉에서 1년 정도 작가 생활을 하게 된다. 그리고 운명처럼 영화 〈접속〉을 만났다고 한다. 그렇게 우여곡절 끝에 그는 영화음악 감독의 길에 들어섰던 것이다.

처음부터 영화음악 감독이 되려고 한 것은 아니지만 그의 여정은 늘 음악과 함께였다. 음악과 평생을 함께하고 싶었던 조영욱은 그렇게 영화음악 감독으로 다시 태어났다. 음악을 떼놓고는 이야기할 수 없는 그를 보며 나는 그의 열정을 배우고 싶었다. 좋아서 하는 일 그리고 평생 나를 설레게 하는 일. 나도 그런 무언가를 찾고 싶었다. 그리고 좋아하는 음악과 항상 함께하는 그가 너무나도 부러웠다.

제일 중요한 것은 영화를 분석하는 힘

"영화의 장면마다 적절한 음악을 어떻게 생각해내시나요?"

도대체 어떻게 하는 걸까? 늘 궁금했다.

"항상 받는 질문 중 하나인데 저도 어떻게 하는지 잘 몰라요, 사실은."

당황스러웠다. 그만의 독특한 방법이 있을 줄 알았다. 하지만 이어지는 그의 대답은 내 궁금증을 말끔히 해소해주었다.

그는 어떤 때는 본능에 충실하고 어떤 때는 논리적으로 접근한다고 했다. 그리고 제일 중요한 것은 영화를 분석하는 힘이라고 대답했다.

그는 늘 각각의 장면이 영화에서 어떤 의미를 가지며 어떤 역할을 해야 하는지에 대해서 고민한다. 하지만 과도한 센티멘털리즘에 빠지지 않으려고 조심하는 것도 잊지 않는다고 했다. 그가 인문학적 지식을 쌓고자 노력하는 것도 바로 이 때문이었다. 사고가 깊어질수록 오류를 범하는 횟수가 줄어든다고 믿기 때문이다.

스킬과 테크닉이 넘쳐나는 인스턴트와 같은 사회에서 자신의 신념을 위해 인문학적 지식을 쌓고자 한다는 발언은 사실 시간 낭비일 수도 있다. 하지만 결정적인 순간에 중심을 잡으려면 사고에 깊이가 있어야 한다고 조영욱은 강조했다.

이력서에 한 줄이라도 더 넣으려고 학원을 기웃거리며 정신없는 하루하루를 버텨가는 20대. 조금이라도 준비된 사람, 그럴듯한 사람으로 포장하기 위해서라면 무엇을 못 하겠는가? 이것이 바로 대한민국 20대의 현실이다.

취업 앞에 불안하고 초조하니 일단 남들이 하는 건 다 하고 본다. 나만의 길을 찾고 싶지만 도무지 쉽지가 않다. 20대는 무엇을 해서라도 인생 루저가 되지 않기 위해 발버둥친다. 조금이라도 '고 스펙 인간'이 되기 위해 애쓰지만, 정작 알맹이 없는 기능형 인간이 되어가고 있는 것이다.

"한 분야에서 최고가 된다는 것은 굉장히 권장할 만한 일입니다." 이는 고스펙 인간을 정의하는 세상에 부정적인 시선을 던져온 나에게 돌아온 따뜻한 한마디였다. 그는 이어서 무엇이 필요한지 깊게 고민해야 한다고 했다.

"한 분야에서 최고가 되려면 한 가지만 잘해서는 안 되죠. 무엇보다 인문학적인 지식이 필요합니다."

그는 디자이너를 예로 들어 설명했다. 최고의 디자이너가 되기 위해서는 기술이 기본이지만 디자인은 창조적 분야이기 때문에 사고의 깊이에 따라 그 가치가 굉장히 달라진다는 것이다. '우리 사회에 전문가들이 너무 부족한 것은 아닌지 모르겠다.'라며 안타까움을 털어놓는 조영욱. 물건을 하나 팔더라도 판매자는 그 물건에 대한 모든 것을 꿰뚫고 있어야 한다. 그런데 대한민국에는 손님에게 설명을 해주어야 하는 사람이 손님보다 더 모르는 상황이 빈

번하게 발생한다. 이는 커다란 문제가 아닐 수 없다.

그래서 조영욱은 인문학적 지식을 갖추는 일이 당장 가시적으로 드러나진 않아도 밑거름이 되어 훗날 나를 더욱 풍부하게 만들 것이라고 강조했다. 자격 조건과 더불어 인문학적 소양으로 속까지 꽉꽉 채워진 균형 잡힌 고 스펙 인간이 되어야 하지 않을까? 스펙이라는 표현이 반드시 나를 옥죄는 단어로만 사용되는 것은 아니었다.

균형 잡힌 시각을 길러주는 책
《극단의 시대 : 20세기 역사》

조영욱은 책을 통해서 세상을 좀 더 깊이 있게 볼 수 있다고 했다. 또 사물의 본질을 쉽게 파악할 수 있는 능력이 길러진다고도 했다. 책을 통한 간접 경험 또한 삶의 깊이를 얻는 것 중 하나라며 독서의 중요성을 강조했다. 덧붙여 그는 독서가 삶을 긴장시킨다고도 정리했다.

'삶을 긴장시킨다?' 이는 책을 읽으며 일상에서 스쳐 지나가는 것들을 조용히 돌아보고 반성하여 생각할 시간을 갖는다는 의미가 아닐까? 삶을 긴장시킨다는 그의 말에 굉장히 공감했다. 나 역시 책을 읽을 때는 평소 하지 않았던 여러 가지 생각들을 곰곰이 되짚게 되었던 경험이 있기 때문이다.

인생을 살아가는 데 그런 긴장이 중요하다며 그는 에릭 홉스봄의 《극단의 시대 : 20세기 역사》를 추천했다.

"이 책을 추천한 이유는 이 시대와 사회가 어떻게 발전해왔고 형성되어왔는지, 그리고 현재 내가 살고 있는 사회가 어떤 사회인지를 인식했으면 하는 이유에서입니다."

지금의 사회가 어떻게 형성되어왔고 어떤 문제들을 안고 있는지를 열거해놓은 이 책이 사회를 파악하는 데 훌륭한 자료가 되지 않을까, 하고 생각했다는 그에게서 우리 사회에 대한 관심과 애정을 느낄 수 있었다.

한 그루 나무의 뿌리를 보는 눈

에릭 홉스봄은 영국의 저명한 마르크스주의 역사학자이다. 그는 마르크스주의자이면서도 균형 잡힌 시각으로 근현대사를 진단해왔다. 홉스봄은 '근현대사 4부작'인 《혁명의 시대》《자본의 시대》《제국의 시대》《극단의 시대》를 썼다. 처음 이 책을 도서관에서 빌렸을 때 제목이 꽤 인상적이었다. 홉스봄은 왜 20세기 역사를 '극단의 시대'라고 이름 붙인 것일까?

홉스봄은 20세기 역사를 두 차례의 세계대전과 경제 대공황이 있었던 파국의 시대, 산업화로 인해 농업에 의존하던 국가의 수가 급격하게 줄어 세계 경제가 급속도로 성장했던 황금시대, 세계 경제의 불황과 구 소련의 붕괴로 대표되는 산사태의 시대, 이렇게 세 가지 시대로 나누었다. 한 세기 동안 참혹한 전쟁이 두 차례나 있었고 황금이라 불릴 만큼 경제적으로 번영했던 시기가 있었다. 너무나 극명하게 대비되는 사건이 한 세기 동안 발생했기 때문에 홉스봄은 극단이라는 표현을 썼던 것이다.

또한 그는 20세기를 '단기 20세기'라고 지칭했다. 앞서 말했듯이 20세기 역사를 이루는 파국의 시대, 황금시대, 산사태의 시대가 너무나도 다른 모습을 보이기 때문이다. 그 결과 각각 다른 시대에 태어난 사람들은 같은 세기에서 살아가고 있지만 서로를 이해하는 데 어려움을 겪는다. 즉, 다른 시대에 일어났던 사건들을 알려고 하지도 않고 자신이 속한 현재만 바라보기 때문에 세대가 단절되어버렸다는 것이다.

그러므로 홉스봄은 이 시기를 과거가 파괴된 시기라 비판하며, 독자들이 과거를 배우고 역사를 바로 알고서 자신의 정체성을 제대로 세우기를 바랐다. 그는 20세기 역사를 말했지만 흥미롭게도 사람들이 과거를 배우지 않고 현재에 갇혀서 살아가는 이유는 오늘날 우리의 모습과도 닮아 있다. 고전이나 역사를 등한시하고 현재의 트렌드만 쫓아가려는 현상 말이다.

조영욱은 고전과 역사를 본질적인 문제라고 말했다. 트렌드는 시간이 지나면 변하고 낡은 것이 되지만 고전은 태어나서 죽을 때까지 삶의 본질적인 문제, 변하지 않는 원형질을 보존한다. 그러므로 고전을 읽고 역사를 배우는 과정을 통해 20대는 본질적인 문제에 좀 더 근접할 수 있다.

그는 삶에서 파생된 문제들, 즉 나무로 치자면 곁가지들을 보는 것보다 한 그루 나무의 뿌리를 보는 것이 중요하다고 강조했다. 이것이야말로 인문학적 소양을 갖추는 일이라 할 수 있다.

새로운 형식을 통해 대중과 소통하다

제1차 세계대전 말부터 유럽과 미국을 중심으로 일어난 예술 운동인 다다이즘은 비합리, 비도덕, 비심미를 찬미하며 과거의 모든 예술 형식과 가치를 부정했다. 기존의 권위주의적이면서 틀에 박혀 있던 예술에서 벗어나 새로운 시도를 했다는 측면에서는 매우 혁신적이었다. 하지만 예술은 대중과 소통하는 또 하나의 약속일 수 있는데 이것을 파괴한다는 것은 대중과의 소통 수단을 파괴하는 것이 아닐까?

"일단 새로운 형식을 만들기 위해서는 기존 형식을 파괴해야 하고 새로운 형식이 만들어진다면 충분히 대중과도 소통할 수 있다고 생각해요."

형식이 파괴되면 소통도 붕괴될 것이라고 믿었던 내 생각을 한 방에 날려준 조영욱이었다. 그는 형식도 중요하고 형식을 파괴하는 것 또한 중요하다고 했다. 또한 기존 틀에서만 대중과 소통하기보다는 새로운 형식을 통해서 대중과 소통하려고 노력하는 것이 예술가의 의무라고도 강조했다.

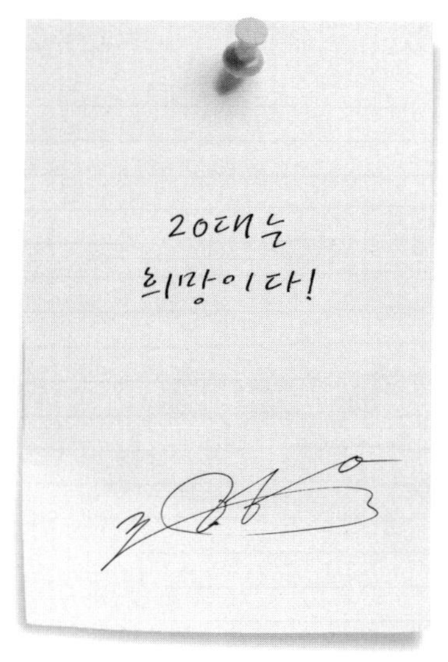

〈텔 미 썸딩〉에서는 전자 음악을 통한 변주를 시도했고, 〈밀애〉에서는 현악기를 사용하여 풍성함을 더했으며, 〈박쥐〉에서는 어쿠스틱 악기를 사용했던 조영욱. 그는 영화음악을 통해 예술가의 의무를 다하는 성실함을 보였던 것이다.

노동의 가치를 잃어버린 불평등한 사회

홉스봄은 책의 머리말에서 '20세기 역사는 자신의 생애 대부분과 일치하며 그 시기 대부분 동안 10대 초반부터 현재까지 공적인 사건들을 의식해왔다.'라며 동시대인으로서 20세기에 대해 견해와 편견을 쌓아온 셈이라고 말했다. 역사학자이면서 20세기를 관통해온 동시대인으로서 홉스봄이 말하는 역사는 그래서 더 와 닿았나보다.

그렇다면 조영욱에게 영향을 끼친 역사적 사건은 무엇이었을까? "제가 몸소 겪었던 사건들 중 가장 컸던 것은 역시 IMF 때인 것 같아요." 1997년 그때를 떠올리듯 그의 목소리는 무거웠다. 〈접속〉이란 영화로 자신은 성공을 거뒀지만 주변 사람들은 너무나도 힘들어했고 아파했다고 한다.

"외환위기 이후, 저는 노동의 가치를 잃었다고 생각해요."

조영욱이 말한 그 가치는 바로 '희망'이었다. 이전까지만 해도 노동의 가치가 중요했다. 노동을 통해 일한 만큼 가치를 보상받을 수 있었고 일한 만큼 경제적인 혜택을 누릴 수 있을 거라는 희망이 있었다. 하지만 지금은 순수한 노동으로 흘린 땀이 그만큼 보상해주지 않는다. "저는 그게 굉장히 안타깝고 이 시대의 젊은이들은 그래서 굉장히 불행한 것 같아요." 그렇다면 희망의 상실감 대신 지금 우리 마음속에 남아 있는 것은 뭘까?

그는 분배의 문제를 끄집어냈다. 오늘날 빈익빈 부익부가 점점 심화되고 있기 때문에 이 문제를 표면화시키는 것은 정말 시의 적절했다. 홉스봄의 책에서도 언급되었듯 조영욱은 21세기에 태어난 모든 아이들이 행복한지 나에게 물었다. 그리고 같은 21세기에 태어난다고 해도 한국에서 태어나는 아이와 아프리카에서 태어나는 아이의 삶의 질이 같겠느냐는 질문도 던졌다. 인간이 쓸 수 있는 자원은 한정되어 있기 때문에 누군가가 풍족하게 누리면 다른 누군가는 부족함에 시달리게 되어 있다. 불평등한 사회를 평등한 사회로 바꾸도록 노력하는 것, 이것이야말로 분배의 문제를 진지하게 고민해야 하는 이유이다.

네가 하고 싶은 모든 것을 즐겨라

음악이든 예술이든 최고가 되려면 한 우물만 팔 것이 아니라 다양성을 추구해야 한다며 인터뷰 내내 강조했던 조영욱. 그는 본질에 충실한, 본질에 깊이 다가가는 인문학적 지식으로 속을 꽉 채운 20대가 많아지길 기대하고 있었다. 인터뷰를 마친 그의 얼굴에는 여전히 따뜻한 미소가 배어 있었다. 앞으로 그는 어떤 영화음악으로 관객과 대화할까? 그는 또 어떤 새로운 시도로 우리에게 말을 걸어올까?

"난 모든 것을 즐기라고 하고 싶어요. 이 사회가 20대를 가만히 놔두지 않으니까 그게 좀 문제이긴 한데, 그래도 20대이니까 할 수 있는 모든 것을 해봤으면 좋겠어요. 하고 싶은 것이 있다면 주저하지 말고요. 미술이나 음악이나 소설이나 여행도 많이 접해보고 자기가 누릴 수 있는 것을 많이 할수록 3, 40대가 되었을 때 밑거름이 되지 않을까요?"

20대는 아직 젊고 해야 할 것도 많다. 세상은 넓고 할 일은 많으니 더 바삐 움직여야 하지 않을까?

극단의 시대 : 20세기 역사 에릭 홉스봄

마르크스주의자이면서 균형 잡힌 시각으로 근현대사를 진단해온 저자의 대표작. 20세기 역사를 제1, 2차 세계대전과 경제 대공황으로 묶은 '파국의 시대', 농업의 쇠퇴로 세계 경제가 급성장했던 '황금시대', 세계의 불황과 구소련 붕괴로 혼란스러웠던 '산사태의 시대'로 나누어 세대의 단절을 진단했다.

여행을 통해
놀라운 메시지를 경험하라

동아일보 기자와 사진부 기자로 활동하던 중 여행에 매료되어 전업 부부여행가로 전향했다. 여행자들에게는 정확한 정보를, 초보 여행자들에게는 여행의 마음가짐을 전하고자 《대한민국 자전거 여행》《대한민국 최고 여행지를 찾아라》《네팔예찬》《퍼펙트 프라하》《산티아고 가는 길》《대한민국 대표 꽃길》 등을 썼다.

"**20**대에게 정말, 꼭 권하고 싶은 게 여행이에요."
그렇게 말하는 최미선의 목소리에서 힘과 설렘이 느껴졌다. 한편으로는 어딘지 모를 간절함이 느껴지기도 했다. 그녀는 왜 계속 여행을 권하는 것일까? 내 궁금증은 자꾸만 더 커져갔다.

10여 년간 신문사 기자로 근무하며 살아온 기자통 최미선과 공대를 졸업한 후 직장 생활을 하다가 카메라의 매력에 빠져 뒤늦게 사진학과에 진학, 신문사 사진부 막내로 8년을 보낸 신석교는 2003년 자신의 길을 찾고자 동시에 사직서를 냈다고 한다. 그때 이후 지금까지도 국내외를 샅샅이 뒤지고 있는 그들이 대학 생활의 로망으로 자리잡고 있는 해외여행에 대한 즐거운 추억거리를 들려주지 않을까 싶었다.

아나나 다를까. 그들의 이야기는 추억의 여행길을 더듬어 나가듯 운치 있고 생기 있었다. 그리고 여행을 통해서 전달하고자 하는 생생한 메시지가 담겨 있었다.

여행은 생활이다

여행가 부부인 최미선 · 신석교는 앞에서 이야기했듯이 과거에는 기자였다. 하지만 마감에 쫓겨 삶의 여유를 갖지 못하는 기자 생활에서 벗어나 가공되지 않은 자유로운 세상을 경험해보고 싶어서 기자라는 타이틀을 벗어버리고 결국 여행의 길을 택했다고 한다. 그 후 부부는 세계 여러 나라와 전국 방방곡곡을 여행했다. 그리고 그 여행 이야기를 아내 최미선은 글로 쓰고, 남편 신석교는 사진으로 찍어 정보와 감수성을 충족시키는 책으로 펴내기 시작했다.

이들은 사람이 사는 수많은 세상을 경험하며 자신을 낮추는 겸손함을 배웠고, 살아 숨쉬는 대자연에서 성장하는 자신을 발견했다.

"그냥 평생 죽을 때까지, 움직이지 못할 때까지 지금의 생활을 이어 나갈 거예요. 이건 특별한 계획도 아니고 그저 우리의 생활이자 삶인 것 같아요. 그 자체가요."

그럴듯한 계획이나 목표가 있는 것도 아니었다. 이 답변은 그저 소탈한 그들의 모습 그대로를 반영한 것이었다. 그렇다면 그들은 왜 계속 여행을 하고 있을까? 여행을 하면서 무슨 특별한 의미를 찾아가는 것일까?

언젠가 학교 앞의 간이역인 화랑대역이 곧 없어진다는 소식을 듣고 친구와 함께 잠깐 산책 겸 방문한 적이 있다. 여름 오후, 작고 예쁜 화랑대역은 노을이 지는 하늘과 어우러져 그림엽서 같은 풍경을 연출하고 있었다. 하지만 추운 겨울 다시 한 번 찾아간 화랑대역은 사람 냄새 물씬 풍기는 정겨운 간이역의 모습이었다. 거기에는 추위를 녹여줄 난로가 있었고, 한창 이야기꽃을 피우던 손님들이 있었으며, 사람을 무척이나 잘 따르던 하얀 진돗개 화랑이가 있었다. 여름날의 화랑대역과 겨울날의 화랑대역은 너무나도 달랐다. 겨울에 방문한 화랑대역은 사람 사는 정겨운 고향과도 같은 곳이었다.

내가 간직한 화랑대역에 대한 기억은 신석교가 말했듯이 아는 만큼 보이는 것이었다.

"그 말을 뒤집어서 생각해보면 아는 대로 보고, 보던 습관대로 본다는 말이 되거든요."

그는 이어 공감하는 것만 취사선택해서 보는 의식의 틀을 가장 빨리 바꾸어주는 것이 여행이라고 강조했다.

"여행은 멋있는 풍경을 구경하고 열심히 사진 찍는 것만이 전부는 아니에요. 세상의 새로운 모습을 보는 것, 의식의 틀을 바꾸는 것이 목적이지요."

이것이 이 부부가 여행을 하는 이유였던 것이다. 늘 보고 듣던 일상에서 벗어나 나만의 생각을 정리하고 개성을 찾는 것, 나만의 색깔을 만들 수 있는 시간을 갖는 것이 여행의 가장 큰 매력이라고 생각하는 그들이었다.

풍경 다음엔 사람이 보인다

많은 사람들이 짧은 시간 안에 많은 걸 보는 것이 여행의 미덕이라 생각하는 듯하다. 그들은 새로운 여행지에서 만난 새로운 것들을 카메라에 담아 미니홈피를 업데이트하느라 바쁘다. 여행지에서 무엇을 느꼈는지, 자신이 어떤 생각을 했는지는 뒷전인 채 말이다.

에펠탑을 배경으로 사진을 찍고, 그것을 사람들에게 보여주는 것이 과연 얼마나 중요할까? 다시 돌아오면 남는 게 있을까? 사진이 있다고? 하지만 정작 본인에게 남는 것이 없지 않은가.

최미선은 여행의 본질을 제대로 깨닫지 못하는 이런 점이 안타깝다며 여행의 참 의미를 찾아야 한다고 강조했다. 여행은 양이 아니라 질을 추구해야 하는데 블로그, 미니홈피가 등장하면서 주객이 전도되었다는 것이다. 시간적 여유를 갖고 천천히 여행해야 진짜 여행하는 맛이 나는데 사람들은 그걸 모른다고 했다.

예를 들어 한 도시에 3일을 머물다보면 갔던 거리를 또 가볼 수 있다. 전날 아름다운 풍경을 둘러보며 행복감을 느꼈다면 오늘은 사람을 만나면서 또 다른 여행의 기쁨을 발견할 수 있다는 그녀의 주장에 십분 공감이 갔다. 의사소통이 원활하지 않더라도 마음은 다 통하기 마련이다. 그렇게 그곳 사람들과 몇 마디라도 주고받으며 이야기를 해보는 것이 더 중요하다고 그녀는 말했다. 사람들이 친절하고 따뜻하면 그곳 자체가 따뜻한 곳으로 오랫동안 기억되기 때문이다. 그러면 다시 한 번 찾고 싶어지는 제2의 고향 같은 곳이 되어버리지 않을까? 역시, 사람 사는 세상엔 사람과의 교류가 생명이라는 확신이 들었다.

최미선·신석교는 《여행의 기술》의 한 대목을 통해, 여행지에서의 아름다움을 기록하는 것에 대해 얘기하고 싶어했다.

작가는 존 러스킨의 이야기를 들면서 여행지에 가서 보고 느낀 것을 자기 나름대로 기록하는 것이 그곳의 아름다움을 이해하는 데 가장 효과적이라고 설명한다. 특히 러스킨은 사진을 찍거나 기념품을 사거나 자신의 이름을 여행지 어딘가에 새김으로써 그곳의 아름다움을 소유하려는 행위에 대해 아주 부정적인 시선을 지니고 있었다.

사실 이 책을 읽으며 궁금했다. 여행을 하고서 그 당시 느꼈던 감정이나 즐거움들을 오롯이 엮어 책으로 출간하는 이들 부부에게 책을 낸다는 것이 어떤 의미인지 말이다. 최미선은 맨땅에 헤딩하듯 여행을 준비하는 이들에게 조금이나마 도움이 되었으면 하는 마음에 책을 낸다고 했다. 그리고 자신도 여행 후 기념으로 남길 수 있

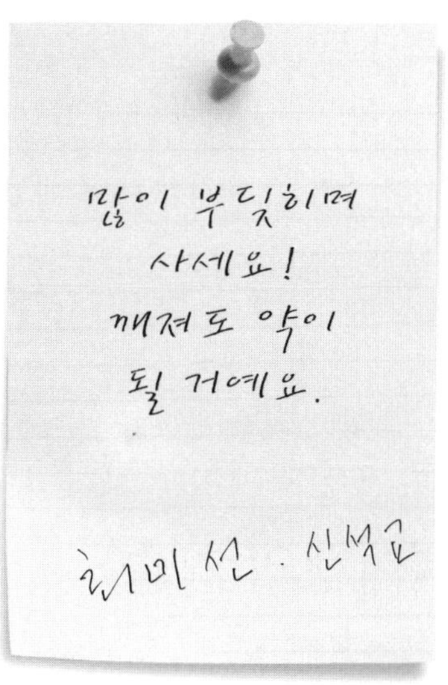

어서 기쁘다고 했다. 몇 년이 지나도 기록은 남아 있으니 그때의 추억을 다시 돌이켜볼 수 있기 때문이라는 것이다. 우리가 어린 시절의 사진들로 가득한 앨범을 볼 때의 느낌과 똑같은 것 아닐까? 볼 때마다 새록새록 옛 추억을 생각나게 하는 즐거운 기분 말이다.

그에 반해 신석교는 책이 담고 있는 소통을 강조했다. 글이 아닌 사진으로 기록을 남기는 그는 사진에 메시지를 담아 독자와 대화를 시도하고자 노력하는 작가였다. 사진을 찍으면서 느꼈던 감정이나 생각을 독자들이 알아준다면 작가와 진심으로 소통하고 있는 것이 아닐까?

그는 또한 책 출간이 생계의 또 다른 방편이라고 말하며 머리를 긁적였다. 누군가는 이들 부부를 마음 편하게 여행이나 다니는 사람이라 생각할지도 모른다. 하지만 그들은 독자들에게 정확한 정보와 여행이 주는 따스한 느낌을

전하고자 노력하는 작가일 뿐이다. 그렇기 때문에 그 진심이 독자들에게 전달되어 '부부 여행 작가'로 인정받고 있는 것은 아닐까? 오히려 누구도 쉽게 하지 못하는 용기를 내어 세상을 위해 쓰고자 하는 개척자 같은 사람들이 아닐까 싶었다.

도전을 격려하는 책
《여행의 기술》

《여행의 기술》이라는 제목을 처음 들었을 때는 정말 단순하게 생각했었다. 여행할 때 필요한 기술, 즉 사람들과 쉽게 사귀는 법이나 좋은 장소 찾아가기와 같은 것들을 가르쳐주는 지침서인 줄 알았다. 하지만 이 책은 그런 내용을 담고 있지 않았다. 대신 우리가 흔히 고민하는 여행에 대한 현실과 이상에 대해 사실적으로 표현하고 있었다. 과장되지도 진부하지도 않기 때문에 책을 읽으며 연신 고개를 끄덕였다. 책을 읽으면서 이들 부부가 여행을 떠나는 이유가 무엇인지 어렴풋이나마 이해할 수 있었다.

《여행의 기술》은 알랭 드 보통의 여행 에세이이다. 스위스 취리히에서 태어났으며 소설 《왜 나는 너를 사랑하는가》로 세계적인 베스트셀러 작가가 되었다. 그는 여행의 시작부터 마침까지 '출발 – 동기 – 풍경 – 예술 – 귀환'이라는 순서에 따라 그가 겪은 여행지에서의 경험, 생각 그리고 그와 관련한 예술가들의 일화를 다루는 데 이 책의 전체를 할애한다.

신석교는 20대가 이 책을 읽고서 세상을 새로운 시각으로 바라보았으면 좋겠다고 했다. 세상은 젊은이들에게 지속적으로 창의력과 개성을 원하는데 그들이 자라온 환경은 그것과는 거리가 멀기 때문에 이 책이 도움을 줄 수 있을 것이라 판단했던 것이다.

대학 입학만을 위해 공부했으니 창의적인 사고를 할 여유가 없었던 대한민국 20대. 아니 할 필요조차 없었던 안타까운 20대. 신석교는 그런 20대를 걱정스러워하며 나만의 개성, 나만의 시각을 자연스럽게 체득하는 데 여행만한 것이 없다고 애정 어린 조언을 했다.

여행지에 가서 사진만 찍느라 여행의 진짜 의미를 잃어버리는 사람들. 쇼핑을 목적으로 떠났기 때문에 그 나라가 보여줄 수 있는 가치를 하나도 체득하지 못하고 당당히 명품 가방이나 어깨에 메고 게이트를 유유히 빠져나오는 사람들. 여행을 하면서 자신의 방문 기록을 남긴다는 어이없는 발상에 유적지에 낙서나 일삼는 부끄러운 사람들. 여행의 진정한 의미를 망치는 이러한 잘못된 생각을 가차없이 잡아줄 책으로 《여행의 기술》을 추천한 최미선·신석교 부부가 고마웠다.

플로베르가 이집트를 사랑했듯이

알랭 드 보통은 이 책의 〈동기〉 부분에서 이국적인 것이 무엇인지를 이야기한다. 그는 동양에 대한 열망을 품은 귀스타브 플로베르의 이야기를 꺼내는데, 플로베르는 이집트를 이국적인 곳이라 느끼며 곧바로 사랑에 빠진다. 보통은 플로베르가 모국인 프랑스를 경멸하는 감정을 통해 이집트를 사랑하는 이유를 알 수 있다고 설명한다. 이유가 어찌됐든 플로베르에게 강한 열망의 대상인 이집트가 있었듯이 여행가 부부에게도 이런 대상이 있다. 그곳은 바로 쿠바이다.

"쿠바 사람들이 너무 생각나요. 그리워요. 가끔 생각하면 가슴이 찡해져요. 아, 순수한 사람들 그리고 순수한 나라, 쿠바."

쿠바에 대한 기억을 더듬으면서 최미선의 눈에는 너무나도 선명하게 그리움이 맺혀 있었다. 쿠바 사람들을 기억하는 그녀를 보면서 쿠바에 가본 적도, 그들을 만나본 적도 없는 내 코끝이 괜히 찡해졌던 것은 그녀의 모습이 너무 진실되었기 때문이리라.

쿠바를 늘 생각해온 최미선은 순수한 그들의 모습에서 자신의 순수함을 들여다본 것은 아닐까? 여행을 향한 끊임없는 열정, 사람 만나기를 좋아하는 아이 같은 순수함을 고루 갖춘 최미선! 그녀가 비추어보고자 하는 쿠바인들의 영혼은 사실 그녀 자신을 제대로 비추어보고 싶은 그녀의 거울이 아니었을까?

〈출발〉 부분 중 '여행을 위한 장소들에 대하여'에서 작가는 이런 말을 한다.

'여행은 생각의 산파다. … 때때로 큰 생각은 큰 광경을 요구하고, 새로운 생각은 새로운 장소를 요구한다. 다른 경우라면 멈칫거리기 일쑤인 내적인 사유도 흘러가는 풍경의 도움을 얻으면 술술 진행되어 나간다.'

일상에서는 쉽게 하지 못했던 생각을 여행을 통해 하게 되고, 그것을 행동으로 옮겨보았다는 신석교는 투우를 보고 비디오 가게에서 아르바이트를 하려고 했던 경험을 이야기했다.

투우를 보고서 멋있다는 생각보다는 황소의 투지 본능을 사랑하게 되었다는 신석교. 자신보다 훨씬 강한 적수를 보면 도망가야 할 텐데 그러한 본능을 이겨내고, 죽을 것을 알면서도 달려드는 황소를 보며 그는 투지를 배웠다고 했다. 꼭 승자가 될 수 없어도 죽을 각오로 싸우다 죽는, 무릎을 꿇는 모습조차도 아름다웠던 황소를 보고 '나라고 못할 것 있나, 가릴 게 뭐가 있나?'라는 생각을 했다고 한다. 그래서 신석교는 여행 전에는 생각지도 못했던 비디오 가게 아르바이트에 도전하게 되었다. 하지만 40대 이상은 안 된다는 말에 일은 해보지도 못했다는 그의 말에 한바탕 웃었다.

사실 비디오 가게에서 일하는 것 자체는 부끄러운 일이 아니지만 한때 사람들에게 인정받는 직업을 가졌던 그에게 그러한 도전은 쉽지 않은 결정이었을 것이다. 생각해보면 큰 어려움이 따르지 않는 결정도 일상에서는 여러 가지 생각 때문에, 또는 다른 이들의 시선이 두려워 멈칫할 때가 꽤 있다. 하지만 일상에서 벗어난 여행길에서의 경험은 갇혀 있던 나를 자유롭게 해주고 내 생각까지도 살아 있게 한다. 세상을 살며 도전에 대한 두려움을 떨쳐버릴 수 있다는 것, 이것이야말로 여행을 통해서 내가 성숙했음을 의미하는 또 다른 증거가 아닐까?

표류하지 않고 전진하는 20대를 그려라

알랭 드 보통은 '여행을 위한 장소들에 대하어'에서 이방인에 대해 이야기한다. 그는 레이먼드 윌리엄스의 말을 인용하면서 가치에 대한 이야기를 풀어놓는다. '18세기 말부터는 공동체의 관행이 아니라 방랑자가 되는 것에서 동료 의식이 생긴다.'라고 방랑자의 의미를 정의하는 윌리엄스의 말을 되새기며 20대와 방랑자를 연결 지어 생각해보았다.

20대는 옛날이든 오늘날이든 이방인이 아닐까? 그럴듯한 자신만의 성공을 이룬 나이도 아니고, 인생의 확고한 계획을 세우는 시기도 아니고, 청소년기에서 갓 벗어나 앞으로 무엇을 해야 할지 어떻게 해야 할지에 대한 물음표만 가득한 시기. 여행에 빗대어 말한 작가의 표현이었지만 방랑의 시기를 경험하고 있는 나는 위로받는 기분으로 계속 책을 읽었던 것이다.

목적지와 관계없이 도전하는 것 자체가 가치 있는 시기, 방랑자로서 이방인으로서 빛나는 20대인 우리에게 먼저 20대를 거친 인생 선배인 신석교는 "상처 받는 걸 두려워 말고 도전하라."고 격려했다.

그는 "방황하는 시기는 패배하는 것을 두려워하지 않는 것이 더 중요합니다."라며 말을 이었다. 트라우마를 모티브 삼아, 지금 당장은 힘들더라도 지금의 경험이 나를 더 강하게 만들 것이라는 믿음을 잃지 말고 극복해 나가라고 덧붙이는 신석교. '내 상처는 남이 갖지 못한 자산'이라고 20대의 방황을 정의하던 그의 얼굴에는 20대를 향한 따뜻한 응원이 담겨 있었다.

그렇다. 내가 받은 상처는 다른 이들이 경험하지 못한 나만의 것이다. 이것 또한 나를 성장시키는 계기가 되리라. 앞으로 꿋꿋하게 나아가고, 당찬 발걸음을 떼는 것이 가장 아름다운 20대의 모습이 아닐까?

상처 받는 걸 두려워 마라

최미선 · 신석교는 앞으로도 계속 여행을 할 것이다. 여행이 곧 그들의 생활이자 삶이기 때문이다. 새로운 곳을 여행하는 도전 정신을 잃지 않고 항상 순수한 모습으로 여행하는 그들이 이 시대의 진정한 방랑자가 아닐까? 지금, 그들은 어디에서 여행하고 있을까? 어떤 사람들과 이야기를 나누고 있을까?

대한민국 20대에게 여행과 독서의 중요성을 강조하던 그들의 모습은 표류하고 방황하는 우리에게 커다란 지침이 될 듯하다. 그러니 세상을 향해 먼저 떠나보라는 그들의 메시지는 충분히 설득력을 지닌다. 세상 어딘가에서 만나게 될 그들. 하지만 그들은 우리에게 보다 정확하고도 이유 있는 이야기를 나누고자 우리를 먼저 만나러 올 것이다. 세상의 모든 즐거움을 가득 안고서.

여행의 기술 알랭 드 보통

'여행'을 테마로 던질 수 있는 모든 질문에 대한 성찰을 유도하고 해답을 제시하는 책. 여행을 떠나 돌아오기까지의 단계별 여정을 '출발, 동기, 풍경, 예술, 귀환'으로 나누어 보들레르, 플로베르, 워즈워스, 반 고흐, 러스킨과 같은 예술가들의 삶과 작품에 투영하여 여행에 숨겨진 다양한 욕망의 실체를 밝힌다.

다양한 경험을 통해
앞으로 전진하라

〈시네필〉〈씨네21〉〈한겨레〉 전직 기자였으며 대중문화 평론가이자 영화 평론가로 활동하며 현재 〈브뤼트〉 편집장
이기도 하다. 상상마당 아카데미에서 '전방위 글쓰기' 강의를 하고 있다. 현란한 글쓰기보다는 마음을 전하는 글쓰
기를 대중에게 알리고자 《전방위 글쓰기》《공상이상 직업의 세계》《영화 리뷰 쓰기》 등을 썼다.

김봉석은 대중과의 소통을 중요하게 생각하는 '사람 냄새 나는' 영화 평론가이다. 동시에 대중의 선택을 깎아내리지 않고 오히려 존중할 줄 아는 대중문화 평론가이기도 하다. 그는 TV, 대중음악, 영화음악, 만화, 문화에 이르기까지 다양한 분야를 비평하는 글들을 써왔다. 글쓰기 자체에도 관심이 많아서 글쓰기 관련 책들을 내기도 했다.

다양한 분야에 관심이 많은 그의 20대는 어땠을까? '학생운동을 하지 않는 애들이 볼 때는 학생운동을 하는 애, 학생운동을 하는 애들이 보기에는 하기는 하는데 열심히 하지 않는 애'가 바로 김봉석이었다. 그는 이렇게 대학 생활을 하다가 3학년이 되면서 글을 써야겠다고 생각했고 졸업 후에는 '글로 먹고살아야겠다.'고 다짐했다고 한다. 가극 〈금강〉의 대본을 쓴 경험도 있다며 쑥스럽게 웃기도 했다.

하지만 이대로는 안 되겠다 싶어 취업을 하게 되었다는 김봉석. 뚜렷한 인생 계획을 세우지도, 이루고자 하는 한 가지 목표가 분명하게 있지도 않았던 그는 자신의 젊은 날을 '낭비'라고 표현했다. 그러나 지금의 자신이 있기 위해 그 낭비의 시기가 반드시 필요했다고 강조하기도 했다. 그는 인생에 있어 그와 같은 낭비가 중요한 역할을 한다고 말을 이었다. 곰곰이 생각해보면 그 때는 낭비의 시기가 아니라, 자신을 더 성장하게 해준 거름과도 같은 시기였다는 것이다. 김봉석은 한 가지 분명한 목표가 없어도 지금의 시행착오가 훗날 더 큰 나를 만들어줄 거라고 당부하며 인터뷰를 이어 나갔다.

가치 있는 삶을 누려야 한다

그는 언제부터 대중문화에 관심을 가졌을까? 중고등학생 때부터 영화뿐 아니라 책과 만화를 좋아했으며 공부는 뒷전이었다고 말하는 그의 얼굴에 장난기 가득한 웃음이 퍼져 있었다. 그는 〈대부〉를 보고 영화에 꽂혔다고 했다. 〈대부〉를 보는 순간 자신이 몰랐던 어른들의 세계를 본 듯한 기분이 들었다는 것이다. 그때부터 김봉석은 좀 더 목적의식을 갖고 영화를 보기 시작했으며 대중문화를 관찰하게 되었다고 한다.

그는 '대중문화는 즐기는 것'이라고 정의하면서도, 자신에게 대중문화는 단순히 즐기는 것 이상이라고 했다. 김봉석은 평론가이기 때문이다. 게다가 제대로 즐기는 대중문화를 이야기하려면 평론도 잘해야 한다고 했다. 그렇다면 좋은 평론가가 되려면 어떻게 해야 할까?

"좋은 평론가는 기본적으로 통찰력이 필요합니다. 대중이 어떤 문화를 왜 좋아하고 즐기는지에 대한 이해가 필요하다는뜻이지요."

김봉석은 〈씨네21〉의 '김봉석의 독설'이라는 칼럼에 '예술영화가 필요한 것처럼 세상에는 오락영화도 그만큼 필요하다.'라고 쓴 적이 있다. 그가 생각하는 재미와 즐긴다는 것의 의미가 궁금했다. 그는 자신의 사춘기 시절에 대해 이야기했다.

세상으로부터 도망치고 싶었다고 고백하는 김봉석. 그때는 세상에 불만이 가득했다고 한다. 그래서 도피처로써 문화를 즐기기 시작했다는 것이다. 〈대부〉를 보고서 예술이 더 큰 의미를 줄 수 있다는 사실을 깨달은 김봉석은 하루에 예술영화를 3, 4편씩 보며 많은 에너지를 쏟았다고 고백했다. 하지만 공포나 액션 영화는 사유할 필요가 없으니 편하게 볼 수 있었다며 재미있는 영화가 주는 가치도 강조했다. 인간에겐 휴식과 오락이 필요하기 때문이라는 것이다. 오락이 세상살이에 지친 사람들을 달래줄 수 있다면 그것 또한 중요하다는 것이다. 재미를 추구하지 않으려 한다면 예술과 대중의 거리는 점점 멀어질 것이기 때문이다.

인터뷰를 하며 그의 말에 십분 공감이 갔다. 나 역시 영화를 도피의 수단으로 삼는 경우가 많기 때문이다. 생각만 해도 머리가 지끈지끈해질 만큼 괴로운 문제가 닥쳤을 때 영화는 그런 고민을 잊게 해준 든든한 친구였다. 생각할 필요도 없이 그저 빠져들 수 있는 친구였던 것이다. 인간과 삶에 대해 고민하고 삶을 풍요롭게 할 재미를 추구하며 균형을 맞춘다면 이것이야말로 가치 있는 삶이 아닐까?

세상과 인간을 이해하라

김봉석은 그의 저서 《전방위 글쓰기》에서 철학적 사고, 경제적 지식, 역사적 이해가 글쓰기의 기초라고 이야기했다. 글을 쓴다는 것은 곧 나 자신을 드러낸다는 의미이다. 그의 말에 따르면 현상을 바라보는 철학적 사고와 그것을 읽어내기 위한 경제적 지식, 오늘의 나를 있게 한 과거에 대한 깊은 이해가 바탕이 되어야 글을 쓸 수 있다는 것이다.

그러나 요즘은 순수 학문보다는 실용 학문의 인기가 높다. 이에 대해 김봉석은 "전 실용 학문을 공부하는 것을 좋게 생각합니다."라며 운을 뗐다. 왜냐하면 인간이라는 존재는 먹고 사는 문제, 즉 기본적인 것들이 해결되지 않으면 다른 것들을 할 수 없기 때문이다.

그는 실용이라는 것을 땅을 파는 것에 비유했다. 그리고 실용은 땅을 파는 데서 끝난다고도 했다. 집을 짓더라도 공간만 생각하는 것이 아니라 '집이 과연 무엇인지, 인간에게 무엇이 되어야 하는지, 내부에서 무엇을 할지'에 대해 고민해야 땅을 파는 것이 단순노동 이상의 의미를 지니게 된다. 이러한 것들이 부재한다면 실용 학문은 단순 내비게이션 역할밖에 할 수 없다. 다시 말해 원하는 위치에 도달하는 것밖에 기능을 못 할 것이다.

내비게이션이 알려주는 길이 가장 빠른 길이 아닐 수도 있다. 또 내비게이션이 알려주지 않는 길이 조금 더 느린 길일지는 몰라도 내 기분을 상쾌하게 할 수도 있다. 인생은 가치에 따라 정해진다. 실용은 가장 효율적인 것만 알려주기 때문에 진짜 가치를 발견할 수 없다. 나만의 가치를 발견하려면 철학, 경제, 역사와 같은 기본적인 교양을 습득해야 한다. 이렇게 해야 세계와 인간을 이해하는 데 도움이 된다고 말하는 그의 조언에 가슴이 따끔거렸다.

나는 나만의 가치를 찾기 위해 뭘 하고 있는가? 단순히 눈에 보이는 것에만 매달려 있지는 않은가? 본질적인 것들을 무시하지는 않는가?

재미있지만 사유가 담긴 책
《남쪽으로 튀어》

그에게 책은 어떤 의미일까? "전 알고 싶기 때문에 책을 읽습니다." 짧지만 강한 한마디였다. 인간에게는 직접 경험이 가장 중요하다. 하지만 인간이 모든 것을 경험해볼 수는 없다. 그래서 책을 읽어야 한다. 내가 모르는 세계, 알지 못하는 세계, 잘못 알고 있던 세계를 책을 통해서 배워야만 한다.

책을 읽으면 나는 일곱 살 소녀가 되기도 하고 60대 노인이 되기도 한다. 지구를 구하는 정의의 용사가 될 수도 있다. 작가의 경험을 따라가면 상상의 세계가 무한대로 펼쳐진다. 한 번도 가본 적 없는 곳을 책으로 경험하는 것은 늘 신나는 일이며 거기에는 분명히 배울 것이 있다.

김봉석은 미래의 '나'는 과거가 결정짓는다고 이야기하며 인터뷰를 이어나갔다. 어떤 사람이 될 것인가는 경험과 지식에 의해 결정된다는 것이다. 그렇기 때문에 20대는 나의 미래를 결정하는 과거를 만들어가는 시기이다.

풍자를 가득 담은 한 권의 책

김봉석은 학생운동 세대에 속해 있다. 그렇기 때문에 그는 학생운동의 잘못을 지적하면서도 동시에 꼭 필요했다며 조금은 더 객관적인 시각으로 바라보고자 했다. 동시에 학생운동에 대한 자료가 지금은 제대로 남아 있지 않다며 아쉬워했다. 그렇다면 그러한 사건들이 문학으로 기록된다면 어떻게 될까? 개인적인 기억으로 축소되거나 우회적인 비판으로 남겨질 수도 있다. 풍

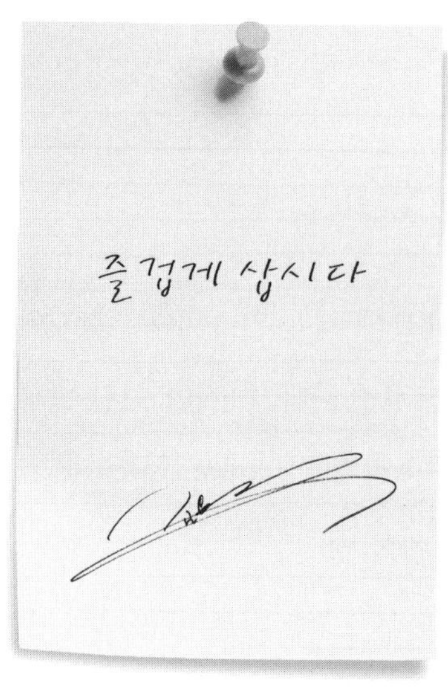

자성을 가득 담은 오쿠다 히데오의 대표작인 《남쪽으로 튀어》를 추천하면서 김봉석은 이 책이 오늘날의 20대가 바로 윗세대를 이해하는 데 도움이 되었으면 한다고 말했다.

이 책은 간결하고도 유머러스한 문체로 사랑받는 오쿠다 히데오의 작품이다. 그는 이상과 현실의 괴리라는 무거운 주제를 전혀 부담스럽지 않게 그려내어 독자들에게 호평을 받아왔다. 주인공이라 할 수 있는 지로 아버지는 한때 사회주의 학생운동을 했던 사람이다. 지금은 그 어떤 '이즘'도 추구하지 않고 그저 어딘가에 자신이 꿈꾸는 이상세계가 있다고 믿으며 자유롭게 살고자 한다. 일본이라는 나라에서 태어났을 뿐 자신의 국가는 정해져 있지 않다고 주장하는 그는 이 문제 때문에 사람들과 자주 마찰을 빚는다.

그렇기 때문에 어린 지로의 눈에 아버지 이치로는 집안의 말썽일 뿐이다. 이런저런 우여곡절 끝에 지로의 가족은 아버지가 늘 말하던 남쪽에 가서 살게 되고 이 과정에서 성장해가는 지로의 모습을 볼 수 있다.

이치로는 한때 동지였던 사람들이 '운동을 위한 운동'만 하고 있는 왜곡된 모습에 분노를 느끼며 이런 말을 한다. '집단은 어차피 집단이라고. 부르주아지도 프롤레타리아도 집단이 되면 다 똑같아. 권력을 탐하고 그것을 못 지켜서 안달이지!'

운동을 처음 시작할 때 그들은 무엇을 원했을까? 그들이 바라는 이상향인 사회주의가 실현된 사회에 사는 것이 아니었을까? 그런데 지금 그들의 모습은 현실과 동떨어져 있다는 것이다. 시대에 뒤처진 옛날 운동 방식대로 폭력을 이용한 혁명이 가능하다고 믿고 있는 그들. 순수함을 잃고 세력 다툼을 일삼는 것이 일상이 되어버린 그들이 꿈꿔왔던 사회는 과연 어디에 있는가? 그리고 그들은 결국 찾을 수 있을까?

이 책에 대해 이야기하며 김봉석은 오늘날 대한민국의 진보 세력이 더 권위주의적이고 엘리트주의적이고 집단 이기주의에 빠져 있다며 정치적인 발언으로 일침을 가했다. 기득권층이 옹호하는 부당함에 맞서 싸워야 할 진보 세력조차도 자신의 집단을 위해 세력을 키우는 데만 혈안이 되어 있다는 것이다. 모든 집단은 결국 부패하기 때문에 부패하지 않으려면 철저하게 자신의 잘못을 드러내고 반성하여 고쳐 나가야 한다는 것이 그의 생각이다.

모순된 나를 인정할 때 소통이 가능하다

지로의 아버지는 이념에 대한 솔직한 이야기를 담은 소설을 출간하려 했다. 하지만 출판사에서 적극 말렸다. 그가 대중과 소통할 기회는 갈수록 줄어들고 있었다. 게다가 우익 경찰은 그에게 시대에 뒤처지는 욕심일 뿐이라며 모욕을 주기도 했다.

평소 솔직한 글쓰기를 강조하며 '인간이 사회를 이루기 위해서는 대화와 소통이 필요하고, 대화를 위해서는 말과 글이 필요하다.'라고 주장하는 김봉석은 솔직함과 소통을 어떻게 생각할까? 그는 소통이 안 되는 이유가 거짓말 때문이라고 말했다. "부족한 점과 잘못한 부분들은 솔직하게 이야기를 하면 됩니다." 더하지도 빼지도 않고 있는 그대로를 솔직하게 이야기하면 진정한 소통이 이루어진다는 의미였다.

사람들은 항상 글을 통해서 자신을 드러내고 과시하고 싶어한다. 그래서 이야기하고자 하는 것의 본질을 먼저 고민하지 않고, 어떻게 꾸미면 더 멋있어 보일지, 아니면 더욱 그럴듯해 보일지에만 집착한다. 거품을 쫙 빼고 진심을 전달해야 공감을 불러일으킬 수 있는데도 말이다. 그래야 소통도 가능해지는데 사람들은 본질을 늘 잊고서 글을 쓰려고 한다.

《남쪽으로 튀어》에서 이치로는 자신의 가치관에 대해 설명하며 아들과의 소통을 시도한다. 그는 지로에게 체제를 거부하고 원하는 것을 마음껏 하라고 말한다. 학교에 가기 싫으면 가지 않아도 되고, 하기 싫은 것은 안 해도 된다는 의미이다. 하지만 딸이 유부남과 사귀는 것은 반대한다. 이처럼 머릿속으로는 옳다고 생각해도 현실에서 실천하는 데에는 많은 어려움이 따르는 경우가 있다.

"사실 그 간극은 모든 인간이 겪는 문제죠. 왜냐하면 머릿속으로 생각하는 것과 실천하는 것은 차이가 있거든요."라며 이상과 현실의 차이를 설명하는 김봉석. 그러면서 "딸의 연애가 그 남자의 부인과 자식들에게 피해가 되기 때문에 이치로가 반대한 것이 아닐까요?"라며 덧붙였다. 만약 누구에게도 방해가 되지 않고 피해가 되지 않는다면 이치로처럼 자신이 정한 방식대로 사는 것이 가장 좋다고 그는 이야기했다. 하지만 인간은 상처를 주고받을 수밖에 없는 불안한 존재이기 때문에 모순된 삶을 살아온 나부터 인정하고 어떻게 살아가야 할지를 고민해야 한다고 이야기했다.

어른은 공식을 따르지 않는다

어느 날부터 지로와 그의 친구인 준은 중학생인 가쓰에게 괴롭힘을 당한다. 준은 가쓰가 두려워 돈을 준비한다. 그러면서 어른은 아이들의 세계가 지닌 문제를 근본적으로 해결해줄 수 없다고 말한다. 준의 이런 모습을 보고 지로는 '준이 어른으로 보였다.'라고 생각한다. 아무 준비도 하지 못하는 지로와 달리 어른에게 도움을 요청하지 않고 자신만의 방식으로 대처해 나갔기 때문에 어른으로 보였던 것일까? 어른이 된다는 것은 어떤 의미일까? 하지만 이는 올바른 방식이었을까?

김봉석은 어른이 된다는 것을 자립의 문제라고 딱 잘라 말했다. 경제적인 자립뿐 아니라 정신적으로 자립을 이루어야 어른이 될 수 있다고 했다. 그러면서 그는 점점 자립하는 것, 자신의 일을 스스로 결정해서 그에 맞게 살아가는 것 자체가 어려워지고 있다고 주장하기도 했다.

"미래에 대한 불확정성 때문에 자립이 어려워지고 있습니다. 예전에는 몇 가지만 결정하면 미래를 그릴 수 있었죠. 하지만 지금은 서른이 되어도 미래가 불확실합니다. 사람들은 성인이 되어도 의존할 곳을 찾습니다. 결국 어른은 공식을 따라가지 않는 존재인데 말이죠."

세상은 공식 몇 개만으로 해결할 수 없는 다양성을 지니고 있다. 그러므로 순간순간 일어나는 다양한 상황들을 수긍하고 인정해서 새롭게 바꾸어야 어른이 될 수 있다고 김봉석은 정의했다.

그가 정의한 어른과 비교해보면 나는 여전히 덜 성숙한 존재가 아닌가 싶다. 경제적 자립은커녕 정신적으로도 여전히 미숙하기 때문이다. 결국 나는 경제적, 정신적 독립뿐 아니라 상황에 지혜롭게 대처하는 토대가 될 경험과 지식부터 쌓아야 할 것이다. 이는 나뿐 아니라 불확실한 시대, 미래가 모호한 시대를 살아가고 있는 우리 모두의 과제이기도 하다.

앞서 김봉석은 과거가 인간의 미래를 결정하며 다양한 경험과 지식이 중요하다고 강조했다. 불확실성의 시대에 살고 있는 20대 중 몇몇은 이미 충분한 경험과 지식을 쌓고서 안정된 삶을 누리고 있을 것이다. 하지만 그는 20대에게 안정의 시기는 이미 끝났다고 했다. "시대가 안정적으로 살 수 없게 만들고 있습니다."라며 20대는 더 많은 경험과 지식을 쌓아야 한다고 조언했다.

투박하고 거칠지만 삶의 방식이 뚜렷했던, 하고 싶은 것을 하며 사는 지로의 아버지! 김봉석은 대한민국 20대가 이런 면모를 닮았으면 좋겠다고 했다. 이를 테면 여행을 떠나는 것은 어떨까? 여행을 하다가 마음에 드는 곳이 있으면 거기서 몇 개월이든 몇 년이든 머물러보는 거다. 그러다가 돌아와서 일을 해도 문제없지 않을까?

"인간은 다른 것을 보는 노력을 해야 배우는 게 있습니다."

이는 그가 책을 읽는 이유와도 일맥상통했다. 평소 경험하지 못한 세상에서 또 다른 나와 또 다른 세상을 발견하며 지식을 쌓으라는 메시지는 김봉석이 대한민국 20대에 전하고 싶었던 궁극적인 한마디가 아니었을까?

나만의 꿈을 찾아 전진해야 한다

지로의 가족이 찾으려고 떠났던 꿈의 섬 파이파티로마. 나는 그곳이 존재한다고 믿는다. 실제로 존재하지 않더라도 항상 꺼지지 않는 불빛이 마음속에 있다면 그곳이 바로 파이파티로마일 것이다. 김봉석은 "나만의 파이파티로마를 찾기 위해, 그리고 그곳에 한 발 더 가까이 다가가기 위해 오늘의 나를 만드는 데 충실하라."고 당부했다.

할 수 있다는 믿음을 가지고 세상을 헤쳐 나가야 한다는 것이다. 그러니 경험을 두려워하지 말고 지금 이 순간 문을 박차고 나가야겠다. 또한 나를 기다리고 있는 새로운 세계에 당당히 뛰어들어야겠다. 간접 경험이든 직접 경험이든 겪어야 한다. 무엇을 겪든 상관없지 않은가. 그것이 나쁜 경험일 수도 있다. 그렇다면 실패나 실수를 통해서 깨닫게 되는 것도 분명 존재할 것이다.

앞에서 김봉석이 계속 강조했듯이 독서도 놓치지 않아야 한다. 직접 경험을 너무도 하고 싶지만 여건이 되지 않아 간접 경험으로 만족할 수밖에 없는 것들이 있기 때문이다. 그래야 지식도 쌓을 수 있다. 모두들 이치로처럼 순수한 그 마음은 잃지 않고서 앞으로 전진!

남쪽으로 튀어 오쿠다 히데오

사회주의 학생운동에 헌신하다 우여곡절 끝에 아나키스트로 변한 아버지를 둔 사춘기 소년의 일상을 그린 감동 코미디이자 성장소설. 도저히 이해할 수 없는 아버지의 행동에 휘둘리는 가족과 그 과정에서 성장하는 아들의 이야기가 한 편의 모험담처럼 장대하고 유쾌하게 펼쳐진다.